Heart

心

[日] 夏目漱石◎著　荷月影◎译

天津出版传媒集团
天津人民出版社

图书在版编目（CIP）数据

心 / (日) 夏目漱石著 ; 荷月影译. -- 天津 : 天津人民出版社, 2018.3
ISBN 978-7-201-12886-3

Ⅰ. ①心… Ⅱ. ①夏… ②荷… Ⅲ. ①长篇小说—日本—现代 Ⅳ. ①I313.45

中国版本图书馆CIP数据核字(2018)第007372号

心

XIN

出　　版　天津人民出版社
出 版 人　黄　沛
地　　址　天津市和平区西康路35号康岳大厦
邮政编码　300051
邮购电话　（022）23332469
网　　址　http: //www.tjrmcbs.com
电子信箱　tjrmcbs@126.com
责任编辑　刘子伯
印　　刷　三河市华东印刷有限公司
经　　销　新华书店
开　　本　880×1230　1/32
印　　张　10
插　　页　6
字　　数　230 千字
版次印次　2018年3月第1版　2018年3月第1次印刷
定　　价　29.80元

Sometimes the sea was like a big bathhouse, with a layer of dark, pressing heads. (P3)

The senior's hat which casually hanging at the top of the fine fir seedling was blown down. (P48)

I am afraid I am no longer in the world when this letter comes to your hand. (P98)

Looking down from the cliff, the water is particularly beautiful. (P145)

I am a natural imp, I always suffer from childhood. （P194）

Out of the bath, the moon is clear, the road is lined with weeping willows, and the shadow of the curved branches are printed on the road.

(P259)

前言

夏目漱石（1867—1916），是日本近代首屈一指的文学巨匠。他原名夏目金之助，笔名漱石，取自“漱石枕流”（《晋书》孙楚语）。夏目漱石一生著有两部文论、大量俳句、几百首汉诗、若干随笔和书信，但他在文学上的最大贡献是以十几部长篇小说和大批短篇小说竖起了批判现实主义文学的丰碑，给后来的作家以深刻的启迪。他写小说时擅长运用对句、迭句、幽默的语言和新颖的形式，且对个人心理的描写细致入微，开启了后世“私小说”的风气之先。他一生坚持对明治社会的批判态度，以他的具有鲜明个性的、丰富多采的艺术才能，在日本近代文学史上享有很高的地位，被称为“国民大作家”。1984年，他的头像被印在日元1000元的纸币上。其主要作品有《我是猫》《虞美人草》《过了春分时节》《行人》《心》等。

长篇小说《心》发表于1914年，是夏目漱石的后期代表作之一。他当时受胃溃疡的长期折磨，在疗养期间，病情急转直下，引发胃痉挛，大量吐血不止，甚至曾陷入不省人事的“30分钟死亡”状态。经历了这场在死亡线上苦苦挣扎的体验后，他一改原先俳谐式、游戏式的创作风格，从正面探求人生，着重人物的心理描写和分析，把笔锋直接转向剖析明治时代知识分子中利己主义者可恶、可悲、可叹的孤独内心世界。通过“先生和我”“父母和我”“先生和遗书”三部分内容的描写，把明治时代知识分子中利己主义者可恶、可悲、可叹的孤独内心世界剖析得淋漓尽致，集中体现了夏目漱石对“个人主义”思想的认识，以及“个人主义”和国家主义的关系。虽然小说中人物思想意识所赖以形成的社会语境距今已有百年之遥，然而夏目漱石对于明治末期知识分子内心世界的探讨仍然会给现代人以很多启迪。

Contents 录

心

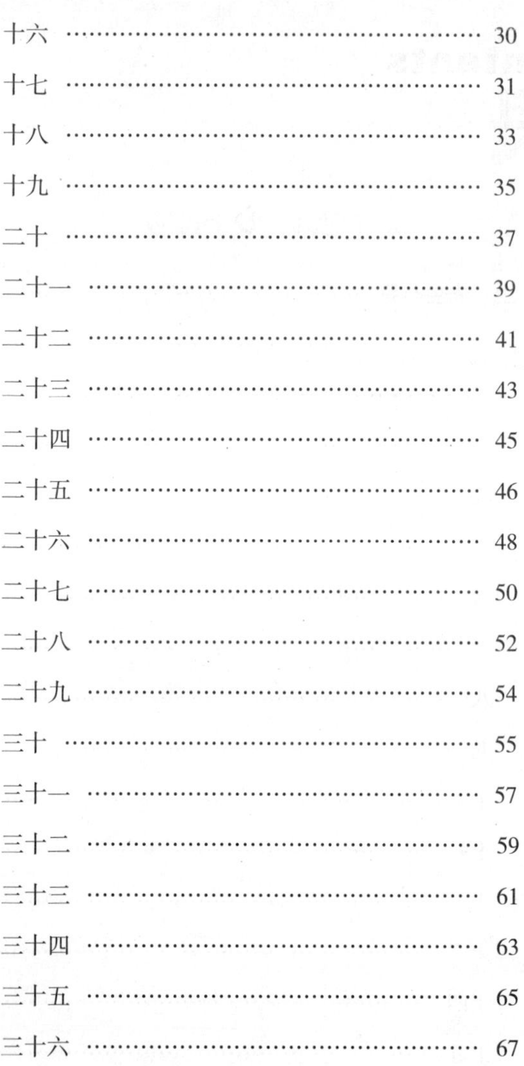

哥　儿

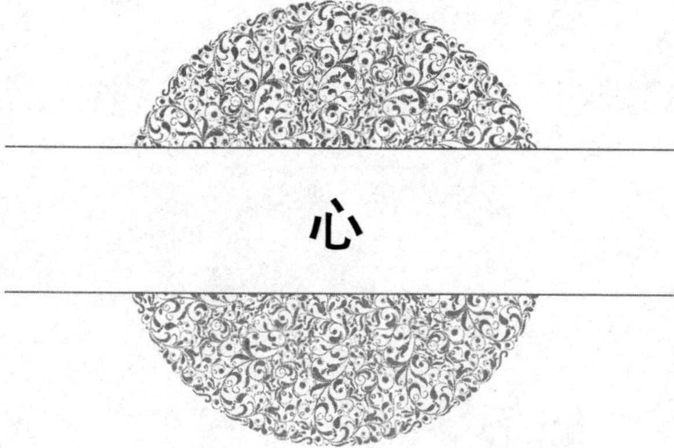

心

上　先生与我

一

我经常称他为先生。所以在这里也只以先生相称，隐去真实姓名。这并非出于我对世人的顾忌，而是因为对我来说，如此称呼才是自然的。每当我从记忆中唤起他时，未尝不想叫一声“先生”。提笔时也是同一种心情，无论如何不想使用生分的套话。

我同先生相识是在镰仓。那时我还是个年轻的学生。一个朋友来了张明信片，叫我务必利用暑假去海边游泳。我决定筹措点钱就动身。筹措钱花了十二天时间。不料我到镰仓不到三天，把我叫来的朋友突然接到老家电报，让他赶快回去。电报上说是母病，但朋友不信。老家的父母很早就强迫他接受一门他不情愿的婚事。作为他，一来从现代习惯看来结婚还过于年轻，二来对关键的对象本人没有看中，所以才来东京附近游玩，逃避回家。他把电报给我看，问我怎么办好。我不知怎么办好。但如果他母亲真的病了，理应回去才对。他终归还是回去了，剩下特意赶来的我一个人。

到开学还有相当一段时日，留在镰仓也可以，回去也可以。既然怎么都可以，我便决定暂且留在原来的宿舍。朋友是中国一个富翁之子，钱方面不用愁。但毕竟在校学习，加之年龄的关系，生活情况和我差不了许多。这样，剩得孤身一个的我也就免去了另找宿舍的麻烦。

宿舍所在的方位，即使在镰仓也算是偏僻的。买个台球或一支雪糕都要走很长一段田间小路，坐车要花上两角。不过点点处处建有很多私人别墅，离海又近，要洗海水浴，倒是个得天独厚的地方。

我每天都去海边。穿过烟熏火燎般古旧的茅草房来到海边，但见沙滩让前来避暑的男男女女晃得动来动去，想不到这一带竟有这么多城里人居住。有时候海面犹如一个大澡堂，蠕动着一层黑压压的脑袋。我一个熟人也没有，只管掺杂在这熙熙攘攘的场景中，或舒展四肢仰卧在沙滩上，或任凭浪花打着膝盖到处蹦蹦跳跳，甚是开心惬意。

我就是在这片嘈杂中发现先生的。那时海岸上有两间小茶棚，一次偶然去了其中一间，便每次都去那里。除了在长谷边拥有宽敞别墅的人，一般避暑客并没有单用的更衣场所。所以无论如何都需要有这么一个公共更衣场。他们在此喝茶，在此休憩，在此洗游泳衣，在此冲净咸津津的身体，在此寄存帽子和伞。我没有游泳衣，但也怕东西被人偷去，每次下水前都在这小茶棚里脱得精光。

二

我见到先生时，先生刚脱完衣服正要下水。我则相反，任海风吹着湿漉漉的身体从水里上来。两人之间隔着很多涌动的黑脑壳。若无特殊情况，或许我就把先生看漏了。我之所以在海滨那么混杂而我又那么漫不经心的情况下发现先生，是因为先生陪着一个洋人。

洋人皮肤白得非比一般，一进小茶棚就引起了我的注意。他把地道的日本式浴衣往长凳上一甩，抱起双臂往水边走去。除了我们穿的那种裤衩，他身上再没别的。这点首先使我惊异。两天前我便跑到由井浜，蹲在沙滩上久久地看洋人下水的情景。我屁股底下是略高些的沙丘，旁边就是一家旅馆的后门，所以在我凝望的时间里，有不少男人出来冲洗身上的咸水，但都没有露出腰身、胳膊和腿。女的就更加注意掩饰，大多头戴胶头巾，或绛紫色或藏青色或天蓝色，在波浪间动来动去。在看惯如此光景的我的眼里，这个只穿一条裤衩站在众人前的洋人实在稀奇得可以。

稍顷，他朝自己身旁歪过头，对那里弯腰的一个日本人说了一两句什么。那日本人正在拾沙地上掉的毛巾，拾起后，马上包在头上，朝海水那边走去。那个人就是先生。

出于单纯的好奇心，我目送两人并肩走下沙滩。他们一直走进波浪，穿过远浅矶附近吵吵嚷嚷的人群，走到比较开阔的地方，一齐游了起来。他们往海湾那边游去，脑袋越变越小。之后回过头，径直游回海滩，回到小茶棚，也不用井水冲洗，直接擦身穿衣，一转身不知去了哪里。

他们离开后，我依然坐在长凳上吸烟，呆呆地琢磨先生。长相总好像在哪里见过，但就是想不起何时何处见过的何人。

当时的我与其说是无忧无虑，不如是正百无聊赖。这样，第二天我估算好见到先生的时间，专门到茶棚来看。这回洋人没来，只先生一人头戴草帽赶来。先生摘下眼镜，放在台上，随即用毛巾包起脑袋，三步并作两步走下沙滩。他一如昨日，从嘈杂的浴客当中穿过，独游起来。这时，我突然动了尾随追去的念头，遂趟过浅水，来到相当深的地方，以先生为目标涉水前进。不料和昨天不同，今天先生勾勒出一道弧线，从很奇妙的方向游回岸边。所以我的目的未能达到。上得岸，我挥着滴水的手走进茶棚，只见先生已整齐地穿好衣服往外走，同我擦肩而过。

三

下一天我也在同一时间去沙滩见先生，再下一天也是如此。但两人之间没有出现打招呼或寒暄的机会。莫如说那时先生的态度很有些天马行空的味道。按一定时间超然而来，又超然而去。周围无论怎么热闹，他都没表现出多大的兴致。最初一块儿来的洋人，那以后再未露面，总是先生一人。

一次，先生一如往常从水里迅速上岸，来到老地方要穿脱掉的浴衣时，不知为什么，浴衣满是沙子。为了抖掉沙子，先生把浴衣往身后甩了两三次。这么着，放在衣服下面的眼镜从木板缝隙掉了下去。先生穿上白地蓝花浴衣，扎上宽布带。这才好像发现眼镜不见了，急忙东找西摸。我马上把脑袋和手伸到长凳底下，拾起眼镜。先生说了声谢谢，从我手中接过。

第二天我跟在先生后面扑入海中，和他往一个方向游去。游了二百多米，来到海湾，先生回头跟我搭话。浩瀚的蓝色海面上，除了我们两人周围没有任何漂浮物。目力所及，只有明晃晃的太阳光照着水，照着山。我连肌肉都充满自由和欢喜，在海水中尽情腾跃。先生再次陡然停下四肢，仰卧在水面上休息。我也学他的样子。天空把它势不可挡的蓝色投掷在我脸上，我只觉炫目耀眼。“好舒服啊！”我大声说道。

过了一些时候，先生像起床似的在水面改换姿势，催促我说：“该回去了吧？”我体质较为强壮，本想再游一会儿。但先生这么一催，我当即痛快回答：“嗯。回去吧。”于是两人顺原路折回海滩。

从此我和先生要好起来。不过还不知道先生住在何处。

记得隔两天的第三天下午，在茶棚见到先生时，先生突然问我：“你打算还在这里住些日子吧？”由于问得突然，我没有现成的答案，便说：“我也不知道。”但看到先生笑眯眯的样子，我忽然不好意思起来，不由得反问：“先生呢？”这是我叫他先生的开始。

那天晚上我去了先生住处。住处不同于一般旅馆，是很大寺院里的一座别墅样的建筑。我还看出住在那里的人并非先生家人。我一口一个“先生”，先生沁出苦笑。我解释说这是我称呼年长者的口头语。我打听上次那个洋人。先生介绍了他的与众不同之处，告诉我现已不在镰仓。这个那个说了一会儿，最后说自己也真是不可思议，同日本人几乎都没有来往，却和这洋人熟识起来。我最后对先生说好像在哪里见过他，却怎么也想不起来。年轻的我暗自以为对方也可能和我有同样的感觉，并期待先生这样回答自己。可是先生沉吟片刻，说道："我对你没什么印象，你怕是看错人了。"我听了，不知为什么，生出一种失望。

四

月末我返回东京。先生离开避暑地比我早得多。同先生分别时，我问："以后去府上拜访可以吗？"先生只简单回答："噢，来好了。"当时我自以为已经跟先生相当要好，指望先生给两句份量重些的话。结果竟这么轻描淡写，我的自信多少受了损伤。

大凡这类事先生经常使我失望。先生既像有所觉察，又似乎浑然不觉。作为我，尽管屡屡品尝轻度失望，但又不想因此离开先生。或者不如说与此相反，每给不安摇撼一次，我就想往前跨进一步。我想，若再往前去，我所期望的东西就会迟早出现在眼前，让我心满意足。我年轻，但并非对所有人都如此有一腔热血，都如此以诚相待。我不知何以对先生有这份心绪。直到先生已不在人世的今天才明白过来：先生原来就不讨厌我的。先生对我不时流露的看似冷淡的态度和缺少人情味的话语，其用意并非要疏远我。那只是心灵遭受重创的先生向我发出的警告，警告企图接近自己的人立即止步，因为自己不是具有接近价值的人。看上去不理会别人好意的先生在蔑视他人之前，首先蔑视了自己。

我返回东京当然怀有去找先生的念头。到开学还有两个星期时间，便想尽快找先生一次。但两三天一过，在镰仓时的心情渐渐淡薄下来。灯红酒绿的大都市空气给我以强烈的刺激，唤起我的记忆，染红我的心。每当路上见到同学那一张张脸庞，都不由对新学年燃起希望感到紧张。一时间我忘记了先生。

上课过了一个来月，我心里又出现一种懈怠。我开始怅怅地在街上游逛，带着饥渴感环顾自己的房间。先生的面容重新在我脑海里浮现出来。我又想见先生了。

第一次去先生家，先生不在。记得第二次去是下一个星期天。天气很妙，晴空就好像要沁入自己整个身心。这天先生也不在。在镰仓时，听先生亲口说一般什么时候都在家的，说他不喜欢出门。想到这里，我感到无端的不满。我没有即刻离开，看着女佣的脸站在那里踌躇。女佣有印象，上次托交过名片。她叫我等着，退回门内。很快，一位太太模样的人继而走出，长相相当漂亮。

太太详细告诉我先生去了哪里。她说先生每月一到某日，习惯上必去杂司谷墓地为一座墓献花。“刚出门，不到十分钟——顶多十分钟的。”太太歉然说道。我点头离开。往热闹方向走了一百多米，心想自己也去杂司谷好了，权作散步。当然也是受好奇心的驱使，看能否看到先生。于是我马上掉过头来。

五

墓地前面有块秧田。我从秧田左侧沿一条两旁栽有枫树的宽路前行。蓦地，前端一个茶馆闪出一个很像先生的人。我径直近前，一直走到可以看到对方眼镜框上反射的日光时，冷不防大声叫了声“先生”。先生立时站定，注视我的脸。

“怎么回事……怎么回事……”先生重复问道。在这万籁俱寂的中午时分，话语带有很特殊的声调。

我一下子答不上来。

“是跟在我后面来的？怎么回事……”莫如说，先生的态度很镇定，声音也很沉静。但其表情有一种难以形容的阴翳。

我告诉先生我是怎么找来这里的。

“妻说我给谁扫墓？说出那个人的名字了么？”

“没有，这个她什么也没说。”

“是吗？倒也是，不可能说什么，毕竟第一次见到你，没有说的必要。”

先生这才像是明白过来。我则完全不解其意。

先生和我从墓与墓之间穿行，准备上路。在依撒伯拉[1]某某之墓和神仆罗金之墓的旁边，竖立着写有一切众生悉有佛性的塔形墓标。还有的写着全权公使某某。在雕有安德烈字样的一座不大的墓前，我问先生该怎么念，先生苦笑道：“大概该念作‘AN · Do · Re’吧！”

① 依撒伯拉：西班牙女性常用名字，英文写作Isabela。

看来，和我不同，先生对这些墓标各所不同的样式，丝毫不觉得有什么滑稽好笑。我指着或长或圆的花岗岩墓碑，一直说个不停。起始，先生默默听着。最后问我："你还没有认真考虑过死这件事吧？"我没有作声，他也再没说下去。

墓地分界处，有一株遮天蔽日的大银杏树。来到树下，先生抬头看着高耸的树梢，说："再过几天，可就好看了。满树金黄，周围地面都被金黄的落叶埋得严严实实。"先生每月都必从这树下走过一次。

对面一个平整凸凹地面做新墓地的男子，停下握锹的手看着我们。我们从那里往左拐，很快上了路。

往下我也不是一定想去哪里，只管随先生走去。先生比平时还沉默寡言。但我没觉得怎么别扭，一起慢慢悠悠地走着。

"这就回家？"'

"嗯，没什么地方要去。"

两人再度沉默。往南走下斜坡。

"先生家的墓地在那边吗？"我又开口了。

"不。"

"有谁的墓呢？亲戚的墓吗？"

"不。"

先生再不多答，我也就此打住。又走了一百多米，先生意外折回原处。

"那里有我朋友的墓。"

"朋友的墓每个月都来看一次？"

“是的。”

这天先生只说到这里。

六

那以后我不时去找先生，每次去先生都在家。随着同先生见面次数的增多，我愈发频繁地出入先生家门。

但先生对我的态度，前后没什么变化，无论最初寒暄之时，还是后来熟识以后。先生总是静静的，有时静得近乎凄寂。我从一开始就觉得先生有些不可思议，让人不好接近，却又有一种感觉强烈地驱使我非接近他不可。对先生怀有如此感觉的，或许众人中只我这一个。这一直觉后来得到了证实。所以我为自己的先见性直觉感到高兴，感到自信，哪怕别人说我少不更事也好，笑我傻里傻气也好。一个能够爱别人的人，一个不能不爱别人的人，却又不能伸出双臂紧紧拥抱想扑入自己怀中之人的人——这人就是先生。

刚才说了，先生始终静静的，不急不躁。但脸上有时候会掠过一丝奇特的阴翳，如黑色的鸟影从窗前划过，稍纵即逝。我最初从先生眉间发现那阴翳，是在杂司谷墓地下意识招呼先生的时候。那异乎寻常的一瞬间，使得我本来快活流淌的心脏血流陡然顿了一下。但仅仅是一时的迟滞，不到五分钟便恢复了平日的流势，把黯淡的云影完全忘却脑后。及至慢慢回想起来，已是阳春即将逝去的一天傍晚了。

同先生交谈当中，我眼前蓦然浮现出先生特别提醒我注意的大银杏树。算起来，先生每月照例去墓地的日子，正是那以后第三日。而第三日那天我的课中午就结束，别无他事。我向先生这样说道：

“先生，杂司谷那棵银杏，树叶掉光了吧？”

“还不至于光秃。”先生盯着我的脸回答，好一会儿都没移开视线。

我马上接道：

“下次去墓地，我陪您去可以么？我想跟您一起去那里散散步。”

“我是去扫墓，不是去散步。”

“顺便散步岂不正好？”

先生没再应声，良久开口道：

“我真的只是去扫墓的。”

看上去他无论如何都要把扫墓和散步区分开来。不知道是不是不愿与我同去的借口，总之那十分孩子气的态度使我觉得纳闷，也就更想去了。

“那，扫墓也行，就带我一块儿去好了。我也去扫墓。”

实际上我觉得区别扫墓和散步几乎没什么意义。不料先生眉头略微一沉，眼睛闪出异样的光——既非为难、厌恶，也不是畏惧，而似乎是一种轻微的不安。这一下子唤起我在杂司谷招呼“先生”时的记忆：两个表情完全一致。

“我，”先生道，“我出于不能对你讲的原因，不愿意和别人同去那里扫墓。连自己的妻都没领去过的。”

七

我觉得奇怪。但我出入先生家门并非想研究先生，事情也就这样过去了。如今想来，我当时的态度莫如说是我人生途中很可珍贵的东西之一。惟其如此，我才得以同先生保持人与人之间那种温情的交往。假如我的好奇心是针对——哪怕一点点——先生的内心而带有刨根问底意味的，那么维系两人的感情纽带，当时就可能利利索索地一分为二了。年轻的我根本没有意识到自己的态度。而可贵之处恐怕也就在这里。倘若错误地抄往后路，带给两人的结果可就非同小可了，这点想象起来都令人不寒而栗。即使这样，先生都惶惶不可终日，生怕成为别人冷眼研究的对象。

我开始每月出入先生家门两至三次。就在我脚步越来越勤时的某一天，先生突然问我：

“你为什么总到我这样人的家里来呢？”

“倒也谈不上为什么，不过打扰吗？”

“没说打扰。”

先生也的确没显出任何怕打扰的样子。我得知先生的交际范围极其狭窄，当时先生在东京的老同学不过两三个人。先生偶尔也和同乡的学生在客厅坐坐，但他们看上去都不似我对先生这么亲切。

“我是个寂寞的人。”先生说，“所以你来我很高兴，也才问你为什么总来。”

“那又为什么？”

先生没有回答我的反问，只是看着我的脸，问我多大。

这样的问答对我很是不得要领，但当时没有深究就回来了。不到四天时间我又去了先生那里。先生一进客厅就笑道：

“又来了！”

“嗯，又来了。”我也笑了。

若是别人这么说我，我想我肯定生气。但先生这么说时，情况恰恰相反，非但不生气，反倒开心。

“我是个寂寞的人。”那天晚上先生再次道出上次这句话。“我是个寂寞的人。不过说不定你也是个寂寞的人。我上年纪了，寂寞也能忍耐不动；可你还年轻，怕是很难做到，是想大动特动的吧？想和什么捉对厮打的吧？”

“我半点都不寂寞。”

“再没有年轻更叫人寂寞的了。不寂寞，你为什么常到我家来呢？”前几天的话在这里又被重复出来。“你即便见我怕也还是觉得哪里寂寞吧？我没有气力为你连根拔除寂寞，你势必朝其他方向施展拳脚。不久你就不会到我这里来了。”说着，先生凄然一笑。

八

所幸先生的预言没有实现。当时不谙世事的我，甚至对预言中明显的含义都没有领悟。我依旧去找先生。一来二去，开始在先生的餐桌上吃起饭来。其结果，自然也要同先生的太太开口说话。

作为一般人，我对女人并不冷淡。但从迄今我（年轻的我）所经历的境遇来说，还几乎不曾真正同女人打过交道，不知是否出于这个原因，我的兴趣更多地倾注在街头素不相识的女人身上。上次在门口见到先生的太太，得到的印象是她很漂亮。其后每次见面的印象无不如此。除此之外，我觉得太太没什么特别可说的。

这与其意味着太太没有特色，倒不如解释为没有表现其特色的机会更为妥当。对于太太，我总是觉得她仿佛是先生身上的一个附件。太太也似乎因为我是来找丈夫的年轻人才好意待我。所以，若无先生居中，两人便没了瓜葛。这样，关于相识初期的太太，除了漂亮以外别无感觉。

一次在先生家喝酒，太太出来在旁边斟酒相劝。先生显得比平时高兴，对太太说“你也来一盅”，旋即递出自己喝干的酒盅。太太支吾着拒绝，随后又不无为难地接过。她蹙起美丽的眉毛，把我斟了一半的酒盅举到唇边。以下是太太同先生间的会话：

“稀罕事，您可是很少叫我沾酒的。”

“你不喜欢嘛！不过偶尔喝点有好处，心情可以变好。”

“一点儿也好不了，除了苦没别的。可您倒像是蛮开心，哪怕只喝一点儿。”

“有时是很开心，但不是次次都开心。”

“今晚呢？”

“今晚心情好。”

“以后就每晚都喝一点嘛！”

“那不成。”

“就喝吧！也好免去寂寞。”

先生家只有先生夫妇和一个女佣。差不多每次去都静悄悄的，从来没听到过高声朗笑。有时觉得房子里仅我和先生两人。

“有个孩子就好了。”太太转向我说。

“是啊。”我应道。但我心里全然没产生同情。我当时没有孩子，只觉得孩子很让人心烦。

“领养一个？”先生提议。

“养子？你看呢？”太太又转向我。

“千呼万唤，孩子硬是不来。”先生说。

太太默然。

“为什么呢？”我替太太问。

“天罚！”先生大笑起来。

九

据我了解，先生和太太是一对和睦夫妇。虽然我没有作为家庭的一员一起生活过，内里情况自然无从知晓，但在客厅同我对坐时，先生不少时候不叫女佣，而招呼太太（太太名字叫静）——总是侧头朝隔扇唤一声“喂，静”。那唤法在我听来相当亲切。应声出来的太太也显得甚为直率。偶尔款待我吃饭，太太上席的时候，那种关系就更加明显在两人间表露出来。

先生不时领太太去听音乐会或看戏。另外按我的记忆，两人外出旅行一个来星期的事也不止两三次。寄自箱根的明信片我现在还有。两人去日光时还给我寄来一封夹有一片红叶的信。

在当时我的眼里，先生与太太大致是这样一种关系。其间只有一次例外。一天我一如往常去先生那里，刚要通过女佣进门，客厅那边传来说话声。细听，似乎不是普通谈话，而像是争吵。先生家的客厅紧挨房门，站在格子拉门前的我不难听得出是吵架声。其中一人是先生这点也从时而高扬的男子语声中听出来了。对方声音比先生低，听不清是谁，感觉上总好像是太太。还像在哭。我站在门前，一时进退两难，但很快打定主意，折身返回宿舍。

一股无端不安的心情朝我袭来，看书也根本看不进去。大约过了一个小时，先生来我窗下叫我的名字。我吃惊地打开窗。先生从下面邀我散步。掏出刚才包在布腰带里没动的表一看，已八点多了。回来后我还没有换掉裤裙，马上走到门外。

这天晚上先生和我喝了啤酒。先生酒量原本不大，且不敢冒险，不敢在喝到一定程度而又不醉的情况下喝个一醉方休。

“今天不行。”说着，先生苦笑了一下。

“不能开心了？”我不忍地问。

我心里边始终放不下刚才的事，如骨鲠在喉地痛苦。我一时摇摆不定，不知直言相告好，还是作罢为妙。这使我分外心神不定。

“我说，今晚你怎么回事啊？”先生先开口了，“其实我也有点反常，你没看出来？”

我没办法回答。

“坦率地说，刚同妻吵了几句嘴，弄得神经——无聊的神经亢奋起来。”先生继续道。

“为什么……”“吵架”两个字未能从我口中吐出。

“妻误解我。告诉她是误解她还是不懂，禁不住发起火来。”

“误解先生什么呢？”

先生无意回答我的问话。

“如果我是妻所想的那类人，我也不至于这么痛苦。”

至于先生缘何痛苦，那不是我所能想象到的问题。

十

往回走时，两人沉默了一二百米。之后先生忽然开口：

“糟糕！生气出来，妻怕是要放心不下。想起来，女人也真是可怜。我的妻除了我根本没人可依靠。”说到这里，先生略一停顿。但看样子并不指望我回应，很快继续下文：“如此说来，丈夫这方面倒是一副信心十足的样子，很有点滑稽可笑。对了，我在你眼中怎么样？是强者还是弱者？”

“一般。”我回答道。

对这个回答先生似乎有点意外。他又一次闭上嘴，默默走动。

回先生家，就从我宿舍旁边路过。到了那里，我觉得不大忍心在拐角处同先生分别，遂说：

“顺便陪您走到家吧！”

先生马上用手制止道：

“晚了，快回去吧！我也得赶紧回去，为了妻君。”

先生最后补充的“为了妻君”，使当时我的心温暖下来。就因了这句话，我回去后得以安心躺下。那以后很长时间我都没有忘记这句“为了妻君”。

由此也可得知，先生同太太之间发生的事并非大不了的风波。其后仍不断出入其家门的我还大致看出，那种事是很少发生的。不仅如此，一次先生甚至还向我流露过这样的感想：

“在这个世上，我只知道一个女人，妻以外的女人对我来说几乎都算不上女人；妻那方面也以为我是天下唯一的男人。从这个意义上，我们应该是天生最幸福的一对。”

如今我已忘了前因后果，因此很难断定先生是出于什么目的让我听那段自白的。但先生态度的认真和语调的沉静，至今仍留在我的记忆里。当时在我耳内引起异常反响的，是最后那句“我们应该是天生最幸福的一对”。先生为什么不说“是”而说“应该是最幸福的一对”呢？这点令我费解。尤其先生在此用力的语气更让我不可思议。先生果真是幸福的吗？还是尽管应该是幸福的而实际上不那么幸福呢？我不能不在心中画个问号。而这问号也只是一时性的，很快不知遁去了哪里。

不久一次去时，先生不在家，我于是有上单独同太太说话的机会。先生那天是去新桥送一个从横滨乘船出国的朋友。当时的习惯，从横滨乘船的人，要乘早上八点半的火车从新桥动身。我因为要请先生给我谈一本书，便依照事先先生应允的时间，九点钟登门。先生去新桥是临时安排：头一天晚上那位朋友特意来话别，先生出于礼节前往送行。出门留下话说很快就回来，叫我等一等。于是我进入客厅，在等先生的时间里同太太交谈。

十一

那时我已是大学生了，与第一次来先生家时相比，自以为成熟了许多。同太太也早已熟识了，在太太面前丝毫不觉得有什么别扭，只管面对面说东道西。但因为所谈内容无甚特别之处，如今全然记不得了。唯有一点留在我脑中。在说那一点之前，有个情况要交代一下。

先生是大学出身[①]，这我一开始就晓得。但先生无所事事游玩度日，却是回京过一段时间后才知道的。当时心想何以能够游玩度日呢？

先生的名字完全不为世人知晓。对先生的学问、思想怀有敬意的，除了和先生来往密切的我以外不至于有其他人。对此我时常表示惋惜。先生则老调重弹，说像他这样的人不配到社会上说三道四，丝毫无动于衷。在我听来，这一回答因过于谦虚，反而像是对社会的冷嘲热讽。实际上先生也不时就如今已成名人的某某老同学横加指责。于是我毫不客气地指出他的这种自相矛盾。较之反驳，我的意思更在于为世间对先生漠然置之而遗憾。其时先生以低沉的语调说道："没办法啊，毕竟我这人横竖都不具有主动介入社会的资格。"先生脸上显然刻有某种深不可测的神情。至于对此我是失望、不平还是悲哀，我不得而知。总之胸口有一种拥塞感，使我再也说不下去，也没有说下去的勇气。

同太太交谈的时间里，话题自然归结到先生身上。

① 大学出身：此处特指东京帝国大学毕生的学士。

“先生干吗老是在家看书思考，不到外面做事呢？”

“他那个人不行，讨厌出去做事。”

“也就是看破红尘，认为做事纯属无聊了？”

“看破不看破，我一个女人家倒不明白。不过大概不是那样子的。恐怕还是想干点什么，但就是干不成。所以怪可怜的。”

“可是从健康来说，先生不也好像没什么毛病的吗？”

“身体是结实，什么毛病也没有。”

“那为什么不去施展呢？”

“就是不知为什么嘛，跟你说，若是知道，我也不会这么担心。因为不知道，才觉得他真是叫人不忍。”

太太的语气充满同情，但嘴角仍挂着微笑。从外表看来，我倒更认真，满脸深沉，默然不语。这时，太太像陡然想起似的开口道：

“年轻时候他不是那种人来着，那时完全不一样，现在简直判若两人。”

“年轻的时候，什么时候？”我问。

“学生时代。”

“学生时代你就认识先生了？”

太太脸上骤然漾出红晕。

十二

太太是东京人。这点从先生嘴里从太太本人那里都早已听说了。太太说实际上她是“混血儿”。太太的父亲大约是鸟取或什么地方人，母亲是东京还叫江户时在市谷出生的，所以太太这样半开玩笑说道。而先生则是方位完全不同的新泻县人。这样，假如两人是在先生学生时代相识的，那么显然并非由于同乡关系。但脸泛红晕的太太看样子不愿多说，我便也没再深问。

同先生相识到先生辞世，我从相当多的角度接触了先生的思想和情操。但关于结婚当时的情况几乎什么也没问出来。有时我善意解释，以为先生作为长辈，有意避免把风流往事讲给年轻人听；但又有时从相反的角度理解，认为无论先生还是太太，同我相比毕竟是在上一时代因循守旧的环境中长大的，因而在男女问题上没有开诚布公的足够的勇气。当然二者都不过是我的猜测罢了。并且假定两个猜测背后都曾有浪漫之花绽放在两人婚姻生活的纵深处。

我的假定果真没有错。但是我仅仅在脑海中描绘出了其爱情的一半。先生美好婚恋的背后，发生过可怕的悲剧。而作为对方的太太却根本不知——至今也不知道——那场悲剧对先生是何等惨痛。先生至死都瞒着太太。他在摧毁太太的幸福之前，首先摧毁了自己的生命。

就这场悲剧我现在什么都不说。至于不妨说两人的婚恋反源自那场悲剧这点，刚才已经说过。两人差不多都对我只字未提，由于太太的谨慎，由于先生更深刻的顾虑。

唯有一件事留在我记忆里。一次樱花时节我同先生一道去上野，在那里见到一对美丽的男女。两人十分亲密地偎依着在花下散步。也是由于场所的关系，较之赏花，很多人把视线投向两人那边。

“像是新婚夫妇。”先生说。

“够亲热的。”我应道。

先生甚至苦笑都未沁出，朝可以将两人排出视野的方向走去。然后这样问我：

“你可恋爱过？”

我说没有。

“不想？”

我没回答。

“不是不想吧？”

“嗯。”

“看见那对男女，你嘲讽了一句吧？那嘲讽中夹杂着不快，一种渴求爱而又得不到对象的不快。”

“听起来是那样子的？”

“是这样子的。在爱情上得到满足的人声音会更温暖些的。不过……不过我跟你说，爱是罪恶，明白吗？”

我陡然一惊，什么也没回答。

十三

我们置身于人群中。每一个人都显得喜气洋洋。穿过人群，进入没有樱花没有人群的树林之前，我们没有谈论同一问题的机会。

“爱是罪恶吗？”这时我突然问道。

“是罪恶，千真万确。”先生回答时的语气同刚才一样斩钉截铁。

“为什么呢？”

“为什么？很快你就明白的。不，不是很快，应该已经明白了。你的心不是早就为‘爱’字跳动了么？”

我看了一下自己胸口，但那里意外地只有一片空白，没有若有所思的东西，什么也没有。

“我胸中没有任何目标。我想我什么也没对您隐瞒。”

“没有猎取目标心才动的。有了就会沉静下来，不再动了。”

“现在没怎么动。”

“你不是觉得不够充实才来我这里的吗？”

“那或许是的，但和爱情不同。”

“是爬往爱情的阶梯。你是作为拥抱异性的顺序而先来我这个同性家里的。”

“我觉得性质上完全是两码事。”

“不，一码事。作为男性我无论如何都不可能给你满足。何况又有特殊原因，就更不能使你满足。实际上我很有些于心不忍。你离开我到别处去也是奈何不得的，或者不如说那正是我所希望的。只是……”

我分外悲伤起来。

“如果先生希望我离开，我也没办法不离开。但我还没有那样的念头。”

先生没有理会我的话。

“可是不注意不行，爱是罪恶。在我这里虽得不到满足，但也没有危险。你，不知道被黑黑的长头发拴住时的心情？”

想象上知道，但作为事实不知道。但不管怎样，我不大明确先生口中罪恶的含义，也有点不大愉快。

“先生，请把罪恶的意思说得再清楚些。若不然。这个问题就在此打住好了，直到我自己弄清罪恶的含义。”

“都怪我，以为把实质告诉了你，想不到让你焦急了。是我做了件错事。”

先生和我从博物馆后面往莺溪那边静静地走着。透过篱笆空隙往宽敞院落里看去，一片山白竹显得那么幽邃。

“知道我为什么每月都给埋在杂司谷的朋友扫墓吗？”

话问得甚是措手不及，并且先生完全清楚我答不上来。我许久没有应声。先生这才好像觉察到似的这样说道：

“又是我错了。怕你焦急给你解释一下，结果这解释又使你焦躁不安。这个问题就到此为止吧。总之爱是罪恶，明白？同时又是神圣的。”

我愈发迷惑不解，但先生再也不提“爱”字了。

十四

年轻的我很容易钻牛角尖，至少在先生眼里怕是如此。较之学校的课，先生的谈话更有益处；较之教授的意见，先生的思想更为可贵，一句话，沉默寡言的先生看上去比站在讲台教导我的大人物还要伟大。

“不可头脑发热。”先生道。

“这是清醒的结果。”

我怀有充分的自信，但对这自信先生没有首肯。

“你脑袋怕是烧昏了。退烧后你就厌恶了。我为被现在的你这么认为感到痛苦。想到往后你将发生的变化，就更加痛苦。”

“你以为我是那么轻薄吗？那么不可信任吗？”

“我是觉得不忍。”

“对不起，是说我不可信任吗？”

先生露出为难的神色，脸转向院子。院子里，前段时间左一朵右一朵沉甸甸点缀着的山茶花一朵都不见了。先生习惯上常从客厅打量那山茶花。

“不可信任？不是专门说你不可信任，而是大凡人都不可信任。”

此时，树墙外传来卖金鱼的叫声，此外便无任何声响了，距大街二百多米深处的小胡同格外安静。房子里一如平时阒无声响。我知道太太在隔壁，知道默默做针线活什么的太太听得见我们的交谈。然而我全然忘了这个。

“那太太也不可信任了？”我问先生。

先生多少显得不安，没有直接回答：

“我连我自己都不信任。就是说，因为连自己都不能信任，也就谈不上信任别人了。只能诅咒自己，别无他法。”

“那么深刻地考虑起来，岂不一个实在可信的人都没有了？”

“不，不是考虑，是做，做完才吃了一惊，才感到非常害怕。”

我本想往前深追一步。不料隔扇另一边两次传来太太招呼先生的声音。叫第二次时先生应了声“什么呀”，太太说“稍来一下”，把先生叫去了隔壁。我不知道两人间有什么事。还没容我想象，先生很快折回了客厅。

“反正不可太信任我，会后悔的。而且，人被欺骗以后，肯定要狠狠报复的。”

“这是什么意思？”

“往日跪在其人脚前的回忆，必使你下一步骑在其人头上。我之所以摈弃今天的尊敬，是为了明天不受侮辱；之所以忍耐今天的寂寞，是为了明天不忍耐更大的寂寞。生活在充满自由、独立、自我的现代的我们，作为代价恐怕人人都必须品尝这种寂寞。”

在如此信念的先生面前，我不知说什么好。

十五

那以后每次见太太都浮起这样的念头：先生对太太也始终是那样一副态度吗？若是这样，太太能满意吗？

从表面上看，看不出太太是满意还是不满意，因为我没有深入接触太太的机会，而且每次见面太太都没有变化。何况若无先生在场，我很少同太太对坐。

我的困惑还不止于此。先生对人的那种信念是从何处得来的呢？仅仅是冷眼反省自己和审视现实的结果不成？先生是坐而深思那类性质的人。只要有脑袋，即使坐思世事，也能自然得出如此结论不成？我认为并不尽然。先生的信念似乎是活的信念，不同于火烧后彻底冷却的石屋轮廓。我眼睛里的先生的的确确是思想家。而在思想家所构筑的主义后面，大约有极为有力的事实，并且不是同自己无关的别人的事实，而是自己有过切肤之感的、几乎使热血沸腾脉搏止跳的事实。

这不是我想入非非，先生本人已这样告白过。只是那告白犹如白色的云峰。告白给我的脑袋罩上了不明真相的可怕迷雾。至于为何可怕，我不得而知。告白是那样的虚无缥缈，然而显然让我的神经发颤。

我设想在先生此种人生观的基点发生过暴风骤雨般的恋爱事件（当然是在先生同太太之间）。结合先生曾说过爱是罪恶一事考虑，这多少是个线索。然而先生告诉我实际上他是爱太太的。那样，不可能从两人的婚恋中产生如此近乎厌世的信念。“往日跪在其人脚前的记忆，必使你下一步骑在其人头上”——先生的这句话大约应该用于现代的一般人，而不适合用在先生与太太之间。

杂司谷那座不知何人的墓——这也不时闪现在我的记忆中。我已得知那座墓同先生有很深的因缘。我在不断接近先生的生活却又无法最后触及，便把那座墓作为先生脑袋中生命的断片同时印入自己的脑海。然而对我来说，那座墓完全是死物，未能成为打开两人间生命之门的钥匙，反而像是横在两人间妨碍自由交往的怪物。

如此一来二去，我又得到了同太太单独面谈的机会。那是白天越变越短的寒秋时节，人人都已感到肌肤发冷了。先生家附近连续三四天发生盗窃案，都发生在刚入夜时候。倒没偷走很像样的东西，但盗贼所去之处必有什么被盗。这使太太心情很不好。偏巧先生因故必须离家一个晚上。先生一位在地方医院工作的同乡朋友到东京来了，先生要在哪里同另外两三人一起请朋友吃饭。先生如此这般说了，求我在他回来前帮他看家，我一口答应下来。

十六

我是黄昏去的，还没有上灯。但凡事认真的先生已经不在家了。

“刚出门，说迟到了不好。”说着，太太把我领进了书房。

书房里有书桌和椅子，有很多书排开漂亮的书脊，隔着玻璃在电灯下泛光。太太让我坐在火盆前面的座垫上，叫我随便看这里的书，然后离开了。我像是等待主人归来的客人似的不大好意思，正襟危坐吸着烟。茶室传来太太对女佣说话的声音。书房位于茶室檐廊尽头拐角，从房内位置来说，拥有比客厅还充分的安静。太太语声告一段落后，便无声无息了。我以静等盗贼进来那样的心情，凝神打量四周。

半小时后，太太又从书房门口探过脸，道了声“呀”，把略显诧异的眼神转给我。大概是笑我太拘谨了，活像来做客的人。

“那样不舒服的吧？”

“哪里，没什么不舒服。”

“但无聊是吧？”

“不，不无聊，只是有点紧张，怕小偷进来。”

太太手拿红茶杯，笑吟吟地站在那里。

“这里是角落，不适合看家。”我说。

“那，麻烦你过中间点来好么？担心你觉得无聊，拿了茶来。

若是茶室可以的话，就在那边上茶。”

我跟在太太身后走出书房。茶室里，漂亮的长火盆上的铁壶发出响声。我在这里喝茶、吃糕点。太太没碰茶杯，说怕睡不着觉。

“先生时常参加这样的聚会吗？”

“不是的，很少很少。近来好像连见人都渐渐不耐烦了。”

话虽这么说，但太太并没怎么现出困惑。于是我不由胆大起来：

“那么，只有太太例外了？”

“不，我也是他所讨厌的一个。”

“那是说谎。”我说，“您明知是说谎才那么说的。”

“此话怎讲？”

“让我说，先生是因为喜欢太太才讨厌人世的。”

“不愧是搞学问的，真会搬弄空道理。不是也可以说因为讨厌人世才连我也讨厌的么？同一个道理。”

“两种说法成立倒是成立，但在这点上我是正确的。”

“别争论了，男人动不动就争论，津津有味似的，拿空茶杯也能应酬个没完没了，我看。”

太太的话多少带刺，但还不至于刺耳，绝没有厉害到那个程度。太太不够现代，不至于想让别人承认自己有头脑并从中觅得一种自豪。太太所珍视的，似乎更是深藏不露的心。

十七

往下我本来还有话要说，但我不愿意被太太看成一味挑起争论的人，只得作罢。太太见我觑一眼已经喝干的红茶杯底，为了不使我离座，遂劝我再来一杯。我马上把茶杯递到太太手里。

“几块？一块？两块？”

不知为什么，太太抓罢方糖，竟看着我的脸听落入茶杯的方糖块数。态度虽谈不上是讨好我，但充满亲切，试图冲淡刚才话语的强度。

我默默地喝茶，喝罢仍沉默不语。

“你倒真能沉默。”太太说。

“觉得一说什么又要挨训，说我挑起争论什么的。”我应道。

“何至于。”太太又一次说。

以此为开端，两人又交谈起来，谈两人都感兴趣的先生。

“太太，再让我接刚才的话题说一点好吗？在您听来或许是没道理，可我并不是在空谈。”

“请说吧。”

“假如您这就不在人世，先生会像现在这样活下去吗？”

“说不清楚啊。这个，不是只有问先生才行的吗？可不是该拿到我这儿来的问题。”

“太太，我是认真的，所以别逃避，请老实回答。”

“是老实的。老实说，我是不清楚。”

“那么，您爱先生爱到什么程度呢？这个问先生就不如问您了——我这就问您。”

“不必突如其来地问这个吧？”

“您是说这是明摆着的事何必问得一本正经，是么？”

“啊，是的。”

“那么忠于先生的您若是一下子没有了，先生会怎么样呢？在这个世上，先生去哪里都好像觉得无趣，而您若是一下子不在了，他会怎么样呢？不是从先生的角度，是从您的角度来看。在您看来，先生是变得幸福呢，还是变得不幸呢？”

“在我看来是明明白白的——先生或许不那样想——离开我，先生只能变得不幸，活不下去都有可能。这么说好像自作多情，但我相信我现在是尽最大努力使先生作为一个人活得幸福的。我想任何人都不可能像我这样使先生活得幸福。所以才能这么坦然。”

“您认为您这个信念完全传达给先生了么？”

“那是另一个问题。”

“还是说被先生讨厌呢？”

“我不认为被他讨厌，因为没理由讨厌我。可先生不是讨厌人世吗？近来较之人世，更讨厌起世人来了。所以，作为世人里面的一个，我不也是不可能被他喜欢的么？”

我终于吃透了太太口中被讨厌的含义。

十八

我很佩服太太的理解力。其态度中有不同于旧式日本妇女之处也激起了我的兴致。她几乎一概不用当时开始流行的所谓新式语言。

我还是个冒失的青年，不具有同女人这一存在深入交往的经验。作为男性的我，出于对异性的本能，经常作为憧憬对象梦见女人。但那终不过是一种朦胧的梦境，一种类似遥望春日温馨云絮的情思。所以实际来到女人面前，我的情感时常发生骤变。一方面为眼前的女子所吸引。另一方面，身临其境反而产生一种奇异的抵触情绪。而面对太太，我全然没有那样的感觉，也没有觉出那种横亘在一般男女之间的思想落差。我忘记了太太是女子，只将她作为先生的诚实的评论家和同情者来看待。

"太太，以前我问过先生为什么不到社会上施展，当时您这样说来着：原本不是那样的。"

"嗯，说来着。本来不是那样子的。"

"什么样子的呢？"

"一个你所希望的，我也希望的大有前途的人。"

"为什么一下子变了呢？"

"不是一下子，慢慢变的。"

"那期间您一直在先生身边的吧？"

"当然，夫妻嘛。"

"那么，应该了解先生所以变化的根源吧？"

"头痛的就在这里。你这么一说，我心里更是难受得不行。可我怎么想都想不出头绪。这以前我不知求了他多少次，求他说个水落石出。"

"先生怎么说？"

"没什么可说的，没什么可担心的，我生来就这么个脾性——光是这么说，不把我的话当一回事。"

我默然。太太也宁静下来。佣人房间里的女佣没有一点动静。我早把小偷忘得一干二净了。

“你认为责任在我身上吗？”太太突然问。

“没有。”我答道。

“请你直率地说吧。让别人这么想，比杀了我还难过。”她又说：“纵使这样，我依旧愿意为他献出所有。”

“既然先生也觉得是这样的，就没关系，您别担心吧，我敢保证。”

夫人扒平了火盆里的灰，然后把水罐里的水给水壶续上，水壶立刻不响了。

“我终于忍耐不了，问了先生；‘我若有不对的地方就开门见山说吧，能改的我肯定改。’可是先生说：‘你没有错，错都在我身上。’我愈加痛苦，哭了出来，更加想知道自己的过错。”

夫人眼中满含着泪水。

十九

刚开始，我把夫人当成个有理解能力的女性看待的。在交谈过程中，我发觉她的神情逐渐变了。虽然她是在向我的头脑倾诉，却开始打动我的心。夫人痛苦的根源就在这里：虽然自己同丈夫之间没有任何隔阂，也不应该有，却又明显有着什么，然而睁大眼睛想细看个究竟时，却什么也没有。

夫人起初，断言先生是以厌世的眼光观察社会的，因此也就厌弃了她。虽然有这样的认定，却又不能问心无愧。说心里话，她从另一个角度来想了，猜想大概是先生因为讨厌自己的原因，最终发展到讨厌社会了。可是无论怎样费尽心思，也找不到事实来佐证这个猜想。先生的神色总是那么温和，既和善又亲近。夫人将这个怀疑用以往的情谊包裹起来，埋藏在心底深处，那天晚上在我面前将这个包裹打开来让我看。

“你所说的人世观什么的造成的？只管说，别隐瞒。”

我无意隐瞒。但假如其中有什么我不知晓的东西的话，那么无论我怎么回答，都不可能使太太满意。而我相信其中必有我不知晓的什么。

“我不明白。”

太太顿时现出希望落空时那种可怜的表情。我马上继续道：

“但有一点可以保证：先生决不讨厌太太。先生不是说谎的人，是吧？”

太太什么也没回答。稍顷，这样说道：

“我倒是有一点点心有所觉的事……”

“关于先生变成那样子的原因？”

“嗯。如果是那个原因，那么至少就不是我的责任——仅此一点就可以使我大获解脱……”

“什么事呢？”

太太欲言又止，望着放在膝头的手。

“你来判断，我说。”

“只要我能够。”

“不能全说。全说了要挨骂的，只说不会挨骂的部分。”

我紧张地吞了一口唾液。

“先生还读大学的时候。有一个非常要好的朋友。那位朋友马上就要毕业时死了，突然死的。”

太太以悄悄话般低小的声音说“死得很奇怪”。那是一种让人不由得想追问死因的说法。

“只能说到这里。问题是在那以后。那以后先生脾性渐渐有了改变。至于那位朋友是为什么死的，我不知道。先生恐怕也不知道。但如果认为先生的变化是从那时开始的，也不是无中生有。”

“是那个人的墓吧？杂司谷的。”

“那也不能说的。但一个人死了一个朋友就会变成那样子的吗？我非常非常想知道这一点。所以才请你来判断。”

我的判断莫如说倾向于相反的方向。

二十

我以我所掌握的事实为例，尽可能地安慰太太。太太也一副已最大限度得到安慰的样子。于是两人就同一问题谈了很久很久。但我本来就没抓住事情的根本。太太的不安也来自其中如烟似雾的疑惑。谈到事情的真相，太太本身也所知无多。纵使知道的，也不能全部告诉我。所以，安慰她的我也好，被安慰的太太也好，都像浮在水面上摇摇晃晃。太太一边摇晃，一边执着地伸手扑在我弱不禁风的判断上。

十时许，门口传来先生脚步声。太太陡然忘掉刚才一切似的，撇开对面坐着的我站起身，几乎同开拉门的先生撞个满怀。被撇下的我跟在太太身后迎去。只有女佣怕是正在打盹，没见出来。

先生情绪倒是满好的。太太的情绪更好。记得就在刚才太太美丽的眼睛里还噙满泪花，黑色的眉根还蹙成八字。现在完全一变。我仔细观察着，觉得这种变化异乎寻常。倘若那不是假象（实际上我也不那么认为），那么太太刚才的倾诉便未尝不可以看成女性的一种游戏——特意选我为对象来把玩自己的感伤。不过，当时的我并不想这样责备太太。莫如说，在心情上看见太太突然如此满面生辉，反倒放下心来。转而想到，若是这样，就不必那么担忧了。

“让你辛苦了！小偷没有来么？”先生笑着问道，“小偷没来，够没劲的吧？”

临回去时，太太低下头说“真叫人过意不去”。听语气，与其说是为忙时占用我时间而过意不去，倒不如说像是在开玩笑——为我特意来了而小偷却没来感到遗憾。说着，太太把刚才拿出来而没吃完的糕点用纸包了，放在我手里。我塞进袖兜，拐过行人寥寥的凉飕飕的小路，快步往热闹街衢那边走去。

我把当晚的事从记忆中抽出，将我认为有必要的部分详细写在了这里。不过说实话，以我当时拿了太太的糕点回来时的心情，谈不上怎么看重当晚的谈话。第二天从学校回来吃晚饭，看见昨晚放在桌上的糕点包，立即拿起一块涂着巧克力的茶褐色蛋糕，大口塞进嘴里。边嚼边在心里确认送给我糕点的一男一女终归是作为幸福的一对存在于世的。

秋天进入尾声，冬日即将来临。这段时间没有特殊的事发生。出入先生家门，我顺便求太太浆洗或缝制衣服。过去从未穿过汗衫的我，开始在背心外面套上带黑领的汗衫。太太没有小孩，说这样照顾我反倒可以消磨时间，结果上对身体有好处。

“这是手织品，从没用过这么好的衣料缝过衣服。只是缝得不够好，针根本扎不进去，弄断了两根针呢！”

即使这么诉苦的时候，太太也没露出不耐烦的神情。

二十一

入冬后，没想到我必须回老家一次。母亲来信，说父亲的身体情况不大妙。虽然眼下不要紧，但毕竟年纪大了，叮嘱我尽可能抽时间回去一次。

父亲一向肾不好。一如进入中年的人常见的那样，父亲的这个病是慢性的。因是慢性的，本人也好家人也好也就认为只要注意，便不至急转直下。实际上，迄今为止父亲也是一味靠休养坚持过来的。本人在有客人来时就经常这样吹嘘。便是这样的父亲——母亲信上说——一次去院子里做什么时，突然晕倒在地。家人误以为是脑梗，马上做了手术。事后医生判断说大概不是脑梗，恐怕还是老病所致。全家听了，这才把晕倒同肾病联系起来。

到放寒假还有一段时间。估计等到学期结束也不碍事，便一天天拖了下来。但拖的时间里，眼前不时浮现出父亲卧床的样子和母亲焦虑的神情。而每一浮现，我心里都觉出一种痛苦。终于下决心回去。为了省去从老家寄旅费的麻烦和时间，我打算在先生那里打招呼时候顺便求先生暂时垫付所需费用。

先生有点感冒，懒得进客厅，让我到书房去。透过书房玻璃窗，冬日里少见的温馨和煦的阳光射在扶手椅上。这天，先生在这光明亮足的房间里放了一个大火盆，用火撑子上铁脸盆的水蒸气来防止呼吸困难。

“大病还好，这小小的感冒反而麻烦。”先生苦笑着看我的脸。

先生这人从未得过什么病。听他这么说，我有些想笑。

“我嘛，感冒倒可以忍受，再大的病可不愿意得。先生也一样吧？试一试您就知道了。”

“是啊。若是得病，我想还是得绝症好。”

我没怎么留意听先生的话。当即提起母亲来信的事，向他借钱。

“哪怕是够受的。那点钱现在手头就有，拿去就是。”

先生叫来太太，让她把我需要的数目摆在我面前。太太从茶具柜式的什么柜的抽屉里把钱拿来，小心叠放在半纸[①]上，说：

“够你担心的。”

“晕倒好几次了么？”先生问。

“信上没写多少次，是会晕倒好几次的吗？”

“是的。”

我这才知道太太去世的母亲得的也是我父亲这种病。

“总之很棘手是吧？”我说。

① 半纸：一种长24～26cm，宽32～35cm大小的日本纸，白色。

"是啊。我要是能代替他就好了……有呕吐现象吗？"

"有没有呢……信上什么也没写。大概没有吧。"

"只要没呕吐就还不要紧。"太太说。

当晚我乘火车离开了东京。

二十二

父亲的病没有预想的严重。我到家时，他正盘腿坐在褥垫上，说："大家都担心，只好这么忍着不动，其实起来走动都可以的了。"从第二天起，他再不听母亲的劝阻，到底起身下地。母亲一边老大不情愿地叠起粗绸被褥，一边说："你父亲见你回来了，突然逞起能来。"从父亲举止看，我倒不觉得父亲是在虚张声势。

哥哥远在九州做事，不到万不得已的时候，难得见上父母一面。妹妹嫁到外地。她也同样，不到紧急关头，是不会被轻易叫回来的。兄妹三人中，最方便的就是我这个读书郎。而我遵照母亲吩咐，扔下学校的课不管，没放假就赶了回来，这点使父亲大为满足。

"抱歉，这点病就让你耽误功课，都怪你母亲，信写得也太夸张了。"父亲口头上倒是这样说。不光说，还让母亲把被褥收拾起来，表现出平时那种健康的样子。

"可别轻举妄动，不然病又回头了。"

对我这个提醒，父亲显得十分愉快而又漫不经心。

实际也好像不要紧。在房子里随意走来走去，既不气喘，又不眩晕。只是脸色比一般人差许多。但由于不是现在才出现的症状，我们都没怎么放在心上。

我给先生写信，就借钱表示感谢。并说正月回京时把钱带去。还一并写道父亲的病情没有想的那么刻不容缓，眼下问题不大，眩晕和呕吐都没出现等等。最后补充一句，问先生的感冒好了没有。实际上我没把先生的感冒当一回事。

寄信时我绝没指望先生会回信。信寄出后，我一边和父母谈论先生，一边遥想先生的书房。

“这次回东京带点香菇去。”

“嗯。不过不知先生吃不吃干香菇。”

“谈不上多好吃，可也没什么人讨厌。”

把先生同香菇放在一起考虑，我觉得有点好笑。

先生来信时，我吃了一惊。尤其得知内容没说特殊事，就更吃惊了。我想先生给我回信只是出于好意。想到这里，一封简单的回信给了我大大的欢喜。当然，这是我从先生那里接到的第一封信。

说起第一，给人的感觉似乎我同先生之间常有书信来往，事实上绝非如此。这点我要交代一下。先生生前我仅仅收到他两封信。一封是现在这封短信，另一封是先生死前专门写给我的极长的信。

就性质来说，父亲的病必须小心行动。所以起床后他已几乎足不出户。一个天气极为平和的午后去了次后院。当时为防万一我紧贴紧靠地陪他一起走。我放心不下，叫他把手搭在自己肩上，父亲笑而不应。

二十三

我时常同百无聊赖的父亲下象棋。两人都是懒人，下棋也守着脚炉不动，把棋盘放在脚炉支架上。每次移动棋子，都特意把手从罩被下抽出。好几次弄丢了棋子，却直至下到胜负关头才发觉。甚至有一次母亲从炉灰里扒出棋子，用火筷子夹起，一时哭笑不得。

“围棋由于棋盘高、有脚，没办法在脚炉上；这方面象棋就正好，可以舒舒服服地下，正合懒人意。再来一盘！”

父亲赢时必定说再来一盘，而输了也要来一盘。总之赢也好输也好，都要守着脚炉下个没完。一开始觉得新奇，这种老人娱乐使我也产生了不小的兴致。但随着时间的推移，血气方刚的我便无法满足于这种程度的刺激了。我把攥着金将、香车[①]的拳头举过头顶，不时放肆地打个哈欠。

我开始考虑东京。心脏里汹涌血潮的那一边，传来连续催战般的律动。不可思议的是，那律动声似乎因先生的力量而从某种微妙的意识状态中变得强劲起来。

我在心里将父亲同先生比较了一下，以世人看来，两人都是看不出是死是活的老实人。从被人承认这点来说，哪一方都是零。关于喜欢下象棋的父亲，即使仅仅作为娱乐对手，我也觉得不够满足；而从未在娱乐上打过交道的先生，却不知不觉给我的脑袋以影

① 金将、香车：均为日本象棋子名。

响，其程度已超出一同娱乐带来的亲近感。只是，“脑袋”这个说法过于冰冷，我想改为“心胸”。纵然说先生的力已吃进我的肌肤，先生的生命已流进我的血管，对当时的我来说也丝毫不为夸张。父亲是我真真正正的父亲，先生无须说是彻头彻尾的他人——当我把这个明白无误的事实特意摆在自己眼前时，我才像发现一个伟大真理般愕然。

差不多和我开始坐立不安的同一时候，在父母眼里原本珍稀的我也渐渐就变得无足为奇了。我想这大约是暑假回家谁都同样体验到的心情，一个星期以内被娇生惯养待为上宾，而一旦按常规越过顶峰，往下家人的热情便渐渐冷淡，最后往往就不当一回事，甚至有没有似乎都无所谓了。我在家的时间也已越过顶峰。加之我每次回家都从东京带回父母莫名其妙的怪味儿。就像过去把天主教味道带到儒者之家一样，我带回的东西也与父母格格不入。当然我是有意藏而不露的。但原本就是附在身上的东西，再隐藏也会在不觉之中让父母注意到。我终于没了兴趣，想快些返回东京。

所幸父亲病情稳定下来，一点儿也看不出朝恶化的方向发展。为慎重起见，特意从远处找来相当不错的医生，请其仔仔细细诊察一番，结果还是没有发现我所知道的以外的症状。我决定寒假即将结束前动身离家。人情这东西也真奇妙，一提动身，父母双双反对。

“这就回去？不还早吗？”母亲说。

“再待四五天也来得及吧？”父亲道。

我没有改变自己定下的动身日期。

二十四

回东京一看，松饰[1]已经除掉了。街头寒风劲吹，一眼看去，竟丝毫也找不到正月气象。

我马上去先生家还钱，香菇也顺便带了去。只是不好直愣愣递出，便婉转说是母亲让我转交的，放在太太面前。香菇装在新糕点盒里。太太郑重道谢，要去隔壁时拿了起来，没想到竟这么轻，便问："这是什么糕点？"熟识以后，太太流露出这种极为淡泊的小孩子气。

两人都就我父亲的病情担心地问了很多。其间先生这样说道：

"按你说的情形，好像不至于马上如何如何，但病终究是病，万万马虎大意不得。"关于肾病，先生知道很多我不知道的事。"那种病的特点就是自身得病却又意识不到，满不在乎。我认识的一个军官，最终死在了这上面，死法简直令人难以置信。睡在身旁的妻子都几乎没来得及看护。半夜说有点难受，叫醒妻子，第二天早上已经死掉了。妻子还一直以为丈夫睡着呢。"

原本倾向于乐观的我突然担忧起来。

"我父亲的病会不会那样呢？不能说不会吧。"

"医生怎么说？"

"医生说治是治不了，可还说眼下不用担心。"

"那就不要紧吧，既然医生那么说。我刚才说的是粗心大意的

① 松饰：日本新年时正门上装饰的青松枝。

人，而且是相当胡来的军人。”

我约略放下心。先生定定地注视我表情的变化，又这样补充一句：

“不过人这东西，健康也罢有病也罢，都是非常脆弱的。很难说死于什么时候什么原因什么方式。”

“先生也考虑这个吗？”

“我就是再健康，也不能完全不考虑。”先生嘴角浮起笑影。“不是常有人一下子就死了么，自然而然地，转眼间就死的人也有的吧？由于非自然的暴力。”

“非自然的暴力是什么？”

“是什么我也不清楚。但自杀之人采用的都是非自然的暴力吧？”

“那么被杀也是非自然暴力造成的了？”

“被杀倒从没想过。那么说倒也是的。”

这天说到这里我就回去了。回来后父亲的病不再让我那么牵挂了。先生所说的自然死与非自然暴力之下的死当时也只是给了我淡淡的印象，稍后就无遗痕了。我想起我的毕业论文，过去想了很多次都没动笔。现在该正式开始了。

二十五

我预定这年六月毕业，无论如何必须按规定在四月内完成这篇论文。二、三、四屈指计算所余时日之时，我多少怀疑起我的气魄。其他人很早就搜集资料，整理笔记，即使在旁观者眼里都干得热火朝天。唯独我还什么都没着手。我有的仅仅是过了年大干一场的决心，只是以决心开始的。而这决心也很快烟消云散，迄今为止，我不过凭空勾勒出庞大的课题，自以为构筑起了基本框架。现在我开始抓耳挠腮起来。随后我缩小了论文要写的问题。为了节省系统归纳构思的时间，我决定只罗列书上的材料，然后加一个相应的结论上去。

我选的论题同先生的专业有血缘关系，选择当时就征求了先生意见。先生说“还可以吧”。现在，不无狼狈的我赶紧跑去先生那里，问必须读哪些参考书，先生倾其所有的知识慷慨地给予了我，并说借我两三本必读书。然而先生丝毫没有心思指导我。

“近来没怎么看书，不了解新东西。还是问学校的老师好。”

这时我蓦地想起太太这样说过，一段时间里先生十分喜欢看书，后来不知为什么不如以前那么有兴趣了。于是我撇开论文，不自禁地开口道：

“先生看书的兴趣为什么不像以前那样大了呢？”

“也谈不上为什么……就是说，大概是觉得读几本书也不至于变得多了不起吧。另外……”

“另外还有吧？”

“倒也算不上还有。以前嘛，如果在人前被人问到时说不知道，感到很不好意思，像是一种耻辱。近来发觉不知道也没那么丢人现眼，就不知不觉没了硬要看书的劲头儿。一句话，老啦！”

先生的话语毋宁说是平静的。由于并不带有悲观厌世之人的苦涩，没有给我多大的冲击。我既不认为先生老了，又未觉得先生很了不起，就这样告辞回走。

往下时间里，我几乎像个被论文搞得走火入魔的精神病患者，红着眼睛苦苦挣扎。我向一年前毕业的朋友打听了种种情况。其中一个告诉我他是期限截至当天驱车赶到办公室，好歹应付了事；另一个说晚了十五分钟在五点十五分提交的，若非主任教授的好意，差点就被拒之门外了。我感到不安，同时又定下心来。每天坐在桌前一直干到筋疲力尽。或者钻进光线幽暗的书库，在高大的书架间东张西望。眼睛犹如好事之人发掘古董时那样掠过书脊的烫金字。

梅花开的时候，冷风渐渐往南吹去。大致忙完一阵后，有关樱花的消息断断续续传来耳畔。但我仍像驾车的马一样目视前方，被论文抽打着狂奔。进入四月下旬，终于写完要写的东西。这期间一次也没进先生家门槛。

二十六

我获得自由，已是初夏时节了，八重樱落花后的枝条已不觉伸出绿叶。我纵目四顾辽阔的天地，自由地拍打翅膀。我立刻往先生家走去。沿途枸橘篱笆黑乎乎的枝头冒出胀鼓鼓的嫩芽，石榴树干巴巴的树干上那珠滑玉润的茶褐色叶片柔柔地反射着太阳光，它们一路吸引我的目光。我像有生以来初次见到一样感到新奇。

先生看我这么兴高采烈，说道：“论文写完了？好嘛！”我说：“托您的福，总算弄出来了，再没什么要干的了。”

实际上当时的我也已了结大凡该做的事，心里一片晴空，恨不得马上尽兴游玩一场。对自己完成的论文怀有足够的自信和满足感。我在先生跟前就论文内容喋喋不休。先生以平时的语调哼哈应着，完全不置一词。我感到意犹未尽，或者不如说有点扫兴。但这天我浑身充满活力，简直足以对先生因循守旧的态度尝试反击。我打算把先生拉进即将满日苍翠的大自然中。

“先生，到哪里散敢步好吗？去外头心情好得很。”

“去哪里？”

对我来说哪里都无所谓，只是想把先生领去郊外。

一小时后，先生和我如愿以偿地离开市区，在分不清是村庄还是城镇的幽静地带信步而行。我从光叶石糖树篱揪一片嫩叶做个树叶笛吹着。我有个鹿儿岛朋友，模仿他的时间里自然学会了怎么吹。所以树叶笛这玩艺儿吹得很拿手。我得意地吹个不止，先生佯做不知地往别处走去。

不久，一座被新绿封锁般树木葱笼的高门楼下闪出一条小径。门柱钉的标牌上写着某某园，当即得知不是私人住宅。先生望着缓坡上的入口，说“进去看看吧”。我马上应道：“是苗圃啊！”

往里走过一弯灌木丛，左侧有座房子。大敞四开的拉窗里空荡荡不见人影。只有檐下一个大鱼缸里养的金鱼在动来动去。

“好静啊，擅自进去可以吗？”

“不要紧吧！”

两人又往里边走去，还是空无人影，杜鹃花燃烧一般盛开怒放。先生用手指着其中一株桦木色的高个子说：“是雾岛[①]吧？”

① 雾岛：指雾岛杜鹃，生长在日本九州雾岛山附近。

芍药也栽了十多坪[①]。因为还不到季节，开花的一株也没有。芍药圈旁边有一条旧长凳，先生在上面躺成个“大”字。我坐在余出的端头吸烟。先生仰望澄碧的天宇。我看围拢自己的嫩叶看得入迷。细看之下，嫩叶每一片都有所不同。即使同一株枫树，也没有一条树枝上叶片都呈同一颜色。先生随手挂在细杉树苗顶端的帽子被风吹下。

二十七

我赶快拾起帽子，用指尖弹去上面沾的几处红土。

“先生，帽子掉了。”

“谢谢。”先生欠起上半身接过帽子。随即以半起半卧的姿势问我一件怪事，“冒昧问一句，你家是有不少财产的吧？”

“算不上有。”

“能有多少呢？别见怪。”

“多少？也就有一点山林和田地，钱什么的分文皆无吧。”

先生正正经经地问我家的经济，这是第一次。至于先生的生活情况，我还什么都没问过。刚同先生相识，我就纳闷先生何以能够终日优哉游哉。其后这个疑问也始终挥之不去。但我一再克制自己，觉得将如此露骨的问题捅到先生面前未免冒失。现在，嫩绿使我的眼睛消除了疲劳，我的心又一下子触上了这个疑问。

“先生怎么样，拥有多少财产呢？”

① 坪：日本土地面积单位，约3.306平方米。

“看上去我像是财主吗？”

先生平时穿着莫如说很朴素。家里人口少，所以房子也绝对不大。但物质生活充裕这点，就连我这个不知内情的人也看得一清二楚。总之，先生的生活即或算不上奢侈，也绝不是紧巴巴死板硬邦邦的。

“是吧。”我说。

“钱还是有一些的，但绝不是财主。财主要造更大的房子。”

这时先生直起身，盘腿坐在长凳上。如此说罢、用手杖头在地面画起圆圈样的圆形。画罢，将手杖笔直戳在地上。

“可原本该是财主来着。”先生半是自言自语地说道。

我思路未能及时跟上，遂未作声。

“可原本该是财主的，跟你说。”先生重复了一遍，看着我微笑。我仍然什么也没反应，不知如何应答才好。

先生随即转到另一个问题上；

“你父亲的病后来怎么样了？”

关于父亲的病，正月以后我什么也不知道。每月连同汇票寄来的短信照例是父亲的笔迹，但几乎不再提及病情如何。并且字体也很坚挺，全然没有此类病人手颤造成的缭乱。

“什么也没说，大概还好吧？”

“还好就好……不过病毕竟是病。”

“还是不成吗？眼下怕是稳定下来了，什么也没说嘛。”

“是吗？”

先生问我家财产、问父亲的病情——我以为这是普通谈话，不外乎心里怎么想便嘴上怎么说罢了。然而先生的话里有很大的含义——将二者联系起来的含义。不用说，不是有先生亲身经验的我无从意识到这点。

二十八

“我想，既然你家有财产，是不是该趁眼下时间好好处置一下，倒是多管闲事。在你父亲还健在的时候，把该接受的东西接受下来如何？你父亲万一有什么，最麻烦的就是财产问题。”

“哦。”

对先生的话我没甚在意。我相信我家里没有一个人为这个担心，不仅我不担心，父母也是如此。而且，先生所说的——就先生来说——未免过于实际，使我有点意外。但出于对年长者一向怀有的敬意，我没有作声。

“我是预想你父亲将要去世才说这种话的，如果惹你不快，就原谅我好了。可是，人终归要死的，即使再健康，也说不定什么时候死掉。”先生的口吻一反常态，令人难以忍受。

“这个我一点儿也没放在心上。”我争辩道。

“你兄弟几人？”先生问。

先生问我家几口人，问有没有亲戚，问我叔父叔母情况。最后这样问道：

“全是好人么？”

“好像倒也没什么算是坏的人。差不多都是乡下人。”

“乡下人怎么就不坏呢？”

我被逼问得透不过气。然而先生甚至让我思考的余地都不留给我：

“乡下人反而比城里人还要坏。还有，你刚才说了，你的亲戚里边，好像没有可算是坏人的人。但你是认为世间是存在坏人那种人的吧？世人不会有像是从坏人模子里铸出来的坏人。平时都是好人，至少是普通人。而到了关键时刻，就摇身变成了坏人，所以也才可怕，大意不得的。”

看样子先生无意就此打住，我也想说点什么。不料后来突然有狗叫了起来。先生和我都吃惊地回过头去。

从长凳一侧往后栽植的杉树苗旁，有一片三坪左右的山白竹，茂盛得遮蔽了整个地面。狗便从山白竹里探出头和脊背，叫得很起劲儿。正叫着，一个十来岁的小孩跑来把狗喝住。小孩戴一顶带徽章的黑帽，转到先生面前敬个礼问：

“叔叔，进来时家里谁也没有吗？”

“没有啊。”

“本来姐姐和妈妈在厨房那边来着。”

“是吗，有人在的？”

“啊，您打声招呼再进来就好了！”

先生苦笑一下。从怀里掏出钱包，把五分镍币塞在小孩手里。

“告诉妈妈，说让我们在这儿休息一会儿。”

小孩显得伶俐的眼睛里涨起笑意，点了点头。

“现在是斥候长家的地方。”

小孩说罢，穿过杜鹃花丛跑去下面。狗高高卷起秃尾巴从后面追赶小孩。不一会儿，两三个年龄相仿的小孩出现了，也朝斥候长那边跑去。

二十九

由于这狗和小孩，先生的话未能进行到最后，我便最终未得要领。对于先生耿耿于怀的财产之类，当时我丝毫也没挂在心头。从我的性格以及我的成长环境来说，当时的我根本没有为利害之念伤脑筋的余地。想起来，这恐怕也是因为我还没有步入社会，没有实际身临其境的缘故。总之，不知为什么，对于年轻的我，钱财问题仿佛远在天边。

先生的话中，唯独一点我想刨根问底，就是到了关键时刻任何人都将变成坏人这句话的含义。单单作为词语，我不是不能理解；但我想把握其内涵。

狗和小孩离开后，宽阔的新叶园重新归于静谧。我们像被人锁住嘴巴，半天都不说不动。跟前的树大约是枫树，那青翠欲滴的新叶似乎渐渐黯淡下去。远处马路传来拉货车的隆隆声。我猜想是村里的人拉着花木什么的去赶庙会。先生听了，忽然像从冥想中清醒过来似的站起身。

“差不多该往回走了。天好像长了不少，不过这么闲逛当中，还是很快就到了晚上。”

先生后背满是刚才在长凳仰卧留下的痕迹，我用双手拍打下去。

“谢谢。没沾上松脂什么的？”

“都拍掉了。”

“这个外褂是最近刚做的。若是弄得一塌糊涂，回家要挨妻训的。谢谢。”

两人来到缓坡中间那座房子跟前。进来时像没人在的檐廊里，女主人跟一个十五六岁的女孩往线轴上缠线。我们从大鱼缸旁边寒暄说：“打扰了！”女主人说不客气，然后对刚才给小孩镍币表示感谢。

出门走了二三百米，我终于对先生这样开口道：

“刚才您说的人到关键时候谁都要变成坏人，是什么意思呢？”

“意思？没有多深的意思。就是说，是事实，不是道理。”

“事实也没关系，我想问关键时候是什么意思。到底指哪一种场合呢？”

先生笑起来，像是在说时过境迁的现在已没心思再好好解释了。

“钱！一看见钱，任何正人君子都马上变成了坏人！”

我觉得先生的回答实在太平淡了。先生没有兴致。我也有点泄气，遂板起脸大踏步走了起来，先生自然有点落后。

“喂喂，”先生从后面招呼我，“喃，你瞧你瞧！”

“瞧什么？”

“瞧你的心情嘛。因我一句答话不就马上变了？”先生看着我的脸——我停下来等他——这样说道。

三十

当时的我在心里对先生很是不满。并肩而行之后，我也故意不问自己想问的事情。但先生不知意识到没有，对我的态度毫无介意的样子，一如往常默默迈着极为悠闲的步子。我有点恼火，想说句什么惩治一下先生。

“先生。”

“什么？”

“您方才有点激动吧，在苗圃院里休息的时候。我很少看见先生激动，今天倒是觉得领教了先生的罕见之处。”

先生没有马上回答。我感到有了效果，又觉得好像未击中，只好不再作声。不料先生忽地拐去路边，在修剪得整整齐齐的树篱下撩起衣服下摆小便。我怅然站在那里。

“啊，抱歉。”

说罢，先生又走了起来。我终于放弃了惩治先生的念头。我们走的路渐渐热闹起来，左右两侧房舍井然相连，挡住了刚才晃晃闪现的宽阔的坡田和平地。但仍有不少人家房前屋后的院角有豌豆蔓爬在竹竿上，或用铁丝网围起来养鸡，看上去一片恬静。从市里回来的驮马不断相交而过。我看这些看得出神，刚才窝在心里的问题不翼而飞。先生突然折回话题时，我都已经忘了。

“刚才我看上去就那么激动吗？”

“倒也不至于‘那么’，多少……”

“啊，‘那么’也没关系，实际上也激动来着。一提起钱，我肯定激动。你怎么看我不知道，我可是个对有些事耿耿于怀的人。对于自己受到的屈辱和伤害，十年二十年我都忘不了。”

先生的语气比刚才还要激动。但我惊愕的决非语气，倒是先生的话语诉诸我耳朵的含义本身。从先生口中听得这样的告白，即使熟识如我，也完全出乎意料，作为先生的性格特点，我甚至从未想象过他竟会如此计较前嫌。我以为先生懦弱得多，并对其懦弱而超脱的气质怀有由衷的亲切感。我曾试图——尽管一时——把矛头指向先生，但在这些话面前，我没有了勇气。先生还这样说道：

“我被人欺骗了，而且是被有血缘关系的亲戚欺骗的。这我决不会忘记。在我父亲面前他们一副正人君子面孔，而父亲尸骨未寒，就变成了难以宽恕的不义小人。从小至今我始终背负着他们带给我的屈辱和伤害，恐怕要一直背到死。因为我死也不能忘记。但我尚未复仇。想起来，我现在做的事已超出了个人的复仇。我不单单憎恨他们，还对他们所代表的所有人怀有憎恨。我认为此即足矣，足矣。”

我竟连一句安慰话也未说出。

三十一

这天的谈话就到此为止了。我对先生的态度莫如说产生了畏惧，再没情绪向前推进。

两人从市区外围上了电车，车内几乎没有开口。下车很快就告别了。告别时先生又是一变，用比平日还开朗的语调说；“从现在到六月是最开心的时候，说不定是一生中最开心的，好好玩玩吧！”我笑着摘下帽子。我看着先生的脸，怀疑先生是否真在心里对一般人怀有怨恨。那眼神，那口角，哪里都没有厌世的阴影。

我坦白，自己在有关思想的问题上从先生那里得到很大教益。

但也必须说，也有时想得到教益而未能如愿。先生的谈话有时候不得要领。那天两人在郊外的谈话，便作为不得要领的一个例子留在我的脑中。

一次我终于不客气地跟先生挑明。先生笑了。我这样说道：

“脑袋迟钝而说话不得要点倒也罢了；伤脑筋的是明明知道却不清楚地告诉人家。”

“我什么也没有隐瞒。”

“隐瞒了。”

“你是不是把我的思想、意见一类的东西同我的过去一锅粥搅和在一起了？我固然是个思想贫乏的思想家，但我没有把自己头脑里归纳出来的东西死活不讲给别人听，因为没有隐瞒的必要。至于一定要在你面前将我的过去和盘托出，那就是另一个问题了。”

“我不认为是另一个问题。先生的过去产生了先生的思想，我很看重这点。把二者割裂开来，对于我就几乎无价值可言了。我得到的仅仅是没有注入灵魂的偶人，没有办法满足。

先生瞠目结舌地看着我，拿卷烟的手徽微颤抖。

“你够大胆的了。”

“只是认真罢了，想认真地从人生中接受教训。”

“即使揭露我的过去？”

“揭露”一词突然以一种令人恐惧的声韵叩击我的耳鼓。此刻坐在我面前的先生，仿佛成了罪人，而不是我平素敬重的先生。先生脸色发青。

“你真是认真的吗？”先生问，“我出于过去的经历，对人持怀疑态度，所以实际上连你也怀疑。可是我总感觉至少不该怀疑你。你好像过于单纯了，不足以怀疑。死之前我还是想相信人的，哪怕相信你一个也好。你能成为这唯一的一个吗？你打心底往外是认真的吗？”

“假如我的生命是认真的，我现在说的就也是认真的。”我的声音发颤。

“那好！”先生说，讲给你好了！把我的过去毫无保留地讲给你。只是……也罢，那也无所谓。不过对你来说，我的过去可能没什么用处。也许不听更好。另外……现在不能讲，你先别急。因为不到适当时机是不能讲的。”

回宿舍后我也还有一种压迫感。

三十二

在教授眼里，我的论文似乎没有我自己评价的那么好。但毕竟顺利通过了。毕业典礼那天，我从柳条箱里翻出带一股霉气味的旧冬服穿了。进会场排着队列，每个人都好像热得够呛。我整个身子被密封在厚毛呢里，难受得不行。站不多会儿，手里的手帕便整个湿透了。

典礼一结束，我马上回来脱光衣服。打开二楼的窗口，我把毕业证书一圈圈卷成望远镜，从圆筒里环视这个世界。然后扔到桌子上，在房间正中躺成个“大”字。我躺着回顾自己的过去，想象自己的未来，觉得在二者之间画出一道界线的这张毕业证书似乎是一张很怪的纸，既好像有意义，又仿佛无意义。

这天晚间去先生家吃饭。早就讲定，若顺利毕业，当日晚饭不去外面，而在先生家餐桌上用。

餐桌果然在客厅靠近檐廊的地方摆好。织有花纹的浆硬的厚桌布楚楚动人地反射着电灯光。在先生家吃饭，笃定在西餐馆才可见到的白亚麻布上摆上碗筷。而且必定刚刚洗过，雪白雪白。

“和衣领衣袖是一回事。如果脏了还用，就莫不如一开始就用带颜色的。白的就要纯白才行。”

如此说来，果然先生喜好清洁。书房都收拾得井井有条。我这人邋遢，先生这个特点不时给我极深的印象。

“先生有洁癖啊。”一次我这样告诉太太。太太说：“不过穿着倒不那么讲究。”先生在一旁听了，笑道：“说实话，我在精神上有洁癖，一直为这个痛苦。想来这性格也真是傻气得很。”所谓精神上有洁癖，意思不知是一般说的神经质，还是道德上严于律己，我想不清楚。太太大概也稀里糊涂。

这天晚上我同先生对坐在白桌布前。太太则置两人于左右两侧，独自面对院子入座。

“祝贺你！”说着，先生朝我举起酒盅。这盅酒没有怎么引起我高兴的心情。当然，我自己的心不具有能与这句话相呼应的雀跃感也是一个原因。但先生的语气也绝不带有激起我兴致的欣喜之情。先生笑着举盅。我没从他的笑里感觉出半点不怀好意的讽刺，同时也未体味出衷心祝贺的真诚。那笑法仿佛在说：因为世人在这种场合都常这么来一句“祝贺你”嘛。

太太对我说："不错啊，你父亲母亲肯定高兴的。"

我蓦然想到父亲的病，恨不得马上把毕业证书摆到他眼前。

"先生的毕业证书怎么样了？"我问。

"怎么样了？还藏在哪里吧？"先生问太太。

"呃，应该还放着。"

两人都不大清楚毕业证书的所在。

三十三

上饭时，太太让一旁坐着的女佣去隔壁休息，自己负责盛饭。这大约是先生家对待非正规客人的家规。开始一两次我也感到别扭，但随着次数的增多，把饭碗递给太太就好像顺理成章了。

"茶？饭？你真好胃口。"太太有时候会说得很不客气。但这天毕竟时候不早了，食欲没强到和太太开玩笑的地步。

"这就完了？你近来饭量也小了好多嘛。"

"不是饭量小，是热得吃不下。"

太太叫女佣把餐桌收拾好，然后端上雪糕和水果。

"这是自家做的。"

看来太太没什么事干，有时间自制雪糕款待客人。我把杯递出两次。

"你也正式毕业了，往下打算干什么？"先生问。先生半边身子已移往檐廊，在门槛那里背靠木格拉门坐着。

我只晓得已经毕业，还没有下一步目标。见我不知如何回答，太太问：“当教师？”我仍答不上来时，这回改问“当官？”我笑，先生也笑。

“说实话，干什么还没考虑，对职业这东西从来没有设想过。问题首先是，什么好什么不好，要实际试干一下才知道。很难选择，我想。”

“那倒也是。不过毕竟你家里有钱才得以这样说。若是家境差的人你试试，绝对不可能如你这样沉得住气。”

我有个同学没毕业就争取当中学教师。我在内心承认太太说的是事实。然而我这样说：

“多少受先生影响吧！”

“不受正经影响！”

先生苦笑着。

“受影响也没关系，只是——上次也跟你说了——趁你父亲还在世，把该分得的财产分妥才好。这可万万疏忽不得。”

我想起在郊外苗圃宽敞的庭园深处同先生交谈的那个杜鹃花盛开的五月初。归途中先生以亢奋的口吻向我强调的话语再次在我耳底响起。不仅语气强烈，用词也非同小可。但对于不了解事实的我来说，也是一次不了了之的谈话。

“太太，府上是相当有财产的吧？”

“怎么问起这个？”

“问先生，先生不告诉。”

太太笑着看先生。

“因为达不到可以告诉的程度吧。”

“可我想做参考，看要有多少才能像先生那样，回去好跟父亲谈判。”

先生脸朝院子，若无其事地吸烟。交谈对象自然非太太莫属。

“谈不上有多少，好歹这么过得下去罢了。先不说这个了，你往下不做点什么可是不成的哟，真的。像先生那样光是东躺西歪……”

“也没光是东躺西歪嘛。”先生稍稍转过脸，否定太太的说法。

三十四

离开先生家已是晚上十点多了。因两三天内要回老家，离座前我说了句辞行的话。

“短时间又见不到了。”

“九月份该回来的吧？”

我已经毕业，已没了必须九月份回来的必要。但也不想来东京度过正是热时候的八月。对于我，谋职的黄金时间已经过去了。

“怕是要到九月份吧。”

“那，一路平安。我们这个夏天也可能到哪里去一下，太热了。去时给你寄明信片。”

“大约是哪边呢？如果去的话。”

先生笑吟吟地听我们一问一答。

“瞧你，去不去都还没定下来呢。”

要欠身离座时，先生突然冲着我问：“对了，你父亲的病怎么样了？”

我几乎对父亲的健康一无所知。既然信上什么都投说，估计不会恶化。

“那种病可不能太乐观哟。一旦出现尿毒症，就可无救药了。”

尿毒症什么意思我也不清楚。上次寒假回去见到医生时，根本没听医生道出这个术语。

“真要好好注意才行。”太太也说，“毒一上脑，就没救了。可不是开玩笑。”

没有经验的我虽说有点怕，脸上仍带着笑说：

“反正是治不了的病，再担心也不顶用。”

“能那么想得开，倒也罢了。”

太太大概想起自己往日死于同一种病的母亲，以低沉的声调如此说罢，低下头去。我也为父亲的命运感到十分不忍。

这时，先生突然转问太太说：

“静，你会死在我前面吗？”

“怎么？”

“也不怎么，随口问问。或者我比你先报销也未可知。世间一般都好像丈夫率先，妻子最后，理所当然似的。”

“也不一定。不过不管怎么说，男的比女的年纪大嘛。”

“所以理应先死。那么，我也势必先比你到那个世上去啰！”

“你例外。”

“例外？”

“你身体好啊！不是从来都没有过什么毛病？怎么说都是我在先。”

“是不是啊？”

“嗯，肯定。”

先生看我的脸。我笑。

“可是，假如我先去了，你怎么办呢？”

“怎么办？”太太一时语塞，大约对先生之死的想象性悲哀撞了一下胸口。但她重新扬起脸时，心情已改变过来。“怎么办？怎么办也不能怎么办。是不？老少不定嘛。”太太特意看着我，开玩笑似的说道。

三十五

已经站起的我又坐了下来，陪两人把话说完。

“你怎么看？”先生问。

先生早死还是太太先亡，这问题原本就不是我所能判断的，只好笑道：

“我也不知道，命数这东西。”

“的的确确是命数。活多少年是出生时就带来的，奈何不得。先生的父亲母亲几乎是同时——同一时辰去世的，是吧？”

“去世日期？”

“倒不至于同一天，反正差不多。相继去世的嘛。”

这对我属于新知识，觉得不可思议。

“怎么会一同死呢？”

太太试图回答我的提问，先生制止道；

“快别说那个了，没意思的。”先生故意啪啪啦啦摇着手里的团扇。回头看着太太说："静，我若是死了，这房子给你。"

太太笑了起来说：

"连同地皮。"

"地皮是人家的，没办法。这样吧，大凡我所拥有的全部给你。"

"多谢多谢。不过洋文书要也是没用的哟。"

"卖给古旧书店。"

"能值几个钱？"

先生没说值多少钱。但先生的话轻易不离自己之死这个遥远的问题，并且假定自己必定死在太太前头。太太一开始也好像故意天真地一唱一和。但不知不觉之间，女性多愁善感的心变得沉重起来。

"我死了我死了——说多少遍了！求求您，快适可而止吧，别再说我死了，又不是什么吉利话。您死了，什么都按您的心愿办就是，这还不行吗？"

先生脸朝院子笑，但不再说太太不愿听的话了。我也待得太久了，遂起身告辞。先生和太太送到房门口。

"注意照看病人。"太太说。

"九月见。"先生道。

寒暄完毕，我迈步走到格子门外。房门与院门之间有一株郁郁葱葱的丹桂树，像要挡住我去路似的在夜幕下张开枝叶。我望着覆盖黑乎乎叶片的树梢走了两三步，想象它在秋日里的花朵和馨香。我将先生家的房子和这株丹桂树记在了一起，似乎二者从不曾在我心中分开。在我刚好站在树前想象今年秋天再度跨进先生家门时的情景时，从格子门射出的门灯光倏然熄了，看样子先生夫妇进到里边去了。我一个人来到黑乎乎的院外。

我没有马上回宿舍。一来回老家前有东西要买齐，二来也得给塞满佳肴的胃袋一点儿机动时间，只管往热闹街道走去。街上刚刚入夜。大约无所事事的男女熙来攘往。在这里边我碰见今天和我一起毕业的一个人，他强拉硬扯把我领进酒吧，让我听了他啤酒泡一般的气焰。回到宿舍已十二点多了。

三十六

第二天我也冒着酷暑，到处物色老家托买的东西。信上受托时以为不在话下，可一旦买起来，觉得相当麻烦。我在电车上一边擦汗，一边恼恨完全不知他人时间和精力为何物的乡下人。

我不想虚度整个夏天。回老家后的日程我早已安排好，要把需要的书买好以付诸实施。我决意在“丸善”二楼消磨半天。我站在与自己关系密切的书架前，一册一册地看，任何边角都不放过。

要买的东西里边，最麻烦是女人的衬领。说给店里的小伙计，一股脑儿递出很多，都不知选哪个合适，让我伤透脑筋。而且价钱也变化无穷。以为便宜的，一问却贵得惊人；以为贵的，没问就被告知很便宜。还有的无论怎么比较，都看不出贵贱之差有何根据。我被折腾得一塌糊涂。心里后悔何不麻烦先生的太太帮忙。

我买个手提皮包。当然是国产的低等品。但金属部件等仍闪闪发光，吓唬乡下佬已经足够了。买这皮包是母亲的吩咐，信上特意交代毕业要买个新皮包，回家时把所有礼物都装进皮包拎着。读到这里我不由笑了，主要笑的倒不是母亲的动机，而是说法叫人觉得滑稽。

如我向先生夫妇告辞时所说，我在第三天乘火车离京回乡。入冬以来先生一再提醒我注意父亲的病，作为我也应该最为担优。但不知为什么，我并未怎么牵肠挂肚。想起来反倒更觉得父亲不在后的母亲可怜。这意味着，我心里某个地方早已为父亲的去世做了准备。写给九州哥哥的信中，我也说父亲无论如何不可能再如原来那样健康了，希望他这个夏天尽可能——只要工作允许——回老家看父亲一眼。甚至用了感伤字眼，说只两个老人在乡下相依为命难免感到不安，我们作为儿子也为之深感遗憾云云。实际我心中也是这么想的，但写完后的心情同正写之时的不一样。

我在火车上思考这种矛盾。想着想着，觉得自己大约是个朝三暮四的轻薄儿。我有些不快，又想起先生夫妇。尤其记起两三天前晚饭桌上的谈话。

“哪一方先死呢？”我独自在口中重复着那天晚间先生同太太之间出现的这个疑问。这个疑问我想恐怕任何人都没把握回答。不过若清楚知道哪一方先死，那么先生会怎么样呢？太太又如何呢？无论先生还是太太，想必都只能采取现在这样的态度。我是毫无办法，毕竟老家里父亲死期将近。我感到人这东西真是脆弱，生下来便带有无可奈何的脆弱，不堪一击。

中　双亲与我

一

没想到回家一看，父亲的身体同上次见时没太大区别。

“噢，回来了？是吗，毕业出来就好。等一下，这就洗脸来。”

父亲正在院子里侍弄什么，旧草帽后头挂了一块遮太阳的脏兮兮的手帕。他摇摆着那块手帕往后院拐去。

关于从学校毕业，我觉得作为正常人是理所当然的事，而父亲却喜出望外。这使我感到惶恐。

“毕业出来就好。”

父亲重复了好几遍。我在心里把父亲的欣喜和毕业典礼那天晚上在先生家餐桌上说“祝贺你”的先生神情加以比较。较之小题大做的乐滋滋的父亲，口头表示祝贺而内心不以为然的先生反而显得高尚。最后我对父亲这无知造成的乡巴佬味儿感到不快起来，忍不住这样说道：

“大学毕业也没什么可好的。每年都有好几百人毕业。”

父亲现出难以形容的神情道：

“我也不光是说毕业了就好。毕业了好当然是好，但我说的有一点其他意思，只要这个你能理解……”

我想听父亲继续说下去。父亲显得有点难以启齿，但终于说道：

“就是说，是对我这下可好了。你也知道，我有病在身。去年冬天见你时，心想弄不好顶多活三四个月。不料竟幸运地活到今日，起居也没什么不自如。正好这时候你毕业了，所以很高兴。作为父亲，熬尽心血培养起来的儿子能在自己还活着的时候跨出校门，当然比自己离世后毕业感到高兴，是吧？从考虑更大事情的你看来，也许觉得无非大学毕业罢了，值不得一口一个好。但从我的角度想想看，情形就有所不同。也就是说，毕业对我比对你更好。明白了？”

我无言以对。低下头，比请罪还要狼狈。看来，父亲早已坦然做好了死的精神准备，并认定将在我毕业前死去。而我竟全然没有考虑到自己的毕业对父亲是多么大的慰藉，真是愚蠢透顶。我从皮包里取出毕业证书，郑重地递给父母。证书已被什么挤得失去了原形。父亲小心地打开。

“这东西应该卷起拿在手上的。”

“里边放什么撑着就好了！”母亲也从旁提醒。

父亲注视了好一会儿，然后起身走到壁龛那里，放在任何人进来都可马上看到的正面。若在往日，我又要马上说什么了，但此时的我与平时完全不同，对父母没有半点反抗情绪。我默不作声，任凭父亲摆放。用鸟子纸[①]制作的证书一旦有了折痕，很难使其复原。刚摆在合适位置，便立即要恢复原状倒下。

我把母亲叫到别处问父亲的病情。

“父亲那么大劲头儿在院子里干这干那，那能行吗？”

“好像没什么了，怕是好转了吧。”

母亲意外镇定。作为生活在远离城市的山野间的一般妇女，母亲在这类事情上完全处于无知状态，然而上次父亲晕倒时却又那么惊惶失措，那么忧心如焚。我心里不由得诧异。

“可医生那时不是断言很难治好么？”

“所以我想再没有比人的身体更叫人纳闷的了。医生说得那么严重，可直到现在都结结实实的。一开始我也担心来着，尽量不让他动。可他不那个脾气么，休养是休养，但脾气犟。一旦自己认为好了，就怎么也不听我劝了。”

我想起上次回来时父亲硬是起床刮胡子的情形，想起自己当时的话——“不要紧的，妈也说得太过分了”，于是觉得不好一味埋怨母亲。我本想说还是要在旁边提醒一下，也终于没说出口。只就父亲病的性质，把自己知道的全都讲给她听。大部分无非是从先生和先生太太口里得来的。母亲看样子没怎么被打动，只是说：

① 鸟子纸：用雁皮和黄瑞香树等为原料制成的一种上等日本纸。

“呃，也是同一种病啊，真是不幸。死时多大年纪，哪位？”

没办法，我便撇开母亲直接找父亲。父亲要比母亲听得认真，说道；“有道理，你说得不错。不过，病毕竟长在我身上。我有多年的经验，自己的身体怎么养生，我自己最清楚不过。”母亲听了，苦笑道：“还不是！”

“别看父亲那么说，其实他心里早都有数。我这次毕业回来他那么高兴，也完全是因为这个。他说他以为活着的时候恐怕看不到我毕业，结果他还好好的我就拿了毕业证回来，所以感到高兴。这可是父亲自己这么说的。”

“噢，跟你说，他嘴上倒是那样说，可骨子里觉得自己还硬实着哩。”

“是那样的吗？”

“打算再活上十年二十年的呢。当然了，有时跟我说起来也好像心里没底——看样子我长远不了啦，我死了你怎么办，一个人在这房子里住下去？”

我立刻想象父亲不在只剩母亲一个人时的这座又大又旧的农舍。这个家没了父亲还能维持下去吗？哥哥怎么办呢？母亲会怎么说呢？考虑到这些的我能够离开这块土地去东京心安理得地生活吗？面对母亲，我陡然想起先生的提醒——趁父亲还在，把该分得的东西分妥！

“不怕，还没见过自己一口一个要死的人真的死去，放心好了。你父亲也一样，嘴上是死呀死呀的，往后说不定活多少年呢！

老不吭声的结实人才危险呢。”

不知母亲这些陈词滥调是来自道理还是出自统计，我只管默默听着。

三

父母商量为我煮红豆饭请客。我回来那天便料到会出现这样的事，心里暗暗害怕。我当即拒绝。

“别那么铺张了！”

我讨厌乡下的客人。他们的最终目的就是来吃来喝，全都是唯恐天下不乱那样的人。从小我就不愿意和他们坐在一起，觉得难受。何况这次他们是为我而来，恐怕就更让我难受得不行了。但当着父母的面，又不好说不要让这些乡巴佬聚众喧闹。所以只能以铺张为由。

“铺张铺张，一点儿也不铺张，一辈子就这么一回，理所当然要请客，用不着躲躲闪闪。”

母亲好像把我大学毕业看得同娶媳妇一般重要。

“不请也未尝不可，但不请会让人说什么的。”这是父亲的说法。父亲担心他们在背后议论。实际也是如此。在这种情况下，他们若不能如愿以偿，便立即说三道四。“和东京不同，乡下啰唆事多。”父亲又说。

“也还有父亲的脸面。”母亲补充道。

我不便固执己见，只得由父母安排，只要对他们好就行。

“我只是说，如果为了我的话，就别办了。但目的若是不愿意让人家在背后说三道四，那么另当别论。对你们不利的事我也不强行坚持。”

“这个道理讲不大通。”父亲现出苦涩的表情。

“你父亲没有说不是为了你。不过就你来说，也该懂人情世故了吧？”

在这种事情上，母亲到底是女人，讲起话来很不得要领。就话语数量来说，父亲和我加在一起也敌不过她。

“人这东西一旦做起学问，就动不动抠死理。”

父亲只此一句。但在这简单的一句中，我看出父亲对我一向怀有的全部不满。当时我没意识到自己话语的棱角，只是觉得父亲的埋怨没有道理。

晚上，父亲换了情绪，问我请客定在哪天合适。我整天在这旧房子里横躺竖卧无所事事，本无所谓合适不合适——父亲这样问我，无非是父亲让步求和的表示。我在如此温厚的父亲面前低下头去，不再计较，同父亲商定了请客日期。

日期到来之前，发生了一件大事：上面通告说明治天皇病危。报纸把此事迅速传遍全国，一户农家略经曲折定下来的祝贺我毕业的请客活动也就彻底告吹了。

“噢，还是自觉些好吧。”戴眼镜看报的父亲这样说道。然后他沉默下来，似乎同时想到自己的病。我记起最近毕业典礼上天皇照例驾临学校的情景。

四

因人口少而显得过于宽大的旧房子里一片寂静。我打开柳条箱，找出书本翻动。不知何故，总是心神不定。还是在眼花缭乱的东京那座宿舍二楼耳听远处电车的轰隆声一页一页翻动书页更叫人学得来劲，学得开心。

我时不时靠着桌子打盹。有时候甚至特意拿出枕头正正规规大睡午觉，醒来听蝉鸣。睡意蒙眬中频频传来的鸣声，很快把耳底搅得喧嚣不堪。我一动不动地听着，时而涌起一股伤感。

我提笔给同学甲某乙某写信，或写明信片，或写长函。同学中，有的留在东京，有的返回遥远的故乡，有的回信，有的音信全无。一开始我就没忘记先生，遂以回乡的自己为题，用小字写了三张原稿纸。封口时，我不无担念，不知先生是否还在东京。按惯例，若先生和太太一起离家不在，一个五十光景的梳刘海儿的妇人便不知从哪里赶来看家。我曾问先生那人是什么人，先生反问："你看像什么人？"我误以为是先生的亲戚。先生回答："我没有亲戚。"先生同老家那边有亲属关系的人概不通信。我觉得纳闷的这个女人，是同先生无关的太太方面的亲戚。给先生寄信时，我蓦地想起这个扎一条细腰带并随便在后背打个结的妇人。我想，如果信是在先生夫妇去哪里避暑后寄到的，那个刘海儿婆婆大约马上转寄出去，这点脑筋和好意想必还是有的。不过信上并没写什么非写不可的事，这我十分清楚。我只是寂寞罢了，并期望先生回信。然而回信到底还是没有。

父亲不像我上次回来时那样喜欢下象棋了。象棋盘落满了灰，靠在壁龛一角。尤其陛下病重以来，父亲更好像陷入了沉思。每天报纸一到，便迫不及待地第一个读了起来。读罢，还特意拿到我这里。

“喂，你看，今天也很详细地报道天子的事。”父亲总把陛下称作天子，“说来真是不应该，天子的病和我的病大概是同一种病。”这时父亲的脸上布满担忧的阴影。

经父亲这么一说，我心里掠过不安，不知父亲何时再次躺倒。

“不过不要紧吧。我这样无用之人都还这么活着呢。”

看来，父亲一边自我保证他还健康，一边预感到了即将降临到自己头上的危险。

“父亲真的害怕自己的病了。看样子不像您说的，打算活上十年二十年。”

母亲听了，露出困惑的神情道：

“劝他下下象棋什么的怎么样？”

我从壁龛拿下棋盘，擦去灰。

五

父亲的身体逐渐衰弱下去。那顶让我吃了一惊的挂着手帕的旧草帽自然闲置起来。每次看见那个放在烟熏火燎的板架上的草帽，我都为父亲的不幸感到不忍。若是父亲以前举止灵便的时候再多注意些就好了。及至父亲静坐不动了，觉得还是原来那样子是健康的。我常向母亲谈起父亲的身体。

“全是心理作用。”母亲说。

母亲认为父亲把陛下的病同自身的病扯在了一起。我认为不完全是这样。

“不是心理作用，是身体真的不好了吧？同心情比，总好像身体更糟糕。”说着，我在心里盘算，是不是把远处那位相当了得的医生再请来看一次。

“今年夏天你也够没意思的吧？毕业一回，却没庆祝成；父亲的身体又是那个样子；天子又病了……索性刚回来时就请客该多好！”

我回到家是七月五六日，父母提出请客祝贺我毕业是过一个星期之后，定的日期又推了一个星期。回到这不受时间束缚的凡事慢吞吞的乡下的我，因此等于免除了一场社交上的苦难。但不理解我的母亲似乎全然没有觉察到这点。

天皇驾崩消息传来时，父亲手拿报纸，口中“啊、啊”两声。

“啊，啊，天子到底没有了，我也……”父亲再没说下去。

我上街去买黑纱，用黑纱把旗杆头包起来，再往旗杆前端系上三寸来宽，朝路边斜插在门上。大旗也好黑纱小旗也好，在无风的空气中颓然下垂。我家院门上边盖着稻草，雨打风吹，草早已变色，有些发灰，凸凹之处也触目可见。我独自走到门外，望着黑色的小旗和白毛纱布及其中间染出的红太阳色，望着那颜色映在脏兮兮的稻草房顶的光景。我想起先生曾问我：“你家房子是怎么个样子？和我老家大异其趣吧？”我不想让先生看见自己出生的这座房子，觉得很不好意思。

我又独自进入宅内，来到放有自己桌子的地方，一边看报一边想象东京这个日本最大的都会。我的想象集中在它在怎样的黑暗中怎样蠕动这一画面上。倘若它不地蠕动，它也就寿终正寝了。便是在这嘈杂不安的场景中，我看见了先生家那恍若一点灯光的屋宇。此刻我没觉察到那灯火将被自然而然卷入无声的漩涡中，全然没觉察出不久那灯火也势必倏然消失的命运将出现在我自己眼前。

我想就这一事件给先生写封信。我拿起笔，写不到十行便放下了。我把写出来的信撕得粉碎，扔进废纸篓（这种事写给先生也没什么用，先生绝不可能回信，一如上次）。我寂寞，寂寞才写信，并指望回信。

六

八月过去一半的时候，我接到一个同学的信，说有个地方有个中学教员职位，问我去不去。这个同学由于经济上的需要，一直在谋求这样的职位。这个职位原是找到他自己头上的，后来有了更好的地方，遂打算把剩下的这个让我给我，特意来打了招呼。我当即回信推掉了。我说熟人中有一个正千方百计想当教师，转到他那边如何。

回信发出后，我跟父母讲了。两人都好像对我的拒绝没有异议。

“不去那种地方，也还有更好些的工作吧？”

从这样的说法里，我读出两人对我怀有的过分期待。

“好些的工作？近来还真少有那么可心的工作。尤其我跟哥哥专业不同，时代也不同了，把两人同样看待可有点不好办。”

“不过既然毕业了，那么总该自立才是，不然我们也不好办。别人问起你家二小子大学毕业干什么呢，若是回答不上来，我脸面上也过不去。”

父亲脸上现出愁苦。父亲的想法还没有超出这久已住惯的乡下。乡下邻里之间问起大学毕业一个月能挣多少钱，一般都说总有一百多元吧。父亲就是想把这个刚毕业的我处理得对这些人好交代一些。在父母眼里，以大城市为根据地思考问题的我无异于腾云驾雾的怪物。事实上连我自己也不时有这样的感觉。我没有作声。因为我没有办法如实说出我的想法，那同父母的距离实在太大了。

“你时常‘先生先生‘称呼的那位——求求他怎么样？毕竟是这种时候。”

母亲只能这样解释先生。那是劝我回乡后趁父亲在世快点分好家产的先生，不是毕业后想为我谋取社会地位的先生。

“那位先生是做什么的？”父亲问。

“什么也没做。”我回答。

记得很早以前就对父母说过先生什么也没做，父亲也应留在记忆里才是。

“这什么也没做，可又是怎么回事啊？既是你那么尊敬的人，总该做点什么吧。”

父亲如此挖苦我一句。按父亲的想法，大凡有用之才总该在社会上施展本事获得相应地位。而游手好闲者必是不三不四之流。

“就是我这样的人，月薪诚然没领，可也不是成天闲着无事嘛！”父亲又加了一句。

我还是缄口不语。

“既然像你说得那么了不起，肯定能给找个事做的。求下试试。”母亲又说。

“不成。”我回答。

“那不就没有办法啦！为什么不求？写封信什么的也好嘛。”

“噢。”我对付一声，起身离开。

七

父亲显然害怕自己的病情。但每次医生来，他又不问这问那让人家为难。医生方面也客气地什么都不说。

看样子父亲在考虑身后的事。至少在想象没有了自己的这个家。

“让小孩求学，也好也不好。好歹送他完成学业，小孩就绝对不再回来。这岂不是说为了把父子母子隔离开来才供小孩读书的吗？”

读书的结果，如今哥哥远在他乡。由于受了教育，我又坚定了留京的决心。培育如此孩子的父亲，发牢骚并非没有道理。想到多年居住的这座旧农舍里只剩得母亲一人，父亲肯定感到凄然。

父亲坚信我们家是不能搬迁的，只要住在里面的母亲还活着，就不可能搬迁。想到自己死后，把孤独的母亲孤单单留在空荡荡的房子里，父亲自然万分不安。尽管如此，又要我在东京谋个好职位——父亲脑袋里有矛盾。我在为这矛盾感到好笑的同时，又为之庆幸：我又可以去东京了。

在父母面前，我必须装出为谋职竭尽全力的样子。我给先生写信，详细讲了家里的情况。求他想想办法，表示凡是能做的，什么工作都可以。我边写边担心先生恐怕不会理会我的请求。即使理会，先生交际面那么窄怕也无可奈何。但我相信对这封信先生肯定回信。

封口前我对母亲说：

“给先生写信了，按您说的，您不看看？”

不出我所料，母亲没看。

“是吗，那就赶快寄走。这种事哪怕别人不提醒，也该自己抓紧的。”

母亲还把我当孩子，实际上我也觉得自己像是个孩子。

“光是写信是不够的，反正九月份我还要去东京。”

“那或许是的。不过也不一定就没有好工作，还是早点相求才好。”

“嗯。怎么样都会有回信，到时再说吧。”

我相信在这类事情上一丝不苟的先生，盼望先生回信。我的期待还是落空了。过了一个星期，先生仍只字未回。

“估计是到哪里避暑去了。”我只好向母亲这样不无辩解意味地说道。这不仅仅是对母亲辩解，也是对自己内心的辩解。即使觉得勉强，我也要假定某种情况来为先生的态度辩解，否则我会感到不安。

我不时把父亲的病忘在一边，恨不得赶快返回东京。父亲本人有时也忘了自己的病。虽然为将来担心，却未对将来采取任何措施。我终归没有得到机会按先生的忠告向父亲提起分家产的事。

八

到九月初，我准备动身进京。我请父亲一如往常寄学费过去。

“待在这里，毕竟待不出您所说的职位。”我这话说得好像是为了得到父亲希望的职位才回东京的，“当然，等找到工作就不用了。”我补充了一句。

我心想哪里会有工作落到自己头上，但不了解情况的父亲想的却完全相反。

“反正时间短暂，想办法筹措就是。只是，长了可不行哟。一得到相当职位就一定得自立。按理，现已跨出校门，从离校第二天起就不该再让人照顾。如今的年轻人只晓得如何花钱，完全不去想如何挣钱。”

此外父亲还发了不少牢骚，其中有这样两句话：“过去父母吃儿子，如今父母被儿吃。”我只能默默听着。

见他的牢骚已告一段落，我悄悄站起身来。父亲问什么时候走，我说宜快不宜迟。

“让母亲看个日子去。”

“这就去。”

当时的我在父亲面前格外老实。我的想法是，离家前尽可能不惹父亲生气。

父亲又挽留起我来了：

“你这一去东京，屋子里又要冷清了，毕竟只有我和你母亲两个。我身体结实倒还好办。可这个样子，很难说一下子会出什么事。”

我尽量安慰父亲，然后回到放有自己书桌那里。我坐在扔得到处都是的书本中间，反复回味父亲不安的神态和话语。这时我又听到了蝉鸣。这回和近来听的不同，而是寒蝉的鸣声。夏天回乡在这沸腾般的蝉鸣中静坐不动，不知什么缘故，我屡屡悲从中来。我觉得我的悲哀时常同这激烈的蝉鸣一起沁入心底。每当这时候我总是静止不动，独自盯视一个人。

今夏回乡探亲以后，我的悲哀逐渐变了情调。如同秋蝉鸣声变成寒蝉鸣声，我觉得困扰我的人的命运仿佛正在巨大的轮回中缓缓移行。我一边回味父亲不安的神态和话语，一边再次在脑海中推出去信也不回信的先生。先生和父亲给我的印象截然相反。在这点上，无论比较还是联想两人都很容易一起浮上心头。

我几乎知晓父亲的一切。离开父亲，感到的只是父子间的眷念之情；而先生的大部分我尚未了解。讲定告诉我的他的过去也还没有听的机会。总之，对我来说，先生是扑朔迷离的。我无论如何必须越过那里而到达光明地带，否则不会甘心。同先生断掉关系对我是极大的痛苦。我请母亲看了日子，定下返京日期。

九

快要动身的时候（大约是动身前两天吃晚饭时），父亲又一次晕倒，当时我正在捆塞满书和衣物的柳条箱。给父亲冲洗脊背的母亲大声叫我。过去一看，全身赤裸的父亲由母亲从后面抱着。但把他扶回客厅时，父亲仍说不要紧了。我放心不下，坐在枕边用湿毛巾敷在父亲头上，到九点才好歹吃一口晚饭。

第二天，父亲比预想的好些。不听人劝阻，自己走去厕所。

“不要紧了。”

父亲把去年未晕倒时对我说的话又重复了一遍。当时确实如他嘴上说的，是不要紧了。这次我以为说不定也会那样。医生仅仅提醒关键要小心，具体没说什么，再三问也没说。由于不安，应动身那天我也没心绪动身去东京。

“看看情况再说吧。”我跟母亲商量。

“那样好那样好！”母亲求之不得。

父亲有精神去前院后院走动时母亲是那么满不在乎，而父亲一旦晕倒了，便是一副心急如火的样子。

“你今天不是该去东京的吗？”父亲问。

“噢，稍微推迟了。”我答道。

“为我？”父亲又问。

我有点踌躇。如照实回答，无非等于说父亲病重，我不愿意让父亲神经过敏。但父亲似乎看出了我的心思。

“难为你了。”说罢，他把脸转向院子。

我进入自己的房间，望着扔在这里的柳条箱。柳条箱仍紧紧捆着，以便随时可以带走。我呆呆站在它面前，考虑该不该解开绳子。

我坐立不安地过了三四天，父亲又晕倒了。医生命令要绝对安卧不动。

“怎么办好呢？”母亲用低得父亲不至于听得见的声音对我说。母亲的表情甚是焦虑不安。我准备给哥哥和妹妹打电报。但躺着的父亲几乎没有痛苦的样子。从谈话的情形看，和感冒没有任何区别。食欲也比平日旺盛，别人的提醒也很难听进去。

“反正要死，总得吃点好的再死才行。”

吃点好的这句话听得我既觉得滑稽又有些心酸。父亲没有住在能吃上好东西的城市。晚上还让母亲烤年糕片，咔嚓嚼个不停。

“怎么这么渴呢？或者骨子里还有抗得住的地方也不一定。”情形不妙的时候母亲反而不放弃希望，却又把只在病时使用的“渴”这种旧式讲法作为什么都想吃的意思使用。

伯父来探望时，父亲再三挽留不放，主要是说感到孤单。另外，抱怨母亲和我不让他吃尽兴也像是一个目的。

十

父亲的病情就这样持续了一个多星期。这时间里我给九州的哥哥去了封长信。妹妹那边是母亲写的。我心里思忖，这恐怕是就父亲身体状况寄给两人的最后的信了。信上都有这样的意思：最后关头打电报去，届时务必回来。

哥哥工作忙，妹妹有身孕，父亲的病情不到刻不容缓的时候不会轻易把两人叫回。但另一方面，好不容易回来却又未赶上见最后一面——落此埋怨也不是个滋味。在打电报时机上面，我感到一种人所不知的压力。

“太具体的我也说不准确，但这点你要心里有数：已经到了随时都有可能的地步。”

从有汽车站的镇子请来的医生这样告诉我。我同母亲商量一下，请这位医生帮忙从镇上医院请个护士。看到来枕边寒暄的穿白大褂的女子，父亲脸色变了。

父亲早已知道患了不治之症。但并未意识到死亡正向自己逼近。

“这回病好了，再去东京玩上一次，人不知什么时候死。要做的事一定得趁活着的时候抓紧才行。”

母亲只好随声附和：

“那时把我也一块儿带去。”

有时候父亲又满脸凄寂地说：

“我若是死了，可要好好待你母亲！”

对这句“我若是死了”，我有一种记忆：离开东京前，先生向太太反复这样说了好多遍。那是我毕业那天晚上的事。我记起先生带笑的面容和太太捂住耳朵说“又不是什么吉利话”时的样子。那时的“我若是死了”纯属假设；而现在我听到的是随时可能发生的情况。我学不来太太对先生的态度，但口头上又必须搪塞父亲。

“别说得那么消沉，不是病好了还要去东京游玩的吗？和妈妈一起。这回去肯定吃一惊，都变了。光是电车就增加了好多新线路。一通电车，街道自然像模像样，市区也重新划分过了。可以说，一天二十四小时东京一分钟都安静不下来。”

我是没办法才这么说了一通，而父亲好像听得很满意。

由于有病人，出入家门的人自然多了。附近的亲戚轮流前来探望，大致每两天就有一个人来。其中也有离得较远平生很少往来的人。有人说道："以为怎么样了，这样子不要紧。说话没问题，况且脸都没瘦。"我回来时家里静悄悄的，现在渐渐嘈杂起来。

其中卧床不动的父亲的病，只是朝不好方向发展。我和母亲、伯父商量，终于给哥哥和妹妹发了电报。哥哥回电说马上动身。妹妹以前流过产，妹夫早就表示这次务必小心静养以免成了习惯，因此很可能他代妹妹前来。

十一

如此不安稳时间里，我仍有余暇静坐，甚至有时间翻开书持续看十几页。一度捆紧的柳条箱也不知什么时候打了开来。我从中取出凡是自己需要的种种东西。我回想离京前自己在心里制定的暑期日程，实际完成的还不足三分之一。以往我也有过好几次类似的不快，不过还很少像今年夏天这样不做事。虽然我认为这是世间常事，但心里终究郁郁寡欢。

我在这不快当中考虑父亲的病，想象父亲去世后的情景。同时又在脑海中推出先生。我望着处于自己不快心情两端的这两个人——两个地位、教养、性格截然有别之人的面影。

正当我离开父亲枕边独自抱臂坐在散乱的书堆中间时，母亲探过脸来说：

"稍午睡一会儿吧，你也够累的了。"

母亲不了解我的心情，而我也不是母亲所能预想的小孩子了。我简单道声谢谢，母亲仍立在门口不动。

“父亲呢？”我问。

“正好好睡着呢。”母亲回答。

母亲突然进来坐在我身旁，问：

“先生那边还什么消息都没有？”

母亲相信了我当时的话。当时我向母亲保证先生肯定回信，尽管我根本没指望会有父母所期待的回音。结果，我陷入了等于有意欺骗母亲的窘境。

“再写一封试试。”母亲说。

如果能给母亲以慰藉，写多少封无用的信我都不厌其烦。问题是用这等事逼迫先生使我痛苦，较之父亲的责备和母亲的不悦，我更害怕被先生瞧不起。我甚至推想，先生至今都未就我上次所托之事回信，说不定便是这个原因。

“写信是一点都不麻烦，只是这种事靠写信是很难有着落的，无论如何都得自己去东京当面相求才成。”

“可你父亲那个样子，不是不知道什么时候才去得成么？”

“所以不去。病情好坏还看不清楚，我就先这么等着就是。”

“那当然，谁能丢开今天不知明天的重病人不管而跑到东京去，不可能的。”

我开始在心里怜悯一无所知的母亲。可母亲为什么在这人心惶惶的时候特意提这个问题呢？我很难理解。我把父亲的病放在一边，而有闲心静静地坐在这里看书——莫非母亲也像我这样忘掉眼前的病人而有闲心考虑别的不成?

“我是想,”这时母亲开口了,“我想如果你的工作能趁你父亲活着的时候定下,他也好定下那颗心。看来不管怎样都怕来不及了。不过,他现在说话清醒脑袋也清醒,趁这时候想法让他高兴一下,也算尽尽孝心。”

然而情况不允许可怜的我尽这份孝心。终归,我一行字也没给先生写。

十二

哥哥回来时,父亲正躺着看报。父亲平生有个习惯,无论多忙也要浏览一遍报纸。病卧以后,为了解闷更是必看不可。母亲也好我也好都没坚决反对,尽可能满足病人的愿望。

“这么精神就蛮好嘛。我还以为相当危急,这不是挺好的嘛!”

哥哥这样跟父亲说话,那过于欢快的语调在我听来反而有些别扭。但从父亲跟前离开同我相对时,语气莫如说是低沉的:

“还看报纸,怕不合适吧?”

“我也那么想。但不让看父亲不答应,没办法。”

哥哥默默地听我申辩,稍顷,他说:“能看懂吗?”依哥哥观察,父亲的理解力由于有病而比平时迟钝得多。

“脑袋还清醒,刚才我坐在枕边跟他聊了二十多分钟,混乱的地方一点也没有。看那样子,说不定还能坚持一大阵子。”

同哥哥相继赶到的妹夫,看法远比我们乐观。父亲这个那个向他打听妹妹的情况。“还是身体要紧，勉强来看望，我反倒担心。”父亲说，“放心，这回病好了，我去看小孩长什么样儿，好久没去了。”

乃木大将[①]死时，父亲也是最先从报纸上知道的。

“不得了不得了！”父亲道。

我们还什么都不知晓，吃了一惊。

“那时以为父亲脑袋真出问题了，心里咯噔一下。”事后哥哥对我说。“我也吓了一跳。”妹夫也附和道。

那时期的报纸，上面全是让乡下人每天迫不及待的消息。我坐在父亲枕旁看得很仔细。看不完就悄悄带回自己房间，全部过目一遍。很长一段时间我眼前总是出现身着军装的乃木大将和女官装束的乃木夫人。

当凄凉的秋风吹遍乡间的每个角落、吹得昏昏欲睡的草木瑟瑟发抖的时候，我突然接到来自先生的电报。在这狗一看见穿西服的人就叫的地方，一封电报都是大事。接得电报的母亲果然一副惊慌的样子，专门把我叫到没有人的地方。

“看是什么？”说着，她站在我身旁等我开封。

电报很简单，只说想见我，问我能否赴京。我歪头沉思道。

“肯定是为你找工作的事。”母亲断定。

我也觉得不是没有可能，同时又觉得有点奇怪。但不管怎样，特意把哥哥和妹夫叫来的我，不可能置父亲的病不顾而去东京。我同母

① 乃木大将：乃木希典（1849—1912）日本陆军大将，日俄战争中曾任第三军司令官，指挥围攻旅顺。

亲商定，回电说去不成。并以尽量简洁的词句补充说了父亲的病危。之后我仍放心不下，当天又把详细情况写在信里寄了出去。母亲一门心思以为是为找工作的事，感叹道："时候不巧，没办法啊！"

十三

我的信相当之长，母亲也好我也好都以为先生这次肯定有信来。不料信发出第二天，又有一封我的电报，只说不赴京也可以。我给母亲看了。

"大概会写信来说点什么的吧。"

看样子母亲仍一厢情愿地以为先生是在为我的衣食着落想办法。我也不是没有这样的看法，但从先生平时的表现来看，总好像不大对头。先生给我找工作——不可能有这等事。

"反正我的信还没寄到那边，电报肯定是那之前打来的。"我对母亲说这本来无须说的话。母亲又一本正经地思考起来，应了声"是吧"。我很清楚，用"电报是在接信之前打来的"来解释先生，是什么也解释不了的。

这天正好主治医生要从镇上领院长来访，母亲再没机会谈论此事。两位医生会诊后，给病人灌完肠回去了。

自医生命令安卧以来，父亲大小便都躺着靠人帮忙。父亲素爱干净，开始时厌恶得不行，但毕竟身体不便，只好在床上进行。或许病情使脑袋渐渐变得麻木的关系，时间一长，竟对床上排泄不以为然起来。偶尔弄脏被褥垫布，别人皱起眉头，本人却满不在乎。

当然，出于病的性质，尿量是少而又少的。医生很担心。食欲也一天不如一天，偶尔想吃什么，也只是舌头想，极少能通过喉咙。爱看的报纸也没力气拿在手里了。枕旁的老花镜总是收在黑眼镜盒里不动。小时就跟父亲要好、如今住在七里之外的一个名叫阿作的朋友来探望时，父亲叫了一声“阿作”，把浑浊的眼珠转往阿作那边。

“阿作你可来了。你还结实，羡慕啊！我不行了。”

“哪儿的话。你两个孩子都大学毕业，闹点儿病也没什么遗憾。瞧我，老婆先死了，孩子又没有，只这么喘气活着罢了。结实又有什么意思！”

灌肠是阿作来后第三四天进行的。父亲高兴地说医生让他舒服多了，情绪恢复了不少，对寿命好像有了信心。旁边的母亲大概受到了感染——也可能为了安慰病人——提起先生拍来电报的事，说得就好像我的工作一如父亲期望的那样已在东京虚席以待了。我在身旁听得心里不知什么滋味。但又不好打断母亲的话，只得默默听着。病人露出高兴的神色。

“那就好。”妹夫也说。

“什么工作，还不知道？”哥哥问。

话说到这里，我早已没了否定的勇气。自己也不知所云地含糊一句，故意离开。

十四

父亲的病看样子来到了只待最后一击的危急关口，眼下不过在此关口稍事徘徊。家人惶惶不可终日，不知命运何时做出最后的判决。

父亲全然没有表现出足以让身旁人难受的痛苦。在这点上，看护倒也容易。出于慎重，轮流有一个人看护，其他人即使各自回去睡上很长时间也不碍事。我一次因故睡不着，误以为耳边微微传来病人的呻吟，半夜起身到父亲枕旁看望，那天夜里轮到母亲守护。但母亲已在父亲身旁枕着胳膊睡得熟熟的。父亲也好像坠入了梦乡，纹丝不动。我蹑手蹑脚地折回自己被窝。

我和哥哥睡在同一个蚊帐里，唯独妹夫大约受客人待遇，独自睡在离开些的客厅。

“关也够受的，这么好几天都拖在这儿回不去。”

关是妹夫的姓。

“不过也不是怎么太忙的人吧，所以才肯那么住下来。相比之下，你倒更不好办吧，这么长时间。”

“不好办也没办法，不同别的事。”

我和哥哥便这样躺在一起聊着。哥哥脑袋里也好，我心里也好，都有这样的念头：父亲反正好不了。甚至有既然好不了……这样的一闪之念。我们作为儿子，竟好像是在等待父亲死去。然而作为儿子的我们又忌讳直接说出口来。双方都心照不宣。

“父亲好像以为还能好起来。”哥哥对我说。

实际上也不是没有哥哥所说那样的表现。附近有人来看时，父亲无论如何都见人家。每次见都必然为未能请对方来庆祝我的毕业表示遗憾，有时还补充一句，说自己病好了如何如何。

“你毕业没请客祝贺也好，我那时候多狼狈！”哥哥捅起我的记忆。想起当时被酒精掀翻的混乱场面，我不由苦笑。父亲四下劝吃劝喝的举止也让人哭笑不得。

我们并非那么要好的兄弟。小时候常常吵架，年龄小些的我总是受哥哥的气。上大学所选专业的不同，也是由性格不同造成的。在大学期间，尤其同先生接触后，从远处观望哥哥，总觉他带有动物的味道。我长时间见不到哥哥，又天各一方，无论从时间上还是从空间上，哥哥任何时候都离我不近。尽管如此，这么久违而重逢，兄弟之情还是自然而然涌出。场合的特殊也是一大原因。在两人共同的父亲——生命垂危的父亲枕旁，哥哥和我握手了。

“往下你怎么办？”哥哥问。

我把全然不同的另一个问题抛给哥哥：

“家产到底怎么处理呢？”

“我不知道。父亲还什么都没说，不过就算有财产，作为钱也没有多少吧。”

母亲终究是母亲，总惦记先生的来信，催问我说：

“还没来信？”

十五

“老是先生先生的，到底说的谁？”哥哥问。

“最近不是说了么？”我说。我对哥哥有点儿不快，他自己问过的，却马上就把人家的答话忘掉了。

“问倒是问过。”

哥哥的意思是说问了也没理解。依我看，也没有必要非要哥哥理解不可。但我还是生气，他以往特有的表现又冒了出来。

哥哥以为，既然我一口一个先生地加以尊敬，那么必是一位著名人物，至少该是大学教授一级。既没有名，又什么也不做，有何价值可言呢？在这点上，哥哥的想法同父亲如出一辙。不同的是父亲当即断定因为一无所能才无所事事；哥哥流露的口气似乎是说，有某种能力却游手好闲——此种人纯属无聊之辈。

“egoist[①]可不成哟。活着什么也不做，未免太我行我素嘛。人要最大限度发挥自己的才华才行。”

我真想反问哥哥一句，问他懂不懂自己使用的egoist的意思。

“不过他能帮你弄到一个职位也好，父亲也像是蛮高兴嘛。”哥哥随后这样说道。

既然没有来信明说，我便不能信以为真，也没有如此道出的勇气。在母亲那么自以为是地四下放风的现在，我就更不可能断然否定了。不用母亲催，我自然盼望先生来信，但愿信上能交代我的衣食着落，一如大家所期待的那样。在奄奄一息的父亲面前，在想以此来让父亲多少感到欣慰的母亲面前，在似乎在说不劳作便不是人的哥哥面前，在妹夫、伯父、伯母等人面前，我必须为我原本毫不介意的问题大伤脑筋。

当父亲吐出黄色异物时，我想起从先生和太太口里听来的险情。目睹一无所知的母亲——母亲说躺这么久怕是把胃躺坏了——

① egoist：英语，利己主义者。

不由眼角一阵发热。

哥哥和我在茶室碰上时，哥哥问我听见没有。意思大概是问我听见医生临走时对他说的话没有。这不用他解释我也很清楚。

“你不想回来管家里的事么？”哥哥回头看我。

我没有回答。

“母亲一个人，什么也做不来的吧？”哥哥又说。

看来我即使嗅着泥土味儿烂在这里，哥哥也不可惜。

“光看书的话，乡下也完全可以。再说又不用做事，岂不正好？”

“哥哥回来才顺理成章。”我说。

“岂有此理！”哥哥一口拒绝。哥哥胸怀大志，正要在世上大干一场。“你若不愿意，就请伯父帮忙。不过母亲可是得有一个人领走才行。”

“母亲愿不愿意离开这里就是个大问号。”

父亲还没死，兄弟俩便这样谈论起父亲的身后事来。

十六

父亲开始不时地说胡话。

“对不起乃木大将，实在丢人现眼。我这就跟去。”

时不时有这样的话从口中出来。母亲心里有点怕，尽可能让大家聚在父亲枕边。这样对于清醒时总感到寂寞的病人也是个安慰。尤其环顾房间看不到母亲的时候，父亲必定问：“阿光呢？”即使不问，眼神也是这个意思。我常起身去叫母亲。“什么事啊？”母亲放下手中正干的活儿来到病房。父亲却只是定定地看着母亲的脸一言不发。或者突然没头没脑地冒出一句什么。也有时候言词亲切，对母亲说："没少让你操心费力啊！"母亲听了，每次都眼泪汪汪。之后肯定对比回忆起往日健康时的父亲来。

"现在说这可怜的话，过去可凶着哩！"

母亲讲起被父亲用扫帚打脊梁骨时候的事，我和哥哥以前不知听过多少遍了，但此时听起来心情完全不同，觉得母亲的话仿佛是对父亲的怀念。

父亲看着眼前隐约的死亡阴影，仍未道出类似遗嘱的话来。

"现在是不是该问点什么才好啊？"哥哥看着我的脸说。

"好不好呢？"我考虑主动提起对病人是否合适。两人拿不定主意，去找伯父商量。伯父也犹豫不决地表示：

"想说的话没说就死了。固然遗憾；但主动催问恐也不够妥当。"

于是事情拖延下来。父亲不久开始昏睡。母亲仍然不知实情，误以为一般睡觉，反而高兴地说："能睡得这么好，我们在旁边也能舒口气。"

父亲时而睁开眼睛，忽然问某某怎么样了。所问某某只限于刚才还坐在这里的人的名字。父亲的神志出现明暗两部分，唯独明的部分犹如在黑暗中游走的一条白线，以一定的间隔连在一起。母亲把昏睡状态错当成普通睡眠也情有可原。

后来父亲口齿渐渐不灵便了。每次说什么语尾都往往含糊不清，让人不得要领。然而一旦开口，声音却很有力，看不出是濒危病人。我们要用高于平时的声音对着他的耳朵说话。

“用水敷一敷脑袋会好受些吧？”

“嗯。”

我让护士把父亲的水袋拿下，换上装有新冰块的冰囊。等砸得尖尖的冰块在囊中安稳了，我把它轻轻按在父亲的秃额头上。这时哥哥从走廊进来，不声不响递过一封信。我伸出空着的那只手接过，顿觉信不一般。

同普通信相比，这封信重得多，信封也不是普通信封。普通信封也装不进去。用半张纸包着，封口用浆糊封得很仔细。从哥哥手中接过时，我就发觉还是封挂号信。翻看背面，工整地写有先生名字。我腾不出手，没办法开封，遂插进怀里。

十七

这天病人的情况尤其不好，我起身去厕所时。在走廊碰见哥哥，他用哨兵样的口气问我去哪里。

“情况好像不妙，要尽量留在旁边才行。”哥哥提醒我说。

我也有同感，仍怀揣那封信折回病房。父亲睁开眼睛，向母亲问周围人的姓名。母亲一一告诉他那个是谁这个是谁，父亲一次次点头。不点头时，母亲便提高音量，重复说这是谁谁，知道了吧。

“叫你们费心了。”

如此说罢，父亲又陷入了昏睡状态。围在枕边的人默默注视一会儿病人。稍后，一个人起身去隔壁房间，接着又一个起身。我也终于作为第三个离开，回到自己的房间。我有个目的，想打开刚才揣入怀中的那封信。本来这在病人枕旁也很容易做到，但里边东西很重，没办法在那里一口气看完，只好用专门时间看。

我撕开纤维很强的包信纸。里面出来的，是端端正正写在纵横线方格里的原稿样的东西。为包装方便，打四折叠在一起。我把有折痕的西洋纸反折过来压平，以便容易阅读。

我心里惊诧，这么多纸张和墨水将向我诉说什么呢？同时也放不下病房那边。我预感，在我看这份东西时间里，父亲肯定有什么，至少哥哥、母亲或者伯父要叫我。我无法沉下心看先生写的东西。只是匆匆看了最初一页。上面是这样写的：

“你问起我的过去时，我没有勇气回答。现在我相信我已获得自由，可以说个水落石出了。但这自由只不过是在等待你回京时间里又将失去的世俗自由。所以，如果不在可以利用时加以利用的话，我将永远失去把我的过去作为间接经验输入到你脑袋里的机会。而那样一来，当时许下的诺言便将化为谎言。不得已，我只好以笔代口来向你诉说。”

读到这里，我才明白先生何以写出这么长的东西。一开始我就相信先生没有心绪就我的衣食着落之类给我来信。但是，笔都懒得提的先生为什么竟会将那件事写得如此之长给我看呢？为什么不能等待我回京呢？

“自由到来自会说，但那自由又将永远失去。”——我心里这样重复着，苦思其含义而不得其解。突然一阵不安袭来，我想接着往下看，但这时病房那边传来哥哥大声呼唤我的声音。我又是一惊，起身跑也似的穿过走廊，赶往大家所在的那边。我意识到父亲最后的瞬间即将来临。

十八

不知何时医生来到病房。正再次尝试给病人灌肠，以便让病人多少好受些。昨天累了一夜的护士在另一个房间休息。做不习惯的哥哥站在那里手忙脚乱。见我到了，叫我帮一下手，自己坐了下去。我替哥哥把油纸垫在父亲臀下。

看情形父亲多少舒缓下来了。医生在枕旁坐了大约三十分钟，确认灌肠结果之后，说声还会再来，便走了。临走时专门交代有什么随时叫他。

我看病房不至于马上有什么，又退出来准备看先生的信。但我的心情全然放松不下来。刚坐在桌前，就觉得哥哥又要大声叫我。而“一旦叫我便是临终”这一恐惧感使得我双手发抖。我心不在焉地一页接一页翻动先生的信。我只是眼睛看着整齐嵌在方格中的笔画，而没心思读下去。甚至跳着读都无法做到。我从最初一页依序往后翻动。正当我准备照样放回桌面时，结尾一行字忽然闪入我的眼帘：

“这封信落到你手上时，我恐怕已不在世上了。恐怕早已死了。”

我心头一震，一直七上八下的心仿佛一下子僵住不动了。我开始倒翻信页，一页看一句地倒看。我用眼睛穿刺似的掠过一晃一晃的字句，试图一瞬间把握住我想知道的事项。此时我想把握的，只是先生的安危。至于先生的过去——先生曾许诺告诉我的昏暗的过去，那玩艺儿对我毫无用处。我继续倒翻信页。然而这封长信轻易不肯告诉我所需要的消息，我焦躁地折起。

我再次到病房门口观察父亲，病人身边意外安静。母亲一脸的疲劳，心里空落落似的坐在那里。我向母亲招手，问情况怎么样。母亲说好像多少稳定下来了。我把脸凑到父亲眼前，问他怎么样，灌了肠是不是心情好点，父亲点下头。并清楚地说了声“谢谢”。想不到父亲还没有迷糊。

我又退出病房回到自己的房间。我看着手表查了火车时刻表。我马上立起扎好裤带，把先生的信投进袖袋。然后从厨房门走到外面，忘我地往医生家跑去。我想明确地问医生父亲能否坚持两三天，想求医生无论如何想办法，打针也好什么都好。不巧医生不在家，我没有时间静等他回来，心慌意乱。我当即叫人力车往火车站赶去。

我往车站墙上按一张纸片，用铅笔给母亲和哥哥写了封信。信非常简单，但我想总比不打招呼跑掉为好。我让车夫赶紧送到我家去。而后一头扎进开往东京的火车。我在轰轰隆隆的三等车厢中重新从袖口掏出先生的信，总算得以从头看完。

下　先生与遗书

一

这个夏天我接到了你三封信，托我在东京给你找一个相当的位置，记得是第二封信上的事。看信时我打算尽量想想办法，至少觉得不回信是对不起你的。但坦白说来，我根本没有为你托的事做任何努力。如你所知，我的交际范围很窄，或者不如说遗世独立更为确切，没有做努力的余地。不过问题还不在这里。坦率地说，我当时正为自己的事焦头烂额，不知如何处置自己才好。是一如被世人抛弃的木乃伊这样存在下去呢？还是……当时的我每当在心底重复“还是”一词的时候，无不悚然一惊，就好像一个人跑到悬崖边缘突然俯视万丈深渊。我很怯懦，同大多数懦夫一样苦闷不堪。遗憾的是，当时的我，心目中几乎没有你这个存在——这样说并不夸张。进一步说，什么你的地位、你的生计，这东西对我毫无意义，怎样都无所谓，我已完全顾不上那许多了。我把你的信往信袋一插，照样抱臂沉思。一个有相当家产之人，何苦刚毕业就一口一个地位急得团团转呢？莫如说，我仅仅是以极其不快的心情向远处的你投去如此一瞥而已。我这样直言相告，也是为了辩解——辩解未给你回信，而不是故意出言不逊来激怒你。我相信你在往下看的过程中自会理解我的本意。但不管怎么样，我毕竟没有发出任何回声，要请你宽恕怠慢之罪。

其后我给你打了电报。老实说，那时我真有点想见你，想按你的希望把我的过去告诉你。你回电报无法马上赴京，我失望地看那电报看了很久。你大概也为只发一封电报过意不去，随后寄来了长信。我因而明白了你不能来京的缘由。我绝对不至于认为你这人失礼或什么，你怎么能置敬爱的父亲的病于不顾而出远门呢？我这种忘掉你父亲生死的态度才是不地道的。实际上打电报时我也忘了你父亲的病，尽管你在东京时我再三说那种病难治，提醒你务必好好注意。我就是这样一个自相矛盾的人。较之脑髓，或许更是我的过去在压迫我，使我变成如此自相矛盾之人。在这点上，我也必须充分承认我的本性，请求你的原谅。

看你的信——你的最后一封信时，我意识到自己做了一件错事。于是提笔想给你回信，表明我的意思，但一行也未写成。既然写，就要写这样的信。而写这样的信为时尚早，只好作罢。我所以简单回电说不来也无妨，原因就在这里。

二

之后我写了这封信。平生不动笔的我，动笔是很大的痛苦，因为很难把事件或思想写得满意，以致我几乎放弃了这项我对你的义务。我几次灰心丧气，掷笔于案，但终究未能作罢——不出一个小时我又想写了。依你看，也许认为这是注意履行义务的我的性格所使然。我也并不否认。你知道，我几乎是与世无涉的孤独之人，环顾自己的前后左右。无论哪里都找不出一棵义务之树。有意也好无意也好，我所过的是尽可能削减义务的生活。但我并非因为对义务冷淡而变成这样子的。莫如说由于过于敏感而缺乏忍受刺激的精力，才如此消极地打发时光。所以，许诺而不履行，会使我十分厌恶自己。纵使为了在你身上回避这种厌恶自己的心情，我也必须拿起放下的笔。

何况我是想写的，想把我的过去写下来（与义务无关）。不妨说，我的过去仅仅是我自己的经历和体验，仅为我一人所有。若至死都不把它给予别人，未免有些惋惜——我多少有这样的心情。只是，与其给予不能接受的人，还不如把那段经历和体验同我的生命一起埋葬，我想。实际上，假如没有你这样一个人，我的过去势必仅仅以我的过去而告终，而不会成为他人的知识（即使间接的）。在几千万日本人之中，我只愿意对你讲述我的过去。因为你认真，因为你说你想认真地从人生本身吸取活的教训。

我准备将人世的暗影毫不顾忌地往你头上掷去，不得害怕，一定要定睛逼视阴暗物，从中抓取对你有参考价值的东西。我所说的阴暗，当然是伦理上的阴暗。我是在讲究伦理的环境中出生又在同样条件下长大的人。或许我关于伦理的思考同今天的年轻人大相径庭。但即使再荒谬，也是我自身的一部分，不是暂且借来一用的衣物。所以我想，对于即将展开人生的你或许有几分参考价值。

记得吧，你经常向我谈起现代思想问题，也看得出我对这个问题的态度——即使我不蔑视你的意见，也绝对无法使我尊重。因为你的思想没有任何背景，而且你过于年轻，无法背负自己的过去。我不时发笑。你每每现出不够满足的神情，以致最后逼我把我的过去像画卷一样展现在你面前，这时我才在心中对你生出敬意。因为你让我看到了决心——你要肆无忌惮地从我腹中抓住某种活的东西，要割开我的心脏，啜吸涌动的热血。那时我还活着，不愿意死，遂拒绝你的要求，许诺改日告诉你。而我现在就要自己抓裂自己的心脏，把鲜血溅到你脸上。倘若我的心跳停止时你胸中诞生了新的生命，我死而无憾。

三

我失去父母，是我还不到二十岁的时候。记得一次妻跟你说过，两人死于同一种病，并且可以说几乎是在同一时间相继去世的（妻说时你曾为之惊奇）。实际上父亲得的是伤寒，传染给了在身旁看护的母亲。

我是两人唯一的男孩。由于家境宽裕，成长过程中可谓相当春风得意。回顾过去，假如父母当时不死，或至少有一方活着，那春风得意的心情我想未尝不可以保持到现在。

两人死后，我一个人茫茫然剩了下来。我既无知识，又无经验，亦不谙世事。父亲死时，母亲未能在身旁；母亲死时，连父亲的死讯都没告诉她。不知母亲意识到没有，还是如旁边人所说相信父亲正在康复，母亲只是把一切委托给了叔父，指着在场的我说“请关照这个孩子”。那以前我就得到父母允许，准备去东京。母亲也似乎顺便提起，简单补充说“东京”。叔父马上接道：“放心，不必挂念。”母亲大约属于耐得住高烧的体质，叔父向我夸奖母亲，说她“刚强得很”。但这是否就是母亲的遗嘱，如今想来也不得而知。母亲当然晓得父亲所得之病的可怕名称，也知道自己已被传染上，但她是否相信自己肯定被此病夺走性命，我想恐怕多少还有怀疑的余地。而且，母亲高烧时说出的话纵使再明晰再有条理，也时常说完就忘得一干二净。所以……不过问题不在这里。只是，如此把事物拆开来寻根问底或转来绕去看个没完的毛病，从那时便已完全形成。从一开始我想就应该向你交代一下：这种作为实例同眼下问题无甚关系的叙述，反而可能有些作用。你也这样看下去好了。这一禀性想必在伦理上影响到一个人的行为、动作，使得我日后愈发怀疑起别人的道义之心。它极力推动我走向烦闷、苦恼的深渊。这点毋庸置疑，请你记住。

话一跑题，难免不易明白，还是言归正传吧。我所以还能够写这封长信，大约是因为较之处境与我相同的人，我心里还多少有所余裕。世人睡下时应该听的电车的轰隆声已经杳然远逝，套窗外不觉之中微微响起忧郁的虫鸣，使人凄然想起银露生凉的寒秋。一无所知的妻在隔壁睡得那般恬适和天真。我拿起笔来，笔尖唰唰有声地一笔一画地写着。此时此刻，心情莫如说是平静的。笔尖或许因久不握笔而滑出格外，但似乎并非头脑混乱所使然。

四

总之，落得孑然一身的我，只能依照母亲的吩咐依靠这个叔父。叔父也负起了所有责任，照顾得无微不至。并按我的愿望，安排我去了东京。

我来东京上了高中。那时的高中学生远比今天野蛮粗暴。我认识的一个同学夜里同工匠吵架，拿木屐打伤了对方的脑袋。因是酒后闹事，忘我厮打的时间里，被对方抓去了校帽。而校帽里的一块菱形白布分明写有本人姓名。于是事情麻烦起来，险些被警察告到学校。在朋友百般努力之下，总算没有公开闹出乱子。如此野蛮行径，在你们这些在今天文雅风气中长大的人听来，想必觉得荒唐傻气。实际上我也觉得荒唐傻气。但反过来，他们具有时下学生所不具有的质朴之处。当时我每月从叔父手里领得的钱，比你父亲寄给你的要少得多（当然物价也不同）。尽管如此，我一点也没感到不满足。就经济这点来说，在几个同级生中我绝未处于羡慕他人的可怜境地。如今回想起来，恐怕倒是受人羡慕的对象。因为，每月除了固定汇款，我还时常向叔父讨书本费（那时我就喜欢买书）以及其他临时费用，可以随心所欲地花掉。

不谙世事的我，不仅相信叔叔，还常以感谢的心情敬重叔叔，庆幸有这样一位亲人。叔父是个实业家，还当过县议会的议员。或许由于这个关系，记得他同政党也有交往。虽是父亲的胞弟，但在这点上，其发展方向看上去完全不同于父亲。父亲是个珍惜祖传家业的老实厚道的人。兴之所至，以茶道或插花自娱，还喜欢看诗集。对于书画古董之类，也好像有浓厚的兴趣。叔父虽然房子在乡下，人则住在十四五里外的市里。常有古董商专门从市里拿来挂轴香炉等物给父亲看。总的说来，父亲可以说是个man of means[①]，一个情趣颇为高雅的乡间绅士。所以，从性格来说，同豪放的叔父相差很大。但奇怪的是，两人又很要好。父亲时常说叔父远比自己有能耐，堪可信赖。并说自己这样继承父母财产的人，同有才华无论如何都将收敛锋芒——因为用不着与世相争，而这是不可取的。这些话母亲听见了，我也听见了。听起来父亲莫如说是在表达自己的心得。“你要好好记着才行。”父亲当时特意看着我的脸说，所以我至今未忘。对于受到父亲如此信任和赞赏的叔父，我怎么能够怀疑呢？有这样的叔父，我甚至引以为自豪。在父母去世后，对于一切都需人照料的自己来说，叔父便不单单是我引以为自豪的存在了，而成了必不可少的亲人。

五

放暑假我第一次回乡时，叔父叔母已作为新的主人轮流住在自己没有了父母的家里了。这是我赴京前就已讲定的。既然只剩得一人的我还不在家，也只能采取这个办法。

那时叔父好像同市里各种各样的公司有了关系。从业务上来说——他笑道——较之原先住在自己家里，搬到相距十四五里的我

① man of means：英语，有财产的人，有产者。

家来便利得多。这是父母去世后我同叔父商量如何处置房子才能赴京时从叔父口中流露的话。我家房子很有年代，在那一带多少为人所知。我想你老家也是如此，在乡下，有来历的房子在有继承人时却被其毁掉或卖掉，那可不是件小事。现在的我固然不以为然，但当时我还小，又要去东京，而房子又不能扔在那里不管，实在很伤脑筋。

迫于无奈，叔父答应住到我家里来。但市里的房子毕竟不能总是空着，便提出要让他两头跑。我当然不可能有异议，甚至想，只要能去东京，什么条件都无所谓。

孩子气的我，离开故乡后，心里的眼睛也还是依依遥望故乡，有一种游子情怀，觉得故乡仍有自己的归宿。虽说我那般热爱东京，但思乡之情也很强烈，准备一放假就回去。我用心学习，尽兴游玩，夜晚时常梦见放假即可回去的故乡。

我不知道自己不在家期间叔父是怎样两边跑来跑去的。我回到家时，叔父一家全都聚集在这边我的家中。上学的小孩想必平时住在市里，但由于也放假了，便被领来这里，也算是来乡间玩一玩。

见我回来，大家都很高兴。看见家里反倒比父母在时还要热闹，我也很欢喜。叔父把占据我原先所住房间的一个男孩赶走，把我让了进去。因为客厅也有好几个，我谦让说其他房间也没关系，但叔父不允，说这是你的家。

除了不时想起去世的父母，我没有任何不快地同叔父一家度过了一个夏天，重返东京。那个夏天唯一给我心里投下淡淡阴影的事，就是叔父叔母异口同声劝刚刚上高中的我结婚，前后大约劝了三四次。由于事出突然，一开始我唯有吃惊而已。第二次明确拒绝了。第三次，我不得不反问为什么要结婚。两人的理由很简单：快些娶媳妇回到这里来继承父亲死后的家业。我原以为只要放假回来就可以了，两人却说继承家业需要娶媳妇。听起来也自有其道理，尤其晓得乡下习俗的我很能理解。但我刚赴京求学，对我来说，那只不过是像用望远镜看到的远景而已。我没有按叔父的希望答应下来，就这样再次离开了家。

六

结婚的事我再也没有记起。看我四周年轻人的面孔，没有一个像是拖家带口的，都好像自由自在、单身一人。其实即使如此无忧无虑的人当中，若深入其中，也可能已有人由于家庭原因而被迫娶妻，但不谙世事的我没有意识到这点。再说，纵使处境果真如此特殊的人，也恐怕因顾忌周围而尽量不说那种与学生关系不大的私事。事后想来，我自己便已是其中一员。而我却没有这种意识，只管欢欢喜喜地在求学路上行进。

学年结束，我又捆起柳条箱，回到父母坟墓所在的乡下。并且又像去年那样，在父母生活过的自己家中见到了叔父、叔母及其子女熟悉的面孔。我再次嗅到了故乡的气息。这气息依然撩人情怀。这肯定也是因为故乡给我一年单调的学习生活带来刺激的缘故。

可是，在这块养育自己的土地上，在同样的气息中，叔父突然再一次把婚事捅到我鼻端。叔父无非重复去年的劝诱，理由也一如去年。只是上次相劝时没有任何目标，而这次手中有了明确的对象，愈发使我左右为难。对象就是叔父的女儿即我的堂妹。叔父说，娶这个堂妹双方都方便，父亲在世时也这样说过。我也认为这样方便，觉得父亲对叔父说这样的事也是可能的。然而这是叔父如此提起之后才意识到的，提起之前我并没有想到。所以我吃了一惊。虽然吃惊，但也因此得以理解叔父的希望亦在情理之中。或许我粗心大意，也可能真是那样——我拒绝这门婚事的主要原因恐怕在于我对堂妹的不注意，从小我就总去叔父家玩。不光玩，还时常住在那里。从那时就跟这个堂妹很熟。你怕也知道，兄妹之间从来不曾发生恋情。也可能是我随意演绎这个众所公认的事实，我总觉得朝夕相处、耳鬓厮磨的男女之间，已经失去了激发恋情所需要的新鲜感。嗅得香气只限于刚焚香的那一瞬间；品出酒味只在于初饮酒的那一刹那。同样，爱的冲动也在时间上存在这么间不容发的一点。一旦心无所觉地通过了那里，那么相互越熟便只是越亲密，爱的神经则渐渐变得麻木不仁。无论怎么思来想去，我都没心绪让堂妹成为自己的妻子。

叔父说，若我一定坚持，推迟到我毕业再结婚也可以。但正如俗话所说，好事不宜迟，可能的话，至少先把交杯酒喝了。而我是对堂妹本人没有兴致，因此怎么都是一回事。我又一次拒绝。叔父的脸沉了下来。堂妹哭了，毕竟求婚被拒对女人是件难堪的事。如我不爱堂妹，堂妹也不爱我，这我十分清楚。我再次动身赴京。

七

第三次回乡，是又过了一年的初夏时节。每次都好歹捱到学年考试结束就逃离东京，我便是这样思念故乡。你怕也有感受，自己出生的地方，空气色调不同，泥土气味不同，浓浓荡漾着关于父母的记忆。一年之中，把七八两个月包在这里边，像入洞蛇一样静止不动，对我比什么都舒坦和温馨。

在同堂妹的婚事问题上，单纯的我觉得没有必要那么伤脑筋。不愿意就拒绝，拒绝也就了结了，我是这样认为的。所以，尽管我没按叔父的希望改变主意，仍旧不以为然。过去的一年时间里我也从未对此耿耿于怀，照样兴致勃勃地返回故乡。

不料回来一看，叔父的态度变了，再不似以往那样和颜悦色地像要把我拥入怀中。但一帆风顺长大的我，回来四五天时间里并未觉察出来，是一个偶然机会使我一下子意识到的。结果发现，莫名其妙的不光叔父，叔母也莫名其妙，堂妹也莫名其妙。就连初中毕业很快要去东京读商业高中——叔父信上问过那里的情况——的叔父的男孩也变得莫名其妙。

出于禀性，我不能不动脑思索。为什么自己的感觉变了呢？不，为什么对方变成这样子了呢？我怀疑是不是我死去的父母突然擦亮了我模糊的眼睛，使我顿时看清这个人世。我在内心深处相信父母辞世之后也依然像在世时那样爱着我。当然，即使那时候我也决非不明事理之人。但先祖遗传下来的迷信念头，的确根深蒂固地潜伏在我的血液中，现在恐怕也如此。

我独自一人进山跪在父母墓前，半带悼念的意味，半怀感谢的心情，并且以自己未来的幸福仿佛仍掌握在安卧于眼前冰冷石块之下的父母手中那样的感觉，祈求两人保佑自己的命运。你可能发笑，我也觉得你笑得有理，但我就是这样一个人。

我的处境风云突变。不过对我来说，这不是第一遭。大约十六七岁的时候吧，当我第一次发现世上存在那般美好的东西时，心头也曾为之一震。我不知多少次怀疑自己的眼睛，不知多少次擦拭自己的眼睛，并在心中叫道“漂亮啊漂亮啊”。十六七这个年龄，男的也好女的也好，正是所谓常言道情窦初开时节。情窦初开的我第一次发现女子乃是世间美的代表。在迄今浑然不觉的女性面前，就好像眼睛突然失而复明。自那以来，我的天地彻底焕然一新。

我注意到叔父的态度，与此完全是同一种体验，可谓豁然开朗。没有预感、没有准备，如风而至。在我眼里，叔父及其家人陡然成了别人。惊愕之余，又为自己的前程担心，不知如何是好。

八

我开始觉得，若不详细把握这以前委托给叔父的家产，便对不起父母。叔父说他很忙，每晚都不睡在同一个地方。两天回这边，三天去市里，两头跑来跑去，整天一副行色匆匆的样子，“忙”成了他的口头禅。没起任何疑心的时候，我也以为他真的很忙，或者不无挖苦地理解为恐怕只有忙才显得合于时流。然而在有了想找时间谈财产的目的的现在，见到那匆忙的样子，便只能理解为不过是躲避自己的口实了。我很难抓住机会同叔父摊牌。

风闻叔父在市里有个妾，是从初中一个同学口里听得的。作为叔父，有个妾也不足为奇。但我还是感到意外，因为父亲在世时我从未听到过这等风声。那个同学此外还讲了叔父好多传闻。其中一个是说叔父的公司原本一时看上去濒于破产了，而这两三年竟骤然起死回生。这也是加重我疑心的一个因素。

我终于同叔父开始谈判。说谈判或许有欠稳妥，但事情的进展已自然而然到了这一步，只能用“谈判”来表达。叔父自始至终都把我当小孩看待，我从一开始就对叔父投以怀疑的目光，不可能顺利解决。

遗憾的是我现在急于往前赶，无法详细叙述谈判的始末。坦率地说，有比这更重要的事情等着我。我勉强控制自己，才没有使笔锋马上跑到那里。永远失去同你见面细谈的我，不仅提笔不习惯，还因为要节省宝贵的时间，而不得不对想写的事项忍痛割爱。

你大概还记得，一次我对你说过世上没有天造地设的恶人，而大多是由善人在关键时刻摇身一变生成的，所以马虎不得。当时你提醒说太激动了，并问什么情况下人会由善变恶。我只答一个“钱”字。你现出不满的神色，那神色仍历历在目。现在我把实话告诉你，那时涌上我心头的就是叔父的事。我以憎恶的情感看待这个叔父，把他视为普通人突然见钱变坏的一个典型，视为世上不存在堪可信赖之人的一个例证。对于急欲突入思想纵深处的你来说，我的回答也许不够充分，也许是陈腐之见。但它是我活的回答，现在我并未激动。我相信，较之以理性的头脑讲述新的问题，倒不如以炙热的唇舌诉说平凡的事实更为生动有力。身体因血的作用而动。语言不仅仅振动空气，还可以强有力地作用于强有力的物体。

九

一言以蔽之，叔父在我的财产上做了手脚。这在我三年赴京的时间里可以轻而易举地做到。一切都委托给叔父而不以为意的我，在世人说来，简直是个傻瓜；而若以超乎世人的眼光来看，也可以称为淳朴可敬之士。回顾当时的自己，真是悔恨交加：自己为什么那么迂腐，而没有生得奸诈些呢？我恨不得重新回到初生之时。请记住，你所知道的我是污染后的我。若将污染年头多的人称为前辈的话，至于你，我的确当之无愧。

假如我遵照叔父的意愿同他的女儿结婚，其结果，物质上想必对我有利，这是无须多想的。叔父把女儿推给我是一种谋略。与其说是出于为了两家方便的好意，不如说是利欲熏心所使然。我只是不爱堂妹，但并不讨厌。不过事后想来，还是拒绝了多少让我开心。在被蒙混这点上两人固然彼此彼此，但从被推上场的我来说，不娶堂妹便等于没按对方意愿行事，而有些我行我素。不过这是不成为问题的琐事。尤其以与此无关的你看来，未免意气用事，傻里傻气。

其他亲戚介入到我和叔父之间，对这些亲戚我也根本不信任。不仅不信任，还有敌视情绪。我发觉叔父欺骗自己的同时，认定别人也肯定在欺骗自己。我的逻辑是：就连父亲那般赞不绝口的叔父都这样，何况别人呢！

尽管如此，他们还是把大凡属于我的东西给我归拢在了一起。以金额估算，比我预料的少得多。作为我，或者默默接受，或者同叔父对簿公堂，此外别无他法。我既气愤，又困惑。若打官司，又怕拖很长时间才出结果。毕竟尚在求学，如此被夺去宝贵时间，作为学生是非常痛苦的。思来想去，最后求市里一个老同学把我接受的东西统统变成现金。老同学劝我作罢，但我不听。那时我已打定主意，永远离开故乡，并在心里发誓再也不见叔父。

动身之前，我又一次来到父母墓前。那也是最后一次，恐怕永远不会再有机会了。

我请老同学按我说的去办。当然，办好已是我回京很久以后的事了。在乡下，卖地不是一件容易事，又要提防别人趁机会压价。所以我取得的金额较之时价要少许多。坦白说来，我的财产不外乎自己离家揣在怀里的若干公债，和后来老同学寄来的钱。作为父母遗产，无疑一开始就大打折扣，加之又不是我故意造成的，心里就更不愉快了。不过作为学生，维持生活已绰绰有余。说老实话，我连利息的一半都没用完。而这优裕的学生生活使我陷入了始料未及的境地。

十

手头阔绰的我准备搬出嘈杂的宿舍，自己单独住一座房子。但一来我懒得买家具，二来势必请老婆婆。而这老婆婆又必须可靠，以便离家外出也能放得下心才行。这么着，就犹犹豫豫地拖延下来。一天，我心血来潮地想找找房子，半是散步地从本乡台往西下，然后沿小石川坡路径直往传通院那边爬去。如今通了电车，那一带已面目全非了。但当时左边是炮兵工厂的土围墙，右边是一片既非原野又非山丘的空地，空地上满目杂草。我站在草丛中，漫不经心地朝远处山崖望去。现在风景也不算坏，那时两侧更是别具一格。举目四望，到处百草藏蕤、绿意盎然，令人神经为之舒缓。我蓦然想到，这一带会不会有合适的房子呢？于是一直穿过草地，顺一条小径往北走去。现在仍未成为一条像样的街道，房屋吱呀作响的那一地段，当时更是又脏又乱。我穿街过巷，到处转来转去。最后向一家粗点心铺的老板娘打听这一带有没有不太大的好些的房子可租。“这个……”她歪头想了一会儿，“那样的房子怕是……”看样子完全没有目标。我看无望，正要回去时，老板娘问道：“一般人家里不可以吗？”我的主意有点改变，心想一个人住在安静的一般人家里，省去了独住孤房的麻烦，倒也蛮好。于是我在这粗点心铺里弓身坐下，请老板娘详细说了情况。

老板娘说，那是一个军人家属或者不如说是军人遗属之家。主人大约是日清战争[1]时或什么时候死的。一年前住在市谷军官学校旁边。因房子过大，又有马厩什么的，便卖了搬来这里。但家里仍空空荡荡，便托老板娘找个合适人住进来。我从老板娘口里确认，那户人家除了遗孀、独生女和一个女佣，再无别人。我心中思忖，如此安安静静再好不过。问题是那样的人家，突然闯进我这样一个对方不知底细的学生，很可能被拒之门外。我想还是算了。但转念一想，作为学生，自己衣着并不寒伧，并戴着大学里的校帽。或许你笑大学校帽有什么了不起，但那时的大学生与现在不同，在社会上很有信誉，以致我在那种情况下从这四角帽中觅出一种自信。于是按粗点心铺老板娘的指点，没人引见便找到军人遗孀家里。

见遗孀讲明来意，遗孀就我的身份、学校、专业等问了许多，随后像是有了什么把握。当场答应我，说什么时候搬来都可以。遗孀是个地道人，又是个果断的人。我很佩服，以为军人之妻大约无不如此。佩服之余，又有些愕然。甚至想如此性格的人哪里会感到什么寂寞呢。

十一

我马上搬进这户人家里。租住的是一开始就同遗孀讲定的起居室。这是整座房子里最好的房间。当时本乡一带才零星出现高等宿舍楼，作为学生所能占据的最好房间自是可想而知。我以新主人身份入居的这个房间要比那里的漂亮得多。迁入之初，我甚至觉得作

① 日清战争：我国称甲午中日战争。

为学生未免有些过分。

房间有八叠[1]大，壁龛旁边有错落式搁板，迎檐廊那面墙带一个壁橱。窗口虽一个也没有，但从南面檐廊有明亮的光线射进。

搬来那天，我见壁龛里有插花，旁边靠着琴。哪一样都不合我心意。我是在喜欢诗书烹茶的父亲身边长大的，从小就熏染上了中国情趣。或许因为这个，不知不觉之间形成了鄙视这种华丽装饰的倾向。

父亲在世时收集的古董，给那个叔父弄得七零八落，但仍多少剩一点，离开老家时放在中学同学那里保管，只从中挑出四五幅似乎满有意思的挂轴去了包装放在柳条箱底带来。一搬来我就打算取出挂进壁龛欣赏。但现在看见琴和插花，顿时没了勇气。后来听说花乃是出于对我的好意插在这里的，我不由心中苦笑。至于琴，却是一直放在那里，因为没别的地方可放。

说到这里，你脑海里自然会有年轻女子的姿影掠过吧。我在搬来之前这种好奇心便已经萌动了。或许这种不应有的念头事先损害了我的天性，也可能由于我还不习惯见人，总之第一次见到这家小姐时，我竟至语无伦次，而小姐也红了脸。

这以前我根据遗孀的风度举止，就这小姐想象了许多。但所有的想象都对小姐不太有利。军人之妻是那个样子，那么其妻的女儿该是这般光景——我的推想便是以此逻辑步步展开的。然而在见到小姐的一瞬间，这推想便土崩瓦解了。迄今从未想象过的异性风韵

① 叠：计算日本草席的数词，八叠即铺八张日奉草席的房间（每张席约一张小单人床大小）。

活生生涌入我的脑海。从此我再不讨厌壁龛当中的插花了，旁边靠着的琴也不再觉得碍眼了。

花更换得也按部就班，快要凋谢时，便有新的插来。琴也不时被搬去直角拐过的斜对面房间。我在自己房间手臂拄着桌面，支颐听那琴声。听不出琴弹得好还是不好。不过从弹得并不很复杂这点来看，想必相当一般，也就是插花这个程度。插花我也懂，知道小姐绝对算不得上乘。

尽管如此，小姐还是很坦然地用各种各样的花妆点我的壁龛。当然，插法总是一个模式，花瓶也从未变过。若论音乐，就更等而下之了。只是一味砰砰拨弦，全然不闻真腔实调。倒也不是不唱，但声音太小，悄悄话似的。而且一受责备，便彻底哑然了。

我欣欣然看一会儿拙劣的插花，听一会儿不悦耳的琴声。

十二

离开故乡时我的心情便已变得消沉厌世了。人是不可信赖的这一观念似已无可救药地沁入骨髓。我把自己敌视的叔父、叔母及其他亲戚简直看成了人类的代表。甚至乘火车都要小心邻座人的举动。偶尔对方搭话，更加有了戒心。我郁郁寡欢，心里有时像吞铅一般沉重。然而神经却如我刚才说的那样十分敏锐亢奋。

来京后所以想退出宿舍，我想这也是一个重要原因。如果说有了钱就想另立门户倒也罢了，但以往的我，就算手头宽裕，恐怕也不至于讨此麻烦。

搬来小石川之后，也未能很快使我这紧张的心情缓解下来。我鬼鬼祟祟，东张西望，自己都为之羞耻。不可思议的是乐此不疲的仅限于我的脑袋和眼睛，嘴巴则与此相反，渐渐懒得动了。我默默坐在桌前，像猫一样仔细观察房子里的情况。我把紧绷绷的视线倾泻在她们头上——有时我也觉得对不起人——简直成了不偷东西的贼。如此想着，甚至厌恶起了自己。

你或许觉得奇怪，如此状态下的我怎么会有心情喜欢那里的小姐呢？怎么会津津有味地观赏小姐那蹩脚的插花呢？怎么会喜滋滋地倾听她同样差劲儿的琴声呢？你若这么问，我只能告诉你，两方面都是事实，只能如实相告。而如何解释，你脑袋好使，悉听尊便。我仅补充一点：在钱财上我固然怀疑人类，但在爱情上我还没有怀疑。所以，别人看来觉得奇怪的东西，并且我自己想来也觉得矛盾的东西，都可以在自己心中相安无事。

我经常以夫人称呼那位遗孀，所以往下不再称遗孀，改称夫人。夫人说我是个安静的人，一个老实人，还夸我用功。至于我不安的眼神、鬼鬼祟祟的样子，却绝口不提。不知是浑然未觉，抑或出于客气，总之看上去夫人对此根本没有理会。不仅如此，有一次还说我落落大方，口气里不无尊敬的意味。老实说，当时我一阵脸红，说自己并非那样。结果夫人一本正经地解释道："你自己没意识到，所以才那么说。"一开始夫人似乎不打算招学生进门，而像是求附近的人帮忙介绍在官府或什么地方做事的人，将起居室租出去。大概夫人脑子里早就有这样一个想法。认为那类人薪水不多，只能租住民房。夫人将自己心中描绘的房客同我加以比较，夸我落落大方。诚然，较之节衣缩食之人，在花钱方面我也许算大方的。但这不属于性格问题，同我的精神生活几乎没什么关系。而夫人毕竟是妇女，竟要将其扩展到我的所有方面，全部以此一句话来概括。

十三

夫人这种态度自然影响到我的心情。过不多久，我的眼神也没那么贼溜溜的了。感觉上仿佛自己的心整个落回到了其应在的地方。总之，恐怕是夫人及其家人对我不正的眼神和充满狐疑的样子全然不予理会这点，给了我巨大的幸福。由于没有对方反射过来的光照，我的神经逐渐得以平复。

夫人是个有教养的人，不妨认为她是特意这样对待我；或者如其明确说的那样，果真把我看成落落大方的人亦未可知。也可能我的疑神疑鬼只是我脑袋里的活动，没怎么显露于外，以致夫人未能看穿。

随着心情的趋于沉静，我开始逐渐同两人接近，无论夫人还是小姐，我都可以与之开玩笑了。有时候我被叫去那边房间喝茶，也有时候我买来糕点，晚上把两人请到我这边来。有好几次我因此浪费了宝贵的学习时间。奇怪的是，对这样的妨碍我全然不以为意。夫人本来就是闲人。小姐要上学，还正在学插花学琴，以为大概很忙，不料看上去好像时间任凭多少都有。于是三人一见面就聚在一起谈天说地。

过来叫我的，大多是小姐。小姐有时拐过檐廊直角，站到我房间前面；有时穿过茶室，从邻室隔扇闪出身来。到得跟前，小姐稍停一会儿，然后叫我的名字，问道："用功呢？"通常我在桌面上摊开一本很有难度的书，所以从旁看来我俨然一副用功的架势。其实我没有怎么钻进去。眼睛虽盯着书页，心里却等待小姐来叫。若等不来，我就只好站起身，走到那边房间跟前，由我问："用功么？"

小姐房间同茶室相连，六叠大。夫人有时在茶室，有时在小姐房里。就是说，两个房间的间隔有也等于没有，母女两人你来我往，共同使用。我从外面打招呼，应道"请进"的必定是太太。小姐即使在里边也极少应声。

后来，小姐开始偶尔单独因事来我房间，就势坐下来一聊很久。这种时候，我心里便奇异地涌起不安。我不认为这不安完全来自同年轻女子的对坐。总好像有什么使我心神不定，一种自我出卖般的不自然的态度折磨着我。而对方却坦然自若，全无羞涩的样子，以致使我怀疑这就是那个弹琴而连声音都发不明白的女子。坐得太久了，母亲从茶室那边喊她，她也只是答应一声，而不轻易离座。但小姐绝对不是小孩，这点我完全看得出来。小姐有的举止甚至显然想让我看出这一点。

十四

小姐离开后，我舒了一口气。同时又有一种既像意犹未尽又像歉疚不安的心情，也许我有些女人气。在当今年轻人的你看来恐怕更是如此。但那时候的我们差不多都这个德性。

夫人很少外出，偶然离开家一次，也不曾把小姐和我单独留下，不知是巧合还是有意。从我口中说出可能不大好：仔细观察太太的表现，大概有点想让自己的女儿同我接近。不过在某种情况下，还是对我暗暗怀有戒心的。而每当这时，我便心生不快。

我很想让夫人把态度或此或彼明确下来。因为从大脑功能来看，显然自相矛盾。但我受叔父蒙骗的事还记忆犹新，不能不抱有更深一层的疑念。我想判断夫人的态度哪个是真哪个是假，但很难分辨。不仅如此，我还未能弄清如此奇妙的做法有何意义。想理由也想不出，于是将罪过一概归于这个女字，以此勉强说服自己。女人就是这样子的，女人这东西反正就是蠢。每当我想不下去时，思维便落到这个地方。

如此看不起女人的我，却无论如何也不能看不起小姐。我的逻辑在她面前完全派不上用场，对她我怀有一种近乎信仰的爱。见我把这只适用于宗教的字眼用在年轻女子身上，你或许为之惊诧，但我至今仍这样深信不疑。深信真正的爱同宗教信仰没有什么不同。每当瞧见小姐的面容，我便感到自己变得美好起来。每当想到小姐，未尝不觉得自己顿时变得超尘脱俗。假如爱这个神奇的东西存在于两端，高的一端涌动神圣感，低的一端鼓涨性欲，那么，我的爱的的确确捕捉住了高的一端。作为人，我原本是肉体凡身，但我面对小姐时的眼睛、念及小姐时的心境，丝毫不带有肉欲气息。

我一边对夫人抱有反感，一边日甚一日地思恋其女儿。于是三人的关系较我刚入住时日趋复杂起来。当然，变化几乎仅限于内心，没有形诸于外。不久，一个偶然的机会使我觉得自己以前恐怕误解了夫人，转而认为夫人对我的矛盾态度，二者大约都不是虚假的。并且二者不是交替支配夫人的心，而是任何时候都双双存在于夫人的胸际。也就是说——我觉察出——夫人一方面想尽量使小姐接近我，一方面又对我加强戒心。看起来似乎矛盾，但在增强戒心的同时，并未忘记以至推翻另一种态度，依然想让两人接近。只是有所顾忌，即不想让两人密切的尺度超过自己的允许，我是这样解释的。对于小姐，我从未萌生过肉欲方面的念头，认为夫人的担心纯属多余。不过我对夫人抱有的厌恶感倒是很快消失了。

十五

综合分析夫人的种种态度，我得出结论：自己在这户人家里得到了充分的信任，甚至找出了从一开始见面便受到信任的证据。这一发现对于已开始疑神疑鬼的我是一个不无奇异的震动。我想，较之男人，女人恐怕正因其是女人而更富于直觉。而女人所以为男人欺骗，其原因也可能在这里。如此看待夫人的我，对小姐也怀有同样强烈的直觉。如今想来有点好笑，自己虽在心里发誓不相信别人，却绝对相信小姐，而对信任我的夫人又有点神经兮兮。

我不太愿意多谈老家的事，那场风波更是只字未提，连让它掠过脑海都觉得不快。我尽可能只听夫人说话，但对方不答应。一有机会就想了解我老家的情况。终于，我和盘托出，并说我再也不回故乡了，回去也什么都没有了，有的只是父母坟墓。太太听了，露出十分感动的样子。小姐哭了。我庆幸自己说了出来，心里很是痛快。

听我说出一切后，夫人的态度有所变化，像是在说其直觉果然命中。那以来就像对待她一个年轻亲戚或什么人一样待我。我没有气恼，莫如说有些高兴。不料，我的疑心又很快冒了出来。

我开始怀疑夫人，是鸡毛蒜皮小事引起的。但随着这类小事的增多，疑惑也就渐渐扎下根来。一个偶然的情况，使我突然怀疑太太说不定会以叔父那样的用心来促使小姐接近我。这样一来，原本看起来和蔼可亲的夫人，突然在我眼里成了狡猾的阴谋家。

起始，夫人明确说过因为家里无人倍感寂寞才招人入住。我也不认为这是说谎。在相互熟悉起来听她坦率地讲了很多以后，我也仍有这个感觉，但一般经济情况算不上怎么宽裕。从利害角度考虑，同我有特殊关系，对方决不吃亏。

我又多了戒心，但对于小姐仍怀有上面说过的那种强烈的爱。这样，再对其母亲抱有戒心又能怎么样呢？我暗暗嘲笑自己，也骂过自己是傻瓜。但这种程度的矛盾，即使再是傻瓜我也没怎么为之痛苦。我的苦恼是从遇上小姐会不会也是她母亲那样的阴谋家这个疑问才开始的。想到两人可能凡事都是事先在背后策划好了的，我就一下子变得痛苦不堪。并非不愉快，而是一种身陷囹圄般无可逃遁的感觉。另一方面，我又坚信不疑。所以，我站在信念与迷惘的夹缝中全然动弹不得。对我来说，哪方面都是想象，又哪方面都是事实。

十六

我照样去学校上课。但讲台上那个人讲的课，听起来仿佛相距很远。看书也是如此，闪入眼帘的铅字没等沁入心底便烟消云散了。我变得沉默寡言。两三个同学误以为我耽于冥想，又讲给其他同学。我无意去解释。有人借给我求之不得的假面具，我反倒暗自庆幸。不过仍有时心里不平衡，以致突如其来地发起脾气，弄得他们目瞪口呆。

我住的这户人家很少有人出入，亲戚也似乎不多。小姐的同学倒是偶尔来玩，但一般说话声音极小，几乎分不清有人还是没人，如此说了一会儿便回去了。连我自己都没意识到那是对我有所顾忌。来我这里的人，固然没有胡闹的莽汉，但顾忌房东的人却是一个也没有的。到如此地步，我这个房客俨然一家之主，举足轻重的小姐倒沦为寄人篱下者了。

但这些只是随想随写，实际上怎么都无所谓。并非无所谓的事只有一件，那就是茶室或小姐房间忽然传来的男人语声。语声不同于我的客人，声音相当低沉，根本听不清说的是什么。而越是听不清说什么，越是给我的神经带来一种亢奋。我开始心烦意乱，坐立不安。是亲戚？还是熟人呢？我首先这样推想，继而猜测是年轻人还是年长者。当然，坐在这边怎么想也无从得知，却又不可能打开隔扇看个究竟。我的神经阵阵发颤进而卷起波浪拍击着我。客人走后，我肯定一次不忘地打听来人姓名。小姐和夫人的回答又总是那么简单。我自然不够满足，但又没有勇气刨根问底。无须说，自己没有那个权力。我在两人面前同时表现出来的，一是来自教育——来自必须注意自己品格这一教育的自尊，一是背叛这种自尊的私欲。两人笑了。不知是善意的笑（并非嘲笑），还是装出的善意的笑，我已失去镇静，没办法当场觅出答案。事情过后，我便在心里无数遍重复：自己又遭奚落了，大概又被愚弄了。

我是自由之身。中途退学也好，去何处生活也好，同何处的何人结婚也好都无需同任何人商量，这以前我好几次下决心请夫人把小姐嫁给我，但每次话到嘴边，我都犹犹豫豫未能出口。不是我害怕遭到拒绝，若遭拒绝，自己的命运发生怎样的变化我固不晓得，但也会使我有机会站在与现在不同的方位来展望新的世界。所以这点勇气若拿也还是拿得出来的。但我讨厌被人诱惑，受骗上当比什么都令我恼火。我已被叔父骗了一次，无论如何不能再让人骗！

十七

见我光是买书，夫人劝我多少买点衣服。实际上我只有乡下织的棉布衣服。那时候的学生身上不沾丝绸之类。我一个同学出身横滨商家，家中生活甚是富裕，一次家中给他寄来一件白纺绸做的衬袄，结果大家见了，都笑了起来。这个同学狼狈地辩解一番，索性投进箱底。但大家围上来偏让穿在身上。不巧，那衬袄生了许多虱子。本人大概求之不得吧，把那件给他惹麻烦的衬袄团团卷起，出去散步时随手扔到脏水沟里去了。同他走在一起的我从桥上目睹其所为，心中全然没有产生惋惜的念头。从那时看来，我也已是大人了，但还不晓得自己应该有一套出门穿的衣服，莫名其妙地认为在毕业留胡子之前，用不着操心什么衣服。所以我对夫人说要书不要衣服。夫人知道我买了多少书，遂问买的书都要看么。买的书里边也有辞典，本来应该翻看，但一页没动的多少也是有的，于是我不知如何回答是好。但我意识到，反正是买不必要的东西，那么书也好衣服也好岂不一回事。随即以没少受其关照为由，说想给小姐买她中意的衣带、衣料之类，一切拜托夫人。

夫人不说她一个人去，令我同行，还叫小姐也跟着。我们是在与现在不同的空气中长大的，作为学生不太习惯同年轻女子一路走来走去。当时的我比起现在还是习俗的奴隶，迟疑一会儿，才咬牙跟出门去。

小姐打扮得花枝招展。原本皮肤白皙，又涂了一层白粉上去，愈发引人注目。来往行人都直勾勾地看她。奇妙的是，看罢小姐的人肯定把视线转到我脸上。

三人去日本桥物色想买的东西。买的时候又见异思迁，比预想的多费不少时间。夫人特意叫我的名字问我看怎么样。有时还把衣料由肩到胸贴在小姐身上，叫我退两三步端详。每次我也都像模像样地发表意见，诸如“不成”“满合身嘛”之类。

如此花时间买完往回走时，已到晚饭时间。夫人说要招待我吃东西表示感谢，把我领进有一家名叫木原店的说书场的小巷。小巷很窄，吃饭的地方也很窄。我对这一带全然不知东南西北，不由佩服夫人的见多识广。

入夜时分我们回到家里。第二天是星期天，我整天闷在房间没动。星期一上学，一大早便有一个同学拿我开玩笑，很做作地问我什么时候结婚，还夸说我的妻真是绝代佳人。估计三人一起去日本桥时对方在哪里瞧见了。

十八

回来我把此事讲给夫人和小姐听。太太笑了，说：“给你添麻烦了吧？”她说完看我的反应。我心里想男人恐怕就是这样给女人试探心意的，太太的眼神充分含有让我如此认为的意味。当时或许应直言相告才是，但我心里还有所谓‘狐疑’没有解开。本想直言相告，却犹豫了一下，故意把话题岔开。

我把关键的自己这一存在从问题中刨了出去。我就小姐婚事揣度夫人的想法。夫人明确告诉我提婚的事有两三桩，但小姐年轻，又在上学，并不怎么急的。我看得出来——夫人倒是没说——对方都很看重小姐的姿色。夫人甚至透露说，想定的话什么时候都定得下来。所以不轻易放手，只有小姐这一个孩子也是一个原因。听语气，似乎连嫁出去还是找上门女婿都没拿准主意。

如此说着，我觉得从夫人口中了解到不少情况。但因此得到的结果却是同样：坐失良机。我竟至一句也没提到自己。我适可而止地准备返回自己房间。

小姐刚才还在一旁笑道：“别欺负人了。”却不知何时去了对面角落，背朝这边。起身时看见她的背影，只看背影无法看出人心里想的什么。我未能摸清小姐对这个问题的想法。小姐脸朝衣柜坐着，衣柜打开一尺来宽空隙，小姐似乎从中拉出什么放在膝头上看。原来我的衣服她的衣服都叠放在衣柜的一角。

我不声不响离开时，夫人突然换上郑重其事的语气，问我怎么想。问得很让我意外，我差点儿反问我就什么怎么想。当我明白是在问我是否把小姐快些安顿了为好时，我回答最好尽可能往后拖一拖，夫人说她也那么想。

夫人、小姐和我的关系处于如此状态时，另一个男人要加入进来。他成为这一家的一员后，给我的命运带来了极大的变化。假如没有他切断我生活的行程，我恐怕也就没必要给你留下这么长的文字了。就好像我呆愣愣地站在恶魔的通道前，而未意识到其瞬间的魔影将使我一生黯然失色一样。老实说，是我自己把他拉来的。这当然需征得夫人同意。我一开始便毫不隐瞒地说出一切，求她允许。不料夫人叫我“算了”。我有不得不领来的缘由，夫人却让我“算了”——简直不讲道理。于是依自己的判断一意孤行。

十九

在这里我把这个朋友称为K。我和K从小就很要好。说从小，我不解释你怕也知晓，两人有同乡之缘。K是真宗[①]和尚之子。但不是长子，是次子。所以送到一个医生家当养子。我出生的地方本愿寺

① 真宗：即净土真宗，日本佛教的一个主要流派，创始人为真鸾（1173—1262）。日本和尚可以娶妻生子。

派[①]的势力很强，所以真宗和尚在生活上似比一般人充裕。举个例子说吧，如果和尚有女孩，等女孩长大时，施主便会上门商量，把女孩嫁到合适的地方去。费用当然不用和尚自掏腰包。这样，真宗寺院大多都较富裕。

K的生身父母之家也过得不错，但有无财力把次子送去东京上学，我不得而知。或者是不是因为供其去东京上学，养子之事才得以谈妥的，这个我也不清楚，总之K去医生家当了养子。那还是我们上初中的事。现在我还记得老师在讲台点名时，我为K突然换姓感到吃惊。

K当养子的人家也很有财产，K是从那里拿得学费来京的。出来时不是和我一起，来京后马上住进了同一栋宿舍。那时候一个房间常有两三个人桌对桌一块儿起居。K和我也是两人一个房间。就好比山里活抓来的两个动物，在笼里相互抱着瞪视笼外。两人畏惧东京和东京人。而在六叠房间中，却可以口吐狂言，睥睨天下。

但我们是认真的，我们确实打算出人头地。K尤其厉害，出生于寺院的他经常使用“精进”一词。在我眼里，他的所有举动行为均可以用“精进”来形容。我在内心常对K怀有敬畏之感。

K念初中时就曾用宗教或哲学等复杂问题把我难倒。不知是他父亲的感化，抑或其生身之家即寺院那种特殊场所特有的气氛的影响所使然。总之看上去他远比一般僧人还具有僧人气质。本来K的养父母送其来京是想把他培养成为医生，但顽固的他决意不当医生。我责问他那岂不等于欺骗养父母。他倒也坦荡，回答说是的。并说

① 本愿寺派，净土真宗十派之一，总寺院为位于京都的西本愿寺。

为道之故，这点欺骗并无不可。当时他口中的所谓“道”，恐怕他本人也不甚明了。我当然不能说我明白。但对于年轻的我们，这个抽象字眼有一种卓尔不群的高贵韵味。纵使不解其意，而只要心怀凌云之志朝那方面身体力行，也不至于现出猥琐。我赞成K的说法。至于我的赞成对K有多大作用，我也不得而知。他只认死理，哪怕我再反对，我想他也还是要贯彻他自己的想法。但在个别情况下，给予声援的我多少是有责任的，这点尽管我不谙世事也很清楚。纵使当时我没有那样的思想准备，而在需要以成人的眼光回顾过去的时候，我也要理所当然地负起分到我头上的责任。对此我毫无异议。

二十

K同我进入同一个系。K以满不在乎的神情把养父母寄来的钱用来走自己喜欢的路，K心里同时有两种东西，一是觉得对方绝不会知道的释然；一是认为知道了也无所谓的勇气——我想只能这样分析。K比我还要镇静。

第一年暑假K没有回乡，说要在一座寺院租一间屋子学习。我回京已是九月上旬了，他果然整天闷在大观音[①]旁边一座脏兮兮的寺里。他的房间紧挨正殿，很窄小，但他很高兴，像是庆幸可以在此尽情学习。我觉得那时他的生活看上去逐渐像个僧人了。他手腕挂一串念珠。我问何用，他用拇指数了一两个给我看。大概他便是这

① 大观音：东京文京区光缘寺中的十一尊观音像。

样一天数好几遍。只是我不解其意何在。穿成一串的东西一颗颗数下去，任凭数到哪里都数不完。K将以怎样的心情在什么地方停下手呢？我时常这么想来想去，尽管想不出名堂。

我还在他的房间发现了圣书。记得以前屡屡听他道出经文名称，而基督教则从未有过问答。我有点愕然，不能不问个中缘故。K说无缘无故。并说这般难得可贵的书，看一看是理所当然的。

第二年暑假，老家催他回去，他才好动身。回去后大约也绝口不提所学专业的事。家里也没有察觉。你受过学校教育，这方面情况想必十分清楚，社会上对学生的生活、学校的规章无知得惊人。而我们对于无关紧要的事又概不透露给外界。由于我们呼吸的尽是相对属于内部的空气，以致养成一种毛病，总以为校内情况巨细无遗地为世人所知。在这点上，K恐怕比我了解社会。结果他又若无其事地回京了。离乡时我和他一起，一上火车我就问K怎么样，K答说怎么样也不怎么样。

第三个暑假是我决心永久离开父母长眠之地那年。那时我劝K回乡一趟，K不应，说年年回去干什么。看样子他又想留下用功。没办法，我独自一人启程离京。至于我回乡两个月时间在我的命运上掀起了怎样的波浪，前面已经写过，不再重复了。我满怀不平、忧郁和孤独感，九月又见到了K。不料，他的命运也和我同样急转直下。原来他瞒着我给养父母写了封信，主动坦白自己的欺诈，他一开始便有这种精神准备的。大概是想让对方说事已至此别无他法随你去吧。总之他好像没打算上大学还一直欺骗下去，也可能看出欺骗也骗不了很久。

二十一

养父看了K的信，大发雷霆，当即回了一封措词严厉的信，说再不能给欺骗父母的浑账东西寄学费。K给我看了信，相继从生父家接到的信也给我看了，信上责备得同前一封信一样严厉。或许亦是出于对不起养父母家的情理，后者也表示再不理睬K。由于这一事件，K或者复籍回到生父生母家，或者设法达成妥协继续留在养父母处。而作为由此产生的问题，当务之急是筹措月月少不得的学费。

我问K就此有什么想法。K回答准备当夜校老师什么的。较之现在，当时世上意外宽松，临时性工作并不像你想象的那么难找。我以为K完全可以支撑下去。但我有我的责任，不能轻轻松松袖手旁观。我当场提出生活上可以由我补贴。K马上拒绝了。从其性格上说，大概觉得自食其力要比处于朋友的保护下快活得多。他说，既然上了大学，就要靠自己奋斗才行，否则便算不上男人。我不能为尽自己责任而伤害K的感情，遂任他自行其是，撤下身来。

K没甚费事就找到了自己中意的临时性工作。可想而知，对于珍惜时间的他来说，工作是多么难以忍受。但他一如既往，丝毫没有放松学习，身负新的重担突击向前。我担心他的健康，但刚毅的他一笑置之，全然不以为意。

在此同时，他与养父家的关系渐渐复杂起来。他已失去机动时间，没有机会像以前那样同我交谈，我终归未能详细听得来龙去脉。但事情愈发变得难以解决这点我还是知道的，也知道有人居中调停。那个人写信催K回乡一趟，可是K无论如何都不应允。大约这种固执之处——K自己是说学年没有结束回去不得，但在对方看来，怕是一种固执——使得事态进一步恶化。他既伤害了养父家的感情，又惹得生父家动怒。当我担心地写信给两家撮合时，已经毫无效果了。连一句话的回信都没有收到。我也恼火了。这以前我同情K是出于势之所趋，而往下我觉得反正就是要站在K一边，不管他有理没理。

最后，K决定复籍。养父家出的学费由生父补偿回去。但此外概不负责，由K自便。用一句老话说，也就是“勘当”[①]吧。也可能没这么严重，但本人是这样理解的。K从小没有母亲。他性格的一面，的确可以视为由继母带大的结果。假如生母活着，我想未必出现如此大的裂痕。无须说，其生父是僧侣。但在讲究义理这点上，可能更近乎武士。

二十二

K事件告一段落以后，我接到K姐夫的一封长信。K告诉我，他去当养子的那家是此人的亲戚，介绍他去的时候和他复籍的时候，此人的意见都占很大的比重。

信上打听K后来情况如何，叫我回信过去。并补充说K的姐姐放心不下，求我尽快回信才好。较之继承寺院的兄长，K更喜欢这嫁出门的姐姐。虽说两人一母同胞，但年龄相差很大。K小的时候，同继

① 勘当：日语，意为断绝父子关系，逐出家门。

母相比，大约这个姐姐反倒更像真正的母亲。

我把信给K看了。K没表示什么，只是交代自己收到了姐姐两三封意思大同小异的来信，K每次都答复说不必担心。不巧的是，姐姐嫁的人家生活拮据，实在无法在经济上帮助弟弟。

我写了一封大致和K同样的信寄给他姐夫，并信誓旦旦地表示，有个万一时由我全力相助，只管放心。这固然是我单方面的想法。其中当然含有不让这位姐姐担心弟弟处境的好意，同时也有些意气用事，就是要做给只能理解为对我不屑一顾的K的生父养父两家看看！

K复籍时是一年级。此后至二年级中期约一年半时间，他独自支撑过来。但有情况表明，过度的体力消耗已开始影响他的健康和精神。当然同养父家脱离关系与否这一头痛问题怕也从中作怪，他渐次趋于感伤，不时说仿佛自己一个人背负了世间所有的不幸，却一转念又立刻激奋起来。他还觉得自己前途上的光明似乎正一点点从视野中遁去，并为此烦躁不安。求学伊始，任何人都胸怀远大志向踏上新的旅途，但一两年过去，临近毕业时，便突然觉察出自己脚步的迟缓，以致大半心灰意冷。这本是人之常情，K也不例外。只是他的焦躁远比一般人严重，我终于认为当务之急是使他的心情稳定下来。

我让他把不必要的工作立即停下，忠告他考虑到更长远的将来，眼下需休息一下身体，玩一玩才是上策。K生性倔犟，我早已预料到他不会轻易听进去。实际一说，比预想还要难以说服。K强调光搞学问不是自己的目的，自己的想法是要磨炼意志，使自己成为坚强的人，而为此必须尽可能置身于逆境。在普通人看来，这一结论纯属异想天开。何况置身逆境的他的意志压根儿就没坚强起来，反倒像是得了神经衰弱。无奈，我向他做出深有同感的样子，明确表示自己也打算朝同一方向推进自己的人生（不过，这对我也并非全是空话。听K说起来，难免一步步向他靠近——他有这个力量）。最后，我提议和K住在一处，一起奋发向上。为了使固执的他改变主意，我甚至不惜跪在他的面前。这么着，总算把他领到我的住处。

二十三

我的起居室带有一个候客间样的四叠房间。从房门去我的住处，此房间为必经之地。因此，从实用角度看，委实不便至极。我把K安顿在这里。本来我想在我的大房间里摆两张桌子，两人住在一起。但K说还是想一个人住，房间窄小也没关系，自己选住那里。

前面也已说过，起初夫人是不赞成我这个安排的。夫人说，若是一般出租屋，两个人比一个人方便，三个人比两个人有利可图，但自己不是做买卖，最好别招人进来。我说那人绝不给人添麻烦，不要紧的。夫人应道，就算不添麻烦，也不乐意招不知根底之人。我反驳说现在承蒙关照的我不也是那样，夫人又辩解说我的心她一开始就一目了然。我不由苦笑。夫人随即话锋一转，改口说领那样的人进来于我不利，快算了吧。我问如何不利，这回轮到夫人苦笑不语。

说实话，我也没必要非和K住在一起不可。只是，若把每月费用以现金形式摆在他面前，我想他肯定难以接受，他就是独立意识如此之强的人。所以我才把他安置到我的住处，把两人的伙食费瞒着他偷偷交到夫人手里。至于K的经济情况，我准备只字不向夫人挑明。

我只就K的健康介绍一番，说若让他一个人住，人将愈发变得古怪，并补充说了K同养父家关系不好，同生父家也疏远了等等。还告诉夫人和小姐，自己把K接收过来，心情上就好像怀抱一个即将溺水的人，情愿用自己的体温来温暖对方，拜托两人务必热情对待。话说到这里，总算说服了夫人。但什么也没从我口中听说的K根本不知晓这个过程。对此我反而感到心满意足，若无其事地把悄然搬来的K领进房间。

夫人和小姐都很亲切地帮他整理行李或做些其他什么。我理解为一切都是出于对我的好意，心里暗暗欢喜，尽管K依旧绷着面孔。

我问K觉得新居如何，他只简单说不坏。若让我说，地方不止不坏。这以前他住的是个朝北的房间，潮乎乎脏兮兮的。食物也同房间一样粗糙。搬到我这里来，好比从幽谷迁于乔木[①]。他所以没有那么形之于色，一是由于他的倔犟；二也有其他信仰方面的原因。他深受佛教哲理的熏陶，认为衣食住等所有的奢侈，简直就是不道德的。浏览过一些古代高僧和圣德传记的他有个坏毛病：动不动就想把精神和肉体割裂开来。甚至可能觉得越是鞭打肉体，灵魂才越放光辉。

我采取尽量不刺激他的方针——我需要做的是把冰块搬到向阳的地方使之融化。一旦融为温水，自我觉醒那一天就一定会来，我想。

① 语据《诗经·小雅》："出自囊谷，迁于乔木。"

二十四

被夫人如此对待的结果，我慢慢快活起来。意识到这点之后，我试图把同样东西用在K身上。K同我在性格上大相径庭，这点通过长期的交往我非常清楚。但我想正如我的神经在进入这个家庭后多少得到平复一样，K的心情也迟早会在此镇静下来。

K的决心要比我坚强，用功也在我之上。而且脑袋天生比我好使得多。后来专业不同，无从进行比较。但在同一年级期间，无论初中还是高中K都名列前茅，以致同K相比，无论做什么我都自愧不如。不过在我硬把K拉来这里时，我相信还是我更明白事理。依我之见，他似乎不理解勉强与忍耐的区别。这点也是为你补充的，请你听一下：肉体也好精神也好，大凡我们的能力恐怕无不因外界的刺激而发达、而损坏。无须说，无论哪方面都需要逐步增强。因此，若不深思熟虑，便有可能尽管朝险恶方向发展自己（旁人自不用说）却浑然不觉。据医生介绍，再没有人的胃更需小心侍候的。若一味喝粥，消化硬东西的能力就会不知不觉间丧失。所以医生说不管什么都要吃。但这恐怕不仅仅说的是习惯问题，真正的意思必须是说消化功能的抵抗力随着刺激的逐步增加而渐次变强。假如胃的作用相反一点点弱化，那么会怎么样呢？结果可想而知。K虽然比我伟大，这一点却全然没有注意到。只好像一门心思地认定只要习惯了困难，困难终归也就无所谓了。只要反复经受磨难，经受本身便是一种功德，而迟早会有邂逅视磨难为等闲之物的那一天。

我很想在说服K时一针见血地指出这点，但这无疑会遭到K的反驳，他肯定又要搬出古人为例。而那一来，我势必明确指出那些人与K如何不同。如果K予以首肯倒还好，但按他的脾气，争论到那个地步便很难后退，必定执意向前，并要用行动来体现说出口的东西。而这样一来，他这人就可怕了，就非同一般了。从结果来看，他的伟大不过表现在亲手毁掉自己的成功这一意义上而已。然而这绝非平凡之举。我深知他这个脾性，所以终归什么也没说出。加之在我眼里——前面也已说过——他似乎多少有点神经衰弱。纵然我说服了他，他也一定很冲动。我并不怕和他吵架，而是不忍心让这个好友陷入我一度有过的那种不堪孤独的境地。更不愿意把他推进比我还孤独的深渊。这样，在他搬来之后，我暂且还没有向他提出算是批评的批评，决定静观周围环境影响他的结果。

二十五

在背后我求夫人和小姐尽可能同K说说话。因我认为他这个样子是以前的无言生活造成的。铁不用便要生锈，他的锈生在心里——我如此深信不疑。

夫人笑他这人无法搭茬儿。小姐特意举例给我听：问K火盆有火吗，K答没有，那么拿火来吧，K说不要。问不冷么，K说冷也不要，之后再不应声。我也只能苦笑，因其可怜而设法敷衍过去。当然，春天也没必要勉强烤火。但他那样子，给人说无法搭茬儿也是无可奈何。

于是我尽量以自己为中心来促使两个女子同K联系，或者把两人叫到我和K说话的地方，或者把K拉到我同母女俩相聚的房间，总之尽量采取相应的办法让双方接近。K当然不大情愿。有时突然起身离去，又有时怎么叫也不露面。K说那种闲聊有何意思可言。我只管笑。但我心里明白K因此而蔑视我。

从某种意义上看，实际上我也可能值得他蔑视。不妨说，他的着眼点比我高得多。这我绝不否认。但若眼高手低，显然同残疾无异。我想眼下无论如何得先使他成为一个正常人。我发现，不管他脑袋有多少伟大形象，而只要他本身尚未成为伟人，也一切都是空的。作为使之成为正常人的第一手段，我想应首先让他坐在异性身旁，置身于异性气味挥发的空气中。从而更新他开始生锈的血液。

这一尝试大获成功。起初有些东西似很难融合，后来渐渐聚拢。看来他开始一点点觉悟世间尚存在自己之外的天地。一天他对我说，女人并非那么应该加以轻蔑。一开始K要求女人也具有和我同样的学识。若无从发现，便顿生不屑之念。过去的他不晓得根据性别调整立场，只管以同一视线扫描所有男女。我对他讲，倘若交谈永远只在我们两个男性之间进行，结果不外乎两人直线型延伸下去。他说言之有理。想必当时我多少有些让小姐迷得魂不守舍，所以才自然冒出这样的话来，不过内幕却是半点儿也未透露给他。

迄今以书筑城并固守其中的K的心，慢慢舒展开来，我见了比什么都愉快。因为一开始我就是以此目的行事的，自然品尝出自己的成功带来的喜悦。对K本人我没说，但对女人和小姐我一吐为快。两人表现出满意的神情。

二十六

K和我虽同在一个系，但专业不同，自然出门时间和回家时间也有早有晚。我若早归，穿过他的房间即可；晚了，一般简单地寒暄一句便走进自己房间。K每次都把眼睛从书本抬起一下，看我打开隔扇，说一句：“回来了？”我有时不应声只点头，有时“嗯”一声走过了事。

一天我去神田办事，回来比平日晚得多。我快步来到门前，见格子门大敞四开。与此同时，听得小姐的语声。我想声音应该是从K房间传来的。从房门一直走，迎面是茶室、小姐房间，左拐是K的房间、我的房间。住得久了，谁在哪里说话自己是一清二楚。我马上拉合格子门，不料小姐语声也戛然而止。脱鞋时间里——那时我已开始穿时髦而费事的系带鞋——弯腰解鞋带时间里，K的食物房间谁的语声也没有。我感到纳闷，心想也可能听错了，然而在我像往常那样打开隔扇要从K房间穿过时，两人分明在那里坐着。K的照例道一声：“回来了？”小姐也坐着寒暄一声“您回来了”。或许我神经过敏，这简单的寒暄听起来有点发硬。耳膜上的感觉像是跑腔走调了似的。我问小姐：“夫人呢？”问话没有任何别的意思，只是因为家里总好像比平日安静随便问一声而已。

夫人果然不在，女佣也随太太外出了。所以剩在家里的，只有K和小姐两人。我有点诧异：我虽然住这么久了，夫人却从不曾把小姐和我单独留下自己出门。我又问小姐是不是有什么急事，小姐笑而不语。我讨厌女人这时候笑。说是年轻女子的共同特点倒也罢了，这小姐也是个为无聊小事笑个没完的女子。但小姐瞧见我的脸色，马上恢复了平常表情，认真答道倒不是急事，出去办点事。我作为一个借宿人，无权追问下去，遂不再作声。

我换上衣服要坐还没坐下时，夫人和女佣回来了。不久到了大家在晚饭桌上见面的时间。刚住进来的时候，凡事都被当成客人。每次吃饭都由女佣把饭端来房间。后来不知何时变了规矩，而把我叫到那边去，并成了习惯。K刚搬来时，因我再三坚持，他得以受到和我同样的对待。作为回报，我送了一张薄板制作的式样别致的折脚餐桌。如今倒像家家都用，而当时很少有全家围着餐桌吃饭的光景。我专门去御茶水的家具店，按我的构思定做一张。

餐桌上，夫人解释说这天鱼铺伙计没有按固定时间送鱼来，只好出去买我们吃的东西。既然家里有房客，这倒也在情理之中。正这么想着，小姐又看着我笑起来，但这回马上被夫人骂了回去。

二十七

大约过了一周，我再次通过K正同小姐说话的房间。当时小姐一看见我就笑了起来。我若马上问有什么好笑的就好了，然而我一声没吭，径直走进自己房间。这么着，K未能一如往日地问一声“回来了”，小姐好像当即拉开隔扇进了茶室。

晚饭时，小姐说我是个怪人，我没有像往常那样问是何故，只是注意到夫人瞪也似的看了小姐一眼。

饭后我领K出去散步。两人从传通院后头往植物园那边转了一圈，又来到富坂下面。作为散步，时间并不算短，但路上话说得极少。就性格来说，K比我还要寡言少语，而我也不是能说的人。但我还是边走边尽量引他开口。我提的话题大多是关于两人借宿这户人家的。我想了解他对夫人和小姐的看法。但他的答话完全不着边际不得要领，却又简单至极。看样子，较之两个女人。他更关心专业学习方面。当然，第二学年的考试迫在眉睫，在一般人眼里，恐怕他更像是地道的学生。而且他道出Emanuel Swedenborg[①]如何如何，使得不学无术的我吓了一跳。

我们顺利通过考试后，太太很高兴，说两人都剩一年了，堪称夫人唯一骄傲的小姐也很快就要毕业。K对我说，女人这东西什么也没学居然就能毕业。小姐除书本外学的裁缝、琴、插花等等，大约他根本就没放在眼里。我笑他迂腐，对他重复了几次过去的老话：女人的价值不在这里。他没怎么反驳，但也没现出首肯的样子。这点使我心情愉快。因为他那一声“唔”依然带有蔑视女子的意味，似乎并不把我视为女性代表的小姐当一回事。如今回顾起来，我对K的嫉妒那时便已明显萌芽了。

我跟K商量暑假到什么地方去。K的口气像是说哪儿也不想去。当然，他并非想去哪里就能去哪里之身。但只要我相邀，去哪里又都并无不可。我问为什么不想去，他说也没什么原因，就是想在屋子里看书。我说还是去避暑地在凉快地方看书对身体有好处。他说那么你一个人去好了。然而我不愿意把K一个人留在这里。本来目睹他和

① Emanuel Swedenborg（1688—1772），瑞典哲学家、神秘主义者。

这家人关系逐渐亲密就没什么好心情，尽管这原本是我所希望的。我不知道自己何以因此而心绪变糟。我一定是个糊涂人，见我们两人僵持不下，夫人看不下眼，便进来调停。终于，两人决定去房州。

二十八

K这人很少出去旅行，去房州我也是初次。两人对房州一无所知，从船最先靠岸的地方上了陆——大概叫保田吧。如今什么样子不知道，而当时是个十分荒凉的渔村。首先是哪里都一股腥味儿，其次一下海就被浪头掀倒，手脚全被擦破。拳头大小的石块在汹涌而来的海浪的冲刷下，不停地滚来滚去。

我立即厌了。K不说好也不说坏，至少脸上一副不在乎的样子。然而每次下海他都弄得遍体鳞伤。我横竖说服他，由那里前往富浦，又从富浦转到那古。当时那一带海岸主要是学生去的地方，到处都有正适合我们的海水浴场。K和我常常坐在岸边的石崖上，观望远海的色调、近水的沙底。从石崖下看，海水格外漂亮。红色的蓝色的——一般市场上见不到的颜色的小鱼，在透明的波浪中亮晶晶地游来游去。

我坐在那里常翻开书。K大多时候什么也不做，只管默默不语。至于他是沉思默想，还是为景色陶醉，抑或在想象的天地里驰骋，我全然不得而知。我不时抬起眼睛，问K干什么呢，K只说什么也没干。我时常想，假如这么静静地坐在自己身旁的不是K而是小姐，心里保准快活。光是这样倒也罢了，而有时我倏然心生疑念：莫非K也和我心怀同样的希望坐在这石崖上？而这样一来，我便没办法在这里安心看下去了，我突然站起身，肆无忌惮地大嚷大叫。我做不来吟诗弄赋那种悠然自得的事，只是如野蛮人狂吼一通。一次我猛然从后面抓住K的脖子，问他就这么把他推进海去他怎么办。K不为所动，仍背着身子，答说就推下去好了。我马上放开按他脖子的手。

K的神经衰弱此时好像已好许多了。与之成反比，我这方面却渐渐神经过敏起来。看K比我镇定自若，我既羡慕，又恼恨。因为他无论如何都没有理睬我的表示。在我看来那无异于一种自信。可是，纵使他承认是自信，我也是绝对无法满足的。我的怀疑又向前一步，想弄清自信的性质。想必在学问或事业上面K已经重新看到了自己光明的前途。若只是这样，K同我之间不至于发生任何利害冲突，我反倒应该为之欢欣鼓舞，毕竟自己的关照有了效果。问题是倘若他的释然实因小姐而起，我就绝对无法原谅他。不可思议的是，他似乎全然没有察觉出我爱小姐的迹象，当然——尽管如此——我也有意做得不使K察觉。在这点上K原本就是迟钝之人。所以我特意把他领来，也是因为一开始就觉得K令人放心的缘故。

二十九

我很想向K表明自己的心迹。当然这也并非始于此时，旅行之前我就做好了这样的打算。但我未能巧妙地抓住或制造出表明的机会。如今想，当时我周围的人都很奇妙。没有一个人深谈女人，不少人大约没有话题好谈。即使有，一般也都保持沉默。在呼吸较为自由空气的你看来，想必觉得奇怪。至于那是道学的所为，还是一种羞赧，由你判断好了。

K和我是什么都谈得来的。爱啦恋啦这类问题也不是就没有说出口，但每次都会堕入抽象的理论，并且这也是偶然为之。大多情况下谈的都是书、学问、未来事业、抱负、修养之类。哪怕再亲密都这么拘拘板板，因此情况不可能急转直下。两人只是拘拘板板地亲密而已，我在动了向K挑明小姐的事的念头之后，不知为自己的优柔寡断苦恼了多少次。我恨不得在K的脑袋上砸开一个洞，把柔软的空气吹将进去。

你看了觉得滑稽透顶的事，对当时的我也是不可逾越的难关。旅途中我也仍像在家时那样畏首畏尾。我始终观察K以求抓住时机。但在他那清高的态度面前，我实在无可奈何。仿佛他的心脏被黑漆硬硬地涂了一层又一层，我企图将注入的热血全被反弹回去，一滴都休想进入。

有时见K那么刚毅脱俗，我反而一阵释然，暗暗为自己的疑心后悔，并暗暗向K道歉。与此同时，觉得自己为人非常低劣，陡然自我厌恶起来。然而过不了一会儿，疑心又气势汹汹地卷土重来。一切皆因疑心而生，一切均于我不利。长相也好像更讨女人欢心，性格上也不似我这样小里小气，想必更合女人的意。那种粗线条的富有主见的男子汉气质，似乎也在我之上。至于学力，专业固然不同，但我自知不是K的对手。如此把对方所有的长处汇拢到眼前，约略安心的我又马上不安起来。

K见我心神不安，提议先回东京也可以，如果不满意的话。给他这么一说，我顿时不想回京了。实际上也可能是不想让K返回东京。两人绕过房州鼻端，往另一侧走去。俗话说“那里即七里”[①]，我们便是这样吭哧吭哧地走个不停。我半开玩笑对K说，走得我全然不解走的意义。K回答因为有腿，所以要走。走热了便下到海里，不分场所地在水里泡一阵子。之后因为又受到日光的强烈照射，致使身体倦怠，简直要瘫痪似的。

三十

如此行走起来，又热又累，身体自然弄得一塌糊涂。不过和患病不是一回事，就好像自己的灵魂突然钻进他人体内。我一如平时地跟K说话，却又觉得同平时的心情有所游离。我对他怀有的亲切也好，怨恨也好，都开始带有旅途特有的性质。也就是说，由于炎热，由于海潮，又由于步行，我们得以进入与以往不同的新的关系。当时的我们就好像结伴而行的流动商贩。讲话再多也不比平时，不接触动脑筋的复杂问题。

就这样，我们终于走到了铫子。途中有个至今未忘的例外：还在房州时，两人在一个叫小凑的地方观看鲷浦。事情过去好些年了，加之我原本就不甚感兴趣，所以记不大清楚。好像是说那个村庄是日莲[②]出生之地。据传日莲出生那天，有两尾鲷鱼冲上岸来。于

① “那里即七里”：旅人问路，当地人总是说就在那里。实际上有七里之多。

② 日莲：镰仓时期僧人（1222—1282），日本佛教日莲始祖。

是自那以来渔民便不再捕鲷，直至今日，因此海湾里鲷鱼很多。我们雇了一叶小舟，特意去看鲷鱼。

其时我一心一意看那海浪，看海浪里游动的约略泛紫的鲷鱼颜色。觉得这现象满有意思，看得津津有味。但K好像没有我这么大的兴致。较之鲷鱼，他反倒像是在脑海里想象日莲。正好那里有座寺叫诞生寺，大概因是日莲诞生的村庄之故而如此命名的吧。寺院很漂亮。K提出去见住持。老实说，我们的衣装相当狼狈。尤其是K，帽子被风吹跑了，买顶草帽戴着。衣服就更不用说，满是污垢，汗味儿熏人。我说就别见和尚了。K执意不听，说若我不愿意，他一个人去，叫我等着。无奈，两人一同来到寺门。我估计肯定吃闭门羹。不料和尚真够热心的，居然把我们让进气派的客厅，立即见了我们。那时的我的想法同K很不相同，没什么心思倾听和尚和K的谈话。K则好像很起劲儿地询问日莲。和尚说日莲草书极好，致有草日莲之称。K字迹拙劣，现在我还记得他那一副不屑的表情。K想了解的，恐怕更是深层意义上的日莲。在这点上和尚能否满足他恐怕是个疑问。不过他走出寺院时，一再向我说日莲如何如何。我又热又累，哪里顾得上这个，顺口应付了事。后来这也懒得说了，索性彻底沉默了。

记得是第二天晚间的事。两人回旅店吃罢饭，临睡觉时突然就一个很难的问题争论起来。K大概为昨天自己提起日莲而我没有搭理感到不悦，说精神上没有上进心的人是渣滓，像要把我说成轻薄之人。但我心里满满装着小姐，只对他近乎侮辱的言词付诸一笑，但我还是辩解了一番。

三十一

当时我再三使用“像个普通人”这一说法。K说这一说法隐藏了我的全部弱点。事后想来，K说得确实不错。但我是为了让K理解“不像普通人”的意思而采用这个说法的，一开始便带有逆反意味，所以没有余地自我反省，仍然坚持自己的主张。结果K问我他什么地方不像普通人。我这样告诉他：“你像个普通人，或者像得过分亦未可知。可是你口头上说的却不像普通人，做的也不像普通人——你是故意这样表现的。”

我如此说罢，他只应道，可能是他教养不够才给人以如此印象，而完全无意反驳我。我有些泄气，甚至觉得于心不忍，当即中止争论。他的语调也渐渐低沉下来，怅怅地说假如我知道他所知道的古人，就不会这样攻击他了。K口中的古人不是英雄又不是豪杰，而指的是为了灵魂而虐待皮肉、为了道而鞭打身体的所谓苦行之人。K明确地说他十分遗憾，遗憾我不晓得他为此吃了多少苦头。

K和我随后躺下休息。第二天又像普通流动商贩那样流着汗闷头赶路。但路上我时不时想起昨晚的事。我十分懊悔，那本来给了我再好不过的机会，可自己为什么佯作不知地失之交臂呢？较之使用像个普通人那种抽象的说法，直截了当向K一吐为快岂不更好？坦率地说，我道出那句话，也是以我对小姐的感情为基础的。因此，与其蒸馏掉事实而将杜撰的理论灌进K的耳朵。还不如原封不动摆在他眼前对我有利。我必须坦白，自己所以未能做到，是因为自己缺乏勇气排除两人间以学识交流为基调的友情所自然形成的惰性。说是装模作样也好，说是虚荣心作祟也好，反正都是一回事。只是我所说的装模作样和虚荣心同其一般含义略有不同，只要你能理解，我就满足了。

两人黝黑黝黑地返回东京。回来时我的心情又变了，像普通人也罢不像普通人也罢，这些小道理反正在我头脑里几乎荡然无存。K也完全没了俨然宗教学家的面孔，当时他心里恐怕也不再有灵魂如何肉体如何这类的问题了。两人以异种人的表情四下打量着匆匆然的东京城。到得两国，尽管很热，两人还是吃了鸡肉串。K说要乘势走回小石川。体力上我比K强，当即表示同意。

走到家，夫人被我们吓了一跳。两人不光皮肤黝黑黝黑，而且奔波得很瘦很瘦，但夫人夸奖说还是像变得结实了。小姐又笑了起来，说夫人的说法矛盾。旅行前不时气恼的我，这时也觉得很是愉快。毕竟好久没听见小姐笑了，何况场合也不一样。

三十二

不仅如此，我还注意到小姐的态度较以前略有不同。旅行好久回来的我们在恢复日常状态之前，有很多事情需女性帮忙。给予照料的夫人自不必说，就连小姐看上去都先我后K。若太露骨，或许我也为难，有时反而为之不快；但小姐在这点上做得甚是滴水不漏，我自是欢欢喜喜。就是说，小姐把天生的亲切多分给我，做得只有我心里明白。所以K很平静，并没有不悦的表示。我在心中暗暗对他奏起凯歌。

不久，夏天过去，九月中旬我们必须回校上课了。由于各自时间安排不同，我们进出门又有了早晚之分。每星期我有三次比K晚些回来，而再没在K房间里发现小姐的身影。K照例抬眼道一声“回来了”。我几乎机械地点下头，简单而又索然。

记得大约十月中旬，一次因睡早觉，没换和服就赶去学校。鞋也如此，系带鞋系起来费时间，脚往人字拖里一插就奔出门去。按课程表，那天该我比K先回来。于是我一返回就咣啷一声拉开了格子门。不料却一会儿传来本以为不在的K的说话声。同时小姐的笑声也响在耳畔。因我没穿平时那双脱起来费事的鞋，得以当即进去打开隔扇。我看见照例坐在桌前的K，小姐却不见了，只一晃儿瞥见她逃也似的离开K房间的背影。我问K干吗早回来，K说心情不好，没去。我进入自己的房间直接坐下，不一会儿小姐端过茶来。这时小姐才寒暄说“您回来了”。我不是那种痛快人，没办法笑着问她刚才为何逃跑。只是在心里费思量。小姐很快起身顺檐廊往那边走去。中途停在K的房间前，一人在里一人在外交谈了两三句，似乎是刚才的继续。但我没听到前面的内容，完全摸不着头脑。

一来二去，小姐的态度渐渐变得坦然起来。K和我都在家里，也时常来K房间外的檐廊叫他的名字，进去后久久不见出来。当然，有时是送信，有时是放洗好的衣服。两人同住一处，这点交际本应视之为理所当然。而我在务必将小姐据为己有这一强烈欲念的驱使下，怎么都没办法这样看待。有时候甚至觉得小姐有意避开我的房间而只去K那里。你或许要问那为什么不将K扫地出门呢？问题是那一来我强行把K拉来的初衷也就无从成立了。这在我是做不到的。

三十三

那是十一月一个冷雨飘零的日子的事。我穿着淋湿的外套，一如往日穿过蒟蒻阎魔殿，沿狭窄的上坡路走回住处。K的房间无人，火盆里刚填的木炭倒烧得很旺。我也想在红彤彤的炭火上烤烤冰冷的手，急切地拉开自己的房间的隔扇。不料我的火盆只剩下冷冷的白灰，火种都烧尽了。我陡然不快起来。

此时听得我的脚步声出来的是夫人。夫人默默看着站在房间正中的我。有些不忍似的帮我脱去外套，换上和服。之后问我冷不冷，马上从隔壁把K的火盆端来。我问K回来没有，夫人说回来又出去了。这天K也该比我晚归，遂感到有点蹊跷。太太说大概有什么事吧。

我坐下来看了一会儿书。房子里静悄悄的，不闻任何人的语声，感觉上唯独初冬的寒冷与凄清深深地嵌入我的体内。我很快合上书，站起身来。蓦地，我很想到热闹的地方去。雨好歹像是停了，天空仍如冰冷的铅块沉沉低垂。出于慎重，我肩扛油纸伞，沿兵工厂后面的土围墙往东走下斜坡。当时路还没有拓建，坡度比现在陡得多。路面也很窄，又不直。而且下到谷底后，由于南端被高楼挡住，排水不畅，路面泥泞不堪。尤其过得狭窄的石桥到抑町大街之前那一段，更是一塌糊涂。就算穿高齿木屐或长筒靴也随便迈步不得，任何人都必须小心翼翼地从路面正中一小条没了烂泥的地方通过。由于其宽度只有一二尺，情形同踩着路上铺的一条细带行走无异。行人全都排成一列慢慢通过。就在这细带上，我同K不期而遇。我因只注意脚下，直到同他照面才发觉是他。自己突然被挡住去路，偶一抬眼，原来是K站在那里。我问K去哪儿了，K只说出去一下，仍是平素那种不冷不热的调子。K和我在细带上错过身体，旋即发现紧挨K身后站着一个年轻女子。近视眼的我刚才未能看清，等错过K往女子脸上一看，竟是房东家的小姐，着实吃了一惊。小姐有点脸红，寒暄一声。那时的西式发髻和现在不同，前边并不探出，而是在头顶正中像蛇一样团团盘起。我怔怔地看着小姐的头，下一瞬间才想到必须有一方让路。我一咬牙一只脚踩进泥里，留出较易通行的空间让小姐走过。

之后我来到抑町大街，自己也不晓得去哪里好，且觉得去哪里都没什么意思。我任凭泥点四溅，在泥水里不管三七二十一乱走一通，然后直奔家门。

三十四

我问K是不是和小姐一块儿出去的，K说不是，是在真砂町偶然碰上，搭伴回家的，而再往深问就不合适了。但吃饭时，我又控制不住自己，同样问了小姐。结果小姐做出我所讨厌的那个笑法，并让我猜去了哪里。那时我火气还很旺，很恼火给年轻女子如此不认真的对待。但同桌人里面只有夫人注意到了这点，K反倒若无其事。至于小姐的态度，不知是佯作不知，还是天真烂漫，我一时无从判断。作为年轻女子，小姐算是有头脑的了，但年轻女子共有的那种我所讨厌之处，若说有也不是没有。而且那讨厌之处是K来了之后才进到我眼睛里的。不知该归于我对K的嫉妒，还是应视为小姐针对我的演技，对此我迷惘不解。即使现在我也绝对无意否认我当时的嫉妒，因为我已重复过几次：我在爱的反面明确意识到了这种情感的作用。而且在旁人眼里，这种情感在不值一提的琐事上笃定表现出来。说句题外话，这种嫉妒不就是爱的另一面吗！结婚之后，自觉这一情感渐渐淡薄下去。而与此同时，爱情也绝不如原来那般炽热了。

我开始考虑是不是该把自己这颗迄今迟疑不决的心一咬牙朝对方胸口掷去。我说的对方不是小姐，是夫人。想向夫人明确摊牌，让她把小姐给我。决心倒是这样下了，实施却日复一日拖了下来。说到这里，你或许觉得我这人真是优柔寡断——这样看也无妨——我所以裹足不前，实际上并非由于意志力的不足。K来之前，是担心受骗上当。这种自我强制心理束缚了我，使我寸步难移，来之后，万一小姐对K有意这一疑念开始不断地左右我。我已断然告诉自己：倘若小姐真的更倾心于K，那么我这份爱恋也就失去了说出口的价值。这和害怕蒙羞不大是一回事。自己再爱恋，而若对方向他人暗送秋波，我也不情愿同这样的女人在一起。世上是有强行讨得自己中意的女子而沾沾自喜之人，但我当时认为那或者是远比我辈老于世故的滑头，或者是未能充分理解爱情心理的蠢货。我是那样的一往情深，不能接受一旦娶来总会磨合妥当这样的逻辑。换言之，我是个极其高尚的爱情理论家，同时又是至为迂腐爱情的实践者。

面对再重要不过的小姐，尽管长期相处当中常有直接向她表白心迹的机会，我却故意避开了，那时我有一种很固执的念头，认为作为日本的习惯是不允许那样做的。但绝不能说束缚我的仅仅是这个。我估计，日本人尤其日本年轻女子——在那种情况下，缺乏无拘无束向对方倾吐自己心曲的勇气。

三十五

由于这个缘故，我陷入左右为难的困境。你知道，身体不适情况下午睡，有时醒来后但觉周围的东西历历在目，手脚却横竖动弹不得——我有时便默默咀嚼这样的痛楚。

一年过去，春天来临了。一天夫人要打纸牌，让K领个朋友来，K当即回答一个朋友也没有。夫人吃了一惊。如此说来，K的确没有一个堪称朋友的朋友。走路时倒有几个人见面打招呼，但绝对不是足以一起打牌那样的关系。于是夫人改问我能否找个熟人来。不巧我也没心绪凑这个热闹，随口应付一声，便忘在一边了。但到晚上，K和我还是硬被拉了过去。没有一个客人，只家里四个人玩，倒也并不吵闹。K不熟悉这种游戏，简直同袖手旁观差不多。我问K可知道百人一首[①]，K说不大清楚。小姐听了，大概理解为我瞧不起K，随即明显地站在K一边。最后，几乎两人合起来对付我一个。换个对手，我很可能忍不住吵起架来。所幸K的态度同一开始全无二致，我才得以平静地坚持到终场。

此后过了两三天吧，夫人和小姐说要去市谷一个亲戚家，一大

① 百人一首：日本一种纸牌上写有古代一百个诗人的一百首诗（和歌），每人一首，故云。

早走出家门。学校还没开学，K和我便看家似的留了下来。我既不愿看书又懒得出去散步，只管怅怅地将臂肘拄在火盆沿上支颐沉思。隔壁K也无半点声息，双方都静得不知在与不在。不过，从两人的关系来说，这种情况早就习以为常，我也没怎么介意。

十点左右，K突然拉开隔扇，和我面面相觑。他站在隔扇拉槽上，问我想什么呢。我无所谓想什么。若说想，或许像往常那样琢磨小姐的事。琢磨小姐无疑附带夫人。近来K掺和进来，在我脑袋里团团打转，使问题变得复杂。看着K的我，虽然隐约意识到他一直像是个障碍物，但不可能如此直言相告。我仍然看着他默不作声。想不到K三两步闯进，坐在我烤火的火盆前。我马上把臂肘从火盆沿撤下，稍微把火盆往K那边推了推。

K一反常态地说起话来。他问夫人和小姐到市谷什么地方去了，我答说怕是去了叔母那里。K又问是怎么个叔母。我告诉他估计是军人家属。K问年初刚过十五，为何这么早出去呢？我只能表示那我就不知晓了。

三十六

K谈夫人和小姐谈个没完没了。后来竟问起我也答不上来的复杂问题。较之麻烦，我更觉得不可思议。想到以前我主动提及两人时他的表现，无论如何都不能不觉察到他的反常。我问他何以选在今天专门说这个，他顿时沉默。但我注意到他紧闭着的嘴角的肌肉似乎颤抖不已。他本来沉默寡言，此外还有个毛病，平日每当要说什么，嘴巴常蠕动片刻。他的唇大概有意不服从他的意志，不肯轻易张开——他话语的重量想必压在这里。而一旦开口，其声音比一般人还要铿锵有力。

注视他嘴角时，我预感他又要冒出什么。而到底是什么，我全然猜测不出，也就格外震惊。请你想象一下他向我表白他何等深切读爱着小姐时我是什么样子。我简直将他的魔棍一下子打成了化石，就连蠕动嘴巴都无从做到了。

说是恐惧感的结晶也好，说是痛苦的块体也好，总之那时的我就是一个物件。从头到脚骤然凝固，如石，如铁，硬是连呼吸的弹性都已失去。所幸这样的状态没持续很长时间。我很快找回了正常心态，心中暗暗叫苦：失策！被人抢先了！

但往下怎么办，我全然理不出头绪，恐怕也没有理出头绪的时间。腋下沁出的冷汗湿透衬衫，我只管忍住，一动不动。这时间里，K像平日那样不时启动滞重的嘴巴，一会儿一停地表白自己的心。我痛苦得不得了。那痛苦想必如巨型广告赫然贴在我脸上，即使K也不至于觉察不到。但他非比往常，正如醉如痴地谈自己的事，怕也无暇顾及我的表情。他的表白自始至终贯穿同一调门。给我的感觉是：滞重、迟缓，然而轻易改变不了。我的心一半听他的表白，一半为如何是好这一念头搅得七上八下，细节等于几乎没进入我的耳朵。但他口中出来的语调仍强烈震撼我的心胸。我因此而愈发痛苦。不仅痛苦，有时还感到一种恐慌——一种觉得对方强于自己的恐慌。

K大体表白完时，我什么也说不出来了。我的沉默倒不是因为在考虑利害关系，即考虑是同样表白好还是不说为妙，且不单是说不出来，而且也没心思说。

午饭时，K和我隔桌对坐。女佣给我们上饭，吃了一顿从未如此难以下咽的饭。吃饭当中两人也几乎没有开口。夫人和小姐什么时候回来的也浑然未觉。

三十七

两人就此折回各自房间，没有见面。K静静的，和早上一样。我也陷入了沉思。

我想自己本来应该向K表明心迹的，现在后悔没有先发制人。刚才为什么就不打断K的话而反戈一击呢？我觉得这实在是莫大的失误。起码接在K后面当场畅所欲言也好。在K的表白告一段落的现在再旧话重提，怎么想都不自然，而我又不知如何战胜这个不自然。我悔恨交加，脑袋一阵发晕。

我盼望K再次打开隔扇从对面闯进。若让我说，刚才简直等于遭遇突袭。自己全无应战准备。我盘算如何捞回上午的失地。我不时抬眼看一下隔扇，然而隔扇偏偏不开，K很安静。

如此时间里，我的脑袋好像被这安静搅乱了。想到K正在隔扇那边想着什么，我顿时心烦意乱。其实平日两人一直这么隔着一层隔扇默然无语，一般K越是安静，我越是会忘记他的存在。所以这时候的我，脑袋一定相当反常。然而我又不能主动拉开隔扇过去。既已错过说话的时机，便只能等待对方找上门来。

最后，我再也坐不住了。勉强坐下去，难免闯进K的房间。我无可奈何地起身出到檐廊。由檐廊来到茶室，漫不经心地从铁壶中倒一杯水喝了。之后走到房门外。我有意避开K的房间，让自己出现在路的正中。我当然不是要去哪里，无非坐立不安罢了。于是，我不管东南西北，在正月的街头盲目走来走去。怎么走都满脑袋是K。本来我也不是为了说K，莫如说为了咀嚼他的表现才四下徘徊。

我首先觉得他这人真是令人费解。他为什么突如其来向我表白这个呢？他的恋情难道强烈到非向我表白不可的地步了不成？平时的他被风吹去哪里了呢？一切都是我所难以理解的。我知道他的刚毅，也了解他的认真。我相信在决定自己往下采取何种态度之前有很多事要向他问。同时心里又格外不是滋味，不愿意以他为对手。我一边忘我地东走西窜，一边在眼前推出他静静坐在房间里的样子。而且听见一个声音在说，无论我怎么行走都全然奈何他不得——大约我把K当成一种什么妖魔了。甚至觉得可能终生都将笼罩在其阴影中。

走累了回来时，他的房间依然静得像空无一人似的。

三十八

进屋不久，传来人力车声。那时不同现在，还没有橡胶车轮，车声咣咣啷啷很刺耳，很远的距离都听得到。

三十分钟后，我被叫去吃晚饭。夫人和小姐的出门衣服仍扔着未收，不规则地妆点着隔壁房间。两人说怕晚了对不住我们，急匆匆赶回做晚饭。但夫人的亲切对K和我几乎毫无效用。我坐在桌旁，如惜话如金之人哼哼哈哈地应着。K比我还要沉默。偏巧一起外出归来的母女两人比平时开朗快活，使得我俩的态度愈发引人注目。夫人问我怎么了，我说心情不太好。实际上我也心情不好。接着小姐同样问K，K没像我这样答说心情不好，而说只是懒得开口。小姐穷追为何懒得开口。这时我蓦地撩起沉甸甸的眼睑看K的脸。我生出好奇心，想看K如何回答。K的嘴唇照例微微颤动。不知情的人看来，只能以为他苦于回答。小姐笑道大概又考虑什么深奥问题了。K脸上隐隐泛红。

这天晚上我比往常躺下得早。夫人惦记着我吃饭时说心情不好，十时许端一碗荞面汤过来。但我的房间已一团漆黑。夫人“哎哟”一声，把隔扇开条细缝，灯光从K的桌子上淡淡地斜射进我的房间，看来K还没有睡。夫人坐在我枕边，说怕是着凉感冒了，让我喝了暖暖身子，遂把汤碗靠在我脸旁。我只好在夫人注视下把稠乎乎的汤面喝进肚去。

我在黑暗中想得很晚很晚。当然无非围绕一个问题转来转去，毫无成效可言。蓦地，我心想K在隔壁干什么呢，于是下意识地“喂”了一声。对面回一声“喂”。K还没睡。我隔着隔扇问他还不睡，K简单应道这就睡。我又问干什么呢。这回K没有回答。过了五六分钟，真切地听他咣一声拉开壁橱，铺展被褥。我问几点了，K答一点二十。稍顷他吹熄灯，房子里四下漆黑，寂无声息。

然而我的眼睛在黑暗中愈发精神。我再次以半是下意识的状态喂一声向K打招呼，K仍以平日那样的声调回应一声。终于，我主动说想就今早从他口里听到的事详谈一下，问他方便不方便。我当然不是想隔着隔扇交谈，但以为K的回答总可以马上传到。不料刚才我叫了两声“喂”，K冷漠地回了两声“喂”之后，这回他再不应声，只是低声含糊道“是啊”。我心头不由再次一震。

三十九

第二天第三天，K也没有给我明确的答复。看情形他绝对不想主动触碰这个问题。当然也是没有机会。因为夫人和小姐若不一起离开家一天，两人是不可能从从容容谈谈这种事情的，这点我十分清楚。尽管清楚，但还是莫名其妙地心焦意躁。这么着，起初暗暗等待对方开口的我，转而决心由自己伺机提出。

与此同时，我默默观察所有人的反应。但无论夫人的态度还是小姐的举止，都跟平时并无不同。既然两人的表现在K表白之前和表白之后没有现出差异，那么无疑是说K的表白只限于我这一个对象，而关键人物的小姐及其监护者即夫人都尚未得知。想到这里，我略微安下心来。我思忖，与其勉强找机会煞有介事地旧话重提，还不如设法不让自然给予的东西跑掉为好。于是我决定暂且不理会那个问题。

这么说听起来甚是简单，而如此过程中的心情却如潮涨潮落，起伏不平。我见K按兵不动，便从各个角度加以解释。观察夫人和小姐的举止言行，我怀疑两人的心是否真的就同其外在表现相一致。人胸中安装的那架复杂机器难道会像时针一目了然地如实指在表盘数字上吗？总之，对同一件事我一会儿这么看，一会儿那么看，终归在这个地方落下脚来——你就这么想好了。说得再难一点，或许在情理上那时绝对不该使用落脚这个说法。

不久，学校开学了。课时相同时两人一起出门；可能的话，回来时也结伴而归。在外人眼里，K和我一如从前那样要好。但肚子里无疑自己打自己的算盘。一天，我突然在路上同K短兵相接。我首先问他上次的表白是只对我一个人，还是夫人和小姐那边也已通风了。因我觉得往下自己应取的态度必须根据他对这点的回答来决定。结果他表明除我以外还未向任何人透露。情况不出自己所料，心中暗喜。我清楚K比我刁钻，胆量也非我所能比。但另一方面，我又分外相信他。尽管在学费上他欺骗养父家三年之多，但对于我，他的信用丝毫没有减损。我反倒因此而更信任他。所以，纵使我再疑神疑鬼，心里也绝对没有否定他这一明确回答的念头。

我又问他打算怎样处理自己的爱恋。是仅仅限于表白呢，还是准备使这表白收到实效。然而在这点上他只字不答。我催促他不要隐瞒，怎样想怎么说就是。他明确地表示用不着瞒我，但对我想知道的这点还是一句回答也没给。毕竟是在路上，我也不便停下脚步刨根问底，就此不了了之。

四十

一天，我走进久违的图书馆。我坐在宽大桌子的一角，上半身沐浴着窗口泻进的阳光，东一页西一页翻阅新到的外国杂志。我的任课老师要求就所修专业查阅一个问题。但我怎么也找不出我需要的内容，不得不两三次换借杂志。最后总算找到自己所需的论文。专心读了起来。正读着，宽大桌子的另一侧突然有人低声叫我的名字。蓦然抬眼，见K站在那里，K的上半身俯在桌面把脸朝我探来。如你所知，图书馆里不便大声交谈，以免影响他人。因此K的做法大家也都那样做，但那时我却产生了一种奇异之感。

K小声问我看什么呢，我说查点东西。但K还是不把脸移开，以同样小的声音问一起散散步可以么，我说等一会儿是可以的。他说那好，旋即坐在我对面空座位上。而这一来，我的注意力分散，杂志突然看不下去了。我总觉得K好像心里有什么打算，来找我谈判的。我不得已合上杂志，站起身来。K泰然自若地问我查完了么，我说无所谓，还回杂志，同K一道走出了图书馆。

两人没别的地方可去，便从龙冈町走到池端，进入上野公园。这时他突然主动提起那件事。综合前后情况分析，K大约是为这个特意把我拉出散步的。不过其态度一步也没朝实际方向迈进。他问我大致怎么想的。所谓大致怎么想，是问我以怎样的眼光看待陷入恋爱深渊的他。一句话，大约是就眼下的他征求我的意见。我觉得自己得以确认了他与往常的不同之点。我几次说过，他生性刚强，并不顾忌别人怎么想。也有勇气朝自己认定的目标勇往直前，养父事件鲜明凸现了他的这一特点。对此印象很深的我，明显地意识到他现在的样子不同以往。

我问K这种时候为何征求我的意见，他以往日不曾有过的消沉语气，说自己是个懦弱之人，为此深感羞愧，现已迷失了自己，不知如何是好，所以只好征求我的意见，别无他法。我不失时机地追问迷失自己是什么意思。他解释说不知是进好还是退好。我马上逼近一步，问他想退就能退得了么。他只说很苦恼。实际他脸上也真切地沁出痛苦的神色。假如对方不是小姐，我不知会怎样将他求之不得的回答如甘霖般倾注在他那焦渴至极的脸上。我自认为自己生来就具有如此美好的同情心。但此时此刻的我另当别论。

四十一

我就像和其他门派比武之人那样紧紧盯视K。我——我的眼睛、我的心、我的身体，大凡冠以我这一字眼的所有器官都被我调动得无懈可击，以用来对付K。无辜的K岂止漏洞百出，简直可以说是城门大开，毫未设防。我无异于从他手中接过由他保管的要塞图，并在他眼前从容地打开审视。

发觉K在理想与现实之间往来彷徨，我着眼的只有一点：我可以一拳将其打倒在地。于是我当即乘虚而入，迅速摆出一副一本正经的态度。这当然是出于计谋，但由于心情上也有与此相应的紧张，自己无暇感到滑稽或羞耻。我首先来了一句："精神上没有上进心的人是渣滓！"这是两人在房州旅行时K用在我身上的话语。现在我以同样的语调一字不差地掷还给他。然而我绝不是报复，坦白地说，我的用意比报复还要残酷。我企图以此一言封死K前面的爱之路。

K出生在真宗寺，但从中学时代起，他的倾向绝不接近其出生寺院的宗旨。不甚清楚教义区别的我自知没有资格谈论这个。我只是在事关男女这点上有如此认识。K很早就喜欢“精进”这一说法，我以为其中大约含有禁欲之意。但后来实际问他，才知道其含义比禁欲还要严厉，心里吃了一惊。他说他的第一信条是应该为道而牺牲一切。节欲、禁欲自不消说，即使离开欲的爱本身也是道之障碍。K自己谋生的时候，我时常听他讲起这一主张。那时我心里已经有了小姐，难免对他持反对态度。每次反对，他都现出不无恻隐的神情。其中较之同情，似乎轻蔑的意味更要多些。

由于两人间有这样的过去，“精神上没有上进心的人是渣滓”这句话肯定触及K的痛处。但是——前面也已说过——我不想以此一言将他辛苦构筑的过去彻底摧毁，相反，希望他一如既往地构筑下去。至于达道也好通天也好，都和我不相干。我只是害怕K突然扭转生活方向而同我的利害发生冲突。总之，我用这句话不过出于利己之心罢了。

“精神上没有上进心的人是渣滓！”我又重复了一遍，并注意看这句话给予K以怎样的影响。

“渣滓。”片刻，K应道，“我是渣滓。”

K一下子站在那里，再不移动，他定定地看着地面。我不由一惊，觉得K好像刹那间索性由毛贼变成了明火执仗的强盗。但我还是觉察到他的语声是那样的有气无力。我很想参考他的眼神，可他直到最后也没看我的脸。他开始缓缓移步。

四十二

“我一边和K并肩行走，一边暗暗等待——也许说伏击更为恰当——他下一句话出口。当时的我，即或说谋害K也不为过分。但我也有与所受的教育相应的良心，假如有人来我身旁骂我一句“卑鄙”，我很可能幡然醒悟。倘若其人即是K，我恐怕在他面前满脸通红。问题是K不会责怪我，因为他太正直了，太单纯了，太善良了。而鬼迷心窍的我根本顾不上对此致以敬意，反而落井下石，急于趁机击败对方。

过了一会儿，K叫我的名字看着我。这回我止住脚步，K也随之站定。这时我才得以正面看K的眼睛。K比我个高，须仰视他的脸才行。如此心态下，我好比一只狠心狼注视着无罪的羔羊。

“这话就算了吧。”他说。无论他的眼睛还是他的话语都沁出难以言喻的哀伤。我一时语塞。“算了好么？”这回他像求我似的说道。而我此时给了他一个残酷的回答，如狼乘隙撕咬羊的喉结。

“算了？事不是我提起的。本来不是你提起的吗？不过你说算了。算了也未尝不可。只是，口头上算了也不顶用。如果骨子里没有算了的决心，你如何解释你平生的主张呢？”

我这么说时，感觉上高个头儿的他自然而然在我面前萎缩变小起来。我几次说过，他这人虽然刚强倔犟，但同时又分外诚实耿直，所以在这种矛盾受到谴责的情况下，性格上他决不会不以为然。目睹他的反应，我终于放下心来。旋即，他猝然问："决心？"没等我回答，又补充道："决心？决心倒不是没有。"语调很像自言自语，又近乎梦呓。

两人就此打住，闷声往小石川住处那边走去。这天虽然算是风和日丽，但毕竟是冬天，公园里冷冷清清。尤其回望经霜后失去绿意的杉树那茶褐色的枝梢一排排伸向阴沉沉的天空时，仿佛一股寒流直透脊背。我们大踏步穿过暮色中的本乡台，走下小石川河谷往对面高坡爬去。这时我才在外套下觉出体温。

也许因为急于赶路，归途中两人几乎没有开口。回到房东家坐在餐桌前时，夫人问怎么回来晚了，我说拉K去上野了。夫人道了声"这么冷"，现出惊讶的神情。小姐追问上野有什么，我回答说什么也没有，只是散步。平时就沉默寡言的K，此时更不作声了。夫人搭话也好，小姐笑也好，都不好好应和。狼吞虎咽地吃罢，没等我起身就退回自己房间了。

四十三

那时候还没有所谓觉醒啦新生活啦这类的字眼。不过K所以未能抛弃旧的自己而锐意奔向新的方向，并非因为他缺乏现代人的意识，而是因为他有着尊贵得无法抛弃的过去。不妨说，他是为此而活到今天的。所以，他没有朝爱的对象勇往直前，并不能证明他爱得不深不透。无论感情燃烧得多么炽烈，反正他就是寸步难移。既然没有给予他足以使之忘乎所以般的冲动，他就不可能不停下来回顾自己的过去。这样，他就只能义无反顾地走过去指引的路。何况他又有现代人所不具有的刚毅与坚忍。在这两点上，我以为我清楚地看透了他的心。

从上野回来的晚上，对我是一个比较恬适的夜晚。K回房间后，我追也似的跟过去坐在他桌旁，故意天南海北地同他闲聊。看样子他有点不耐烦。我的眼睛大概闪烁着胜利的喜悦吧，至少声音里确有得意的韵味。同K在同一火盆烤了一会儿手之后，我回到自己的房间。其他方面概不如他的我，唯独此时清醒意识到他不足为惧。

我很快安稳地睡了过去，突然叫我名字的声音使我睁眼醒来。一看，隔扇拉开二尺来宽，K的黑影立在那里。他的房间一如傍晚点着灯。情况急转直下，我一时竟开不得口，呆愣愣注视着眼前光景。

K问我睡了没有。K总是睡得很晚。我反问黑影般的K有什么事。K说也没有什么事，只是趁上厕所时顺便问一声睡了还是没睡。由于K背对灯光，我完全看不清他的脸色和眼神，但我听出他的语声反倒比平时镇定。

稍后，K一下子拉合隔扇，我的房间立时回到刚才的黑暗。我闭上眼睛，想在黑暗中做一个静静的梦，往下便什么也不晓得了。但第二天早晨想起昨晚的事，总好像不可思议，心想那一切说不定不是梦。于是吃饭时我问了K。K说的确开隔扇叫我的名字来着，却不明确解释为什么那么做。待我兴头过时，他反过来问我近来睡觉可睡得稳。我总觉得有点异常。

这天正好上课时间相同，不一会儿两人一起出门。我一大早就对昨晚的事耿耿于怀，便在路上继续盘问。但K仍未回答得使我满足。我问是不是想再说一下那件事，K以坚定的语气说不是的。语气好像是提醒我昨天不是在上野说过就算了么。K在这点上自尊心强得很。蓦然意识到这一层的我旋即联想到他使用的“决心”一词。于是，从未放在心上的这两个字开始以奇异的力量钳住我的头。

四十四

我很了解K富于果断性的性格。他在这件事上优柔寡断的原因我也了然于心。就是说，我擅长在理解一般的基础上紧紧把握特殊场合。但在反复咀嚼他所说的“决心”的时间里，我的擅长渐渐光彩黯然，最后竟动摇起来。我想到，同样的情况对于他恐怕也不例外。我开始怀疑他已胸有成竹——已经充分准备好了一举解除所有困惑、烦闷、懊恼的最后手段。而当我以新的目光回望决心二字时，不由心头一震。倘若我带着这一震惊再次公平地看待他口中的决心的含义，结果可能还好。可悲的是我瞎了一只眼。我仅仅将其含义理解为K将对小姐积极采取行动，执着地以为他的决心大概就是在爱情上面发挥他果断的性格。

我的心听到一个声音：我也须做出最后的决断。我应声鼓起勇气。我打定主意，务必抢先于K并在K不知晓时间里把事情办妥。我静静地窥伺时机。但两天过去了三天过去了，时机还没到来。我打算在K不在小姐也外出时跟夫人谈判。然而不是仅一人不在便是两人都在，天天如此。无论如何也找不出“此其时也”的良机。由此我惶惶不可终日。

一星期后，我终于按捺不住，装起病来。夫人也好小姐也好K本人也好，一再催我起来，而我只是支支吾吾，蒙被躺到十点。瞅准K和小姐都已不在，房子里悄无声息，我爬出被窝。夫人见了，问我哪里不舒服，劝我再躺一会儿，饭端到枕边来。身体好端端的我再没心思躺着，洗过脸，进茶室吃饭，夫人在长火盘对面给我盛饭。我手端既不算早饭又不是午饭的饭碗，心里一直琢磨着如何开口。从外表看，或许我真像是心情不快的病人。

吃罢饭，我开始吸烟。我不起身，夫人也不好从火盆旁离开，便叫女佣把碟碗撤下，自己往水壶里注水，擦火盆沿，配合我坐着。我问夫人可有什么特殊事，夫人说没有，反问我为什么问这个。我说有件事要说。夫人看我的脸问何事，语调很随便。根本对不上我的心绪。我愈发难以启齿。

没办法，我随便找话兜了一阵圈子，最后试问夫人K近来说了什么没有。夫人显出意外的神情，再次反问："什么？"没等我回答，又问我："他向你说了什么？"

四十五

我不想把K对我的表白告诉夫人，遂答道"没有"。之后马上为自己的谎言怏怏不快。无奈，改口说K没有托过自己，不是要谈K的事。夫人道声"是吗"，等待下文。我无论如何都必须开口挑明了。我突然道："夫人，请把小姐给我！"夫人的表情没有我预料的那么愕然，但还是未能马上回答，默默地看我的脸。一旦说出口的我，任凭她怎么看都顾不得了：“给我，请一定给我！一定给我当妻子！”夫人终究上了年纪，比我沉着得多。“给也未尝不可，不过不是太急了么？”我马上接道：“我是很着急。”夫人随即笑了，又问：“可想好了？”我强调说提出是突然，但想并不是突然的。

往下又问答了两三个回合，具体的我已忘了。夫人不同于一般妇女，有男子汉那种干脆爽快之处，这种时候很容易沟通。“不是可以大言不惭说给你那样的家境——请收下好了。如你所知，她是个没有父亲的可怜孩子。”最后她竟求起我来了。

事情就这样三言两语谈妥了，从头到尾大概不出十五分钟。夫人什么条件都没有提。并说也用不着同亲戚商量，事后打个招呼足矣，甚至言明本人意向亦无须确认。这方面，有了学问的我反倒有些拘泥于形式。我提醒说亲戚倒也罢了，对本人恐怕还是事先征得同意为好，夫人说：“不怕的。我不至于把那孩子送到她不中意的地方去。”

回到自己房间，由于事情实在过于顺利，我反倒有点莫名其妙，甚至有疑念爬上心头：真能一帆风顺么？但是大体说来，自己未来的命运业已如此敲定的观念使我的一切为之一新。

午间我来到茶室，问夫人今早的事是否准备告知小姐。夫人表示，只要她本人同意了，小姐方面什么时候对话都无所谓。这一来，夫人倒好像比我还有男子气。我刚转身要走，夫人把我叫住，说如果我希望快些的话，今天也可以，等她学习回来立刻告知就是。我答说还是这样为好，然后折回自己房间。但静坐在自己桌前想象听得两人在那边悄悄交谈的情景，不由觉得有些沉不住气，遂戴上帽子出门。走到坡下迎面碰上小姐。完全蒙在鼓里的小姐看见我，显出意外的样子。我摘下帽子说“回来了”，对方费解似的问道：“病好了？”我说：“好了、好了。”言毕我大步流星往水道桥方向拐去。

四十六

我从猿乐町走上神保町大街，拐去小川町那边。我到这一带来，目的一般都是逛旧书店。但这一天我无论如何都没情绪翻阅已经给人摸旧的书册。我边走边反复想房东家的情景。我脑袋里有刚才夫人的记忆，有小姐回家后的想象。就好像此二者在推我迈步。我时而不知不觉在路中间忽然站住，猜想夫人此刻恐怕正在跟小姐说那件事，又有时候想大概该说完了。

我终于过得万世桥，爬上明神坡路，来到本乡台，之后又走下菊坂，最后下到小石川谷底。可以说我走的距离横跨三区，画了一个不规则的圆。可是在这长距离散步时间里，我几乎没想到K。如今回想当时的自己，问自己何故我也全然不解，百思不得其解。若说我的心紧张得致使我忘了K倒也罢了，然而我的良心又不可能允许我那样。

我对于K的良心的复活，是当我打开格子门进入起居室即照例穿过他房间那一瞬间。他一如往常从书上抬眼看我。但没像往常那样说“回来了”，而问：“病好了？找医生看了么？”刹那间，我真想跪在他面前谢罪。而且我当时的冲动决不为弱。假如只有K和我两人站在旷野的正中，我肯定依照良心的命令当场向他请罪。然而里面有人。我的天性就此打住，良心永远未得复活，悲剧也就形成了。

晚饭时K又和我见面了。一无所知的K只是郁郁寡欢，丝毫没向我投以狐疑的目光。不知内情的夫人显得比平日兴奋。唯独我知晓一切。我吃着铅一样的饭。当时小姐没有像往日那样一同上桌。夫人催促，也只在隔壁应道就来。K不无诧异地听着，最后问夫人怎么回事。夫人说怕是不好意思吧，说着朝我看了一眼。K更觉诧异，追问有什么不好意思的。夫人微笑着看我的脸。

从一上餐桌，我就从夫人脸上猜出了个八九分。但我怕夫人为了回答K而当着我的面和盘托出。毕竟夫人对这类事情全然不以为意。我却是胆战心惊。好在K又恢复了沉默。夫人虽比平日兴致高些，也总算没把话推进到我惶恐不安的那点上去。我舒口气返回房间，但我不能不考虑自此以后应对K采取怎样的态度。我在心里设计了好多种辩辞。然而在K面前都不堪一击。于是卑怯的我懒得再试图向K解释自己。

四十七

这样过了两三天。不用说，两三天时间里那种对K怀有的不安一直压在我胸口。我本来就觉得对不起他——如果不想法为他做点什么的话——而现在夫人的语调和小姐的态度又一直强烈地刺激着我，于是我愈发痛苦。夫人有一种男人气质，说不定什么时候在餐桌上把我的事一股脑儿捅给K。并且自那以来小姐对我显然不同以往的举止言行也很难说一定不会成为怀疑的种子而使得K心头布满阴云。我的处境促使我无论如何必须把我同这对母女间形成的新关系告诉K。但我已意识到自己有伦理上的弱点，这件事对于我实在比登天还难。

无奈，我考虑是否求夫人告知K，当然是趁我不在的时候。但若如实相告，我无疑没了面子，区别无非是直接间接罢了。而若请夫人巧言粉饰，夫人势必追问缘由。假如将所有情况一一坦白之后相求，我必须宁愿把自己的弱点暴露在自己所爱之人及其母亲面前。而我认为——拘谨的我只能这样认为——这将涉及我将来的信用。结婚前便失去恋人对我的信任，哪怕失去一分一毫对我都像是不堪忍受的不幸。

总之，我是个准备走正路却不由失足的傻瓜或者滑头。而觉察到这点的，眼下唯独天和我的心。但若退回去重新起步，必然陷入现在的失足为周围人所共知的窘境。我想把自己的过错一瞒到底，同时又必须往前移步——如此左右为难，进退不得。

过了五六天，夫人突然问我那件事跟K讲了没有，我回答还没有。夫人责问为什么，我立时呆若木鸡。至今我仍记得夫人道出的令人震惊的话：

“怪不得我说时他一副奇怪的样子。你也够不好的了，平时那么亲密，怎么好闷声装得没事似的呢！”

我问夫人K当时说什么来着，夫人答也没说什么。但我不能不进一步细问。夫人本来也没什么好隐瞒的，便道一句“的确没太说什么”，随即把K的反应一一讲给我听。

综合分析夫人所言，K似乎是以最为平静的惊愕迎接这最后一击的。K就小姐同我之间结成的新关系，一开始只说一句“是吗”。当夫人说“你也高兴高兴”时，这才看着夫人沁出一丝笑意，说了一句“恭喜恭喜”，随即欠身离座。拉开茶室隔扇前，又回头看着夫人问：“结婚什么时候？”然后说：“很想送点贺礼，可我没钱送不成。”坐在夫人面前的我听到这里，顿觉胸口一阵堵塞。

四十八

算起来，夫人跟K说完已有两天多了。两天多的时间里K对我的态度同以前毫无差异，我也就完全疏忽了。K那超然的态度纵然只限于外表，也是值得敬佩的，我想，我在脑袋里将他和自己比较，似乎他远比我地道。我胸间翻腾着这样一种感觉——我虽用计取胜，但作为人却是失败了！想到K那时大约很不屑，我独自一阵脸红。然而时至如今再跪到K面前自取其辱，对我的自尊心更是极大的痛楚。

我举棋不定，而决心等到第二天再做计较是在星期六晚上。没想到K这天晚上自杀了。现在想起那情景我还为之战栗。平时枕头朝东躺下的我，唯独这天晚上枕头朝西铺下褥子也可能出于一种什么因缘。一股由枕头吹入的冷风突然把我吹醒。一看，K和我房间之间平时拉得严严实实的隔扇，此时和上次那个晚上同样开着。但K的黑影却不像上次那样立在那里。我仿佛得到了暗示，一边撑臂爬起，一边定睛往K的房间窥看。火苗若明若暗点着，被褥也铺着。但棉被像被蹬开似的在脚部堆在一起，K本人头朝那边脸朝下伏着身子。

我叫了一声“喂”。但毫无回音。我又招呼K，问他怎么了。K的身体仍然一动不动。我一跃而起，跑到隔扇拉合处，借着昏暗的灯光从那里环顾他的房间。

这时我得到的感觉同突然听到K向我表白心迹时的大同小异。我的眼睛往他房间里一扫，顿时如玻璃球做的假眼一样停止了转动。我木棍一般定在那里。这一感觉如疾风掠过我之后，我又暗叫失策。一道不可逆转的黑色光柱贯穿我的未来，一瞬间把我的整个生涯可怖地展现在我眼前。我浑身瑟瑟发抖。

尽管如此，我还是没忘记我自己，我的目光很快落在桌面放的一封信上。不出所料，上面是我的名字。我不顾一切地撕开信封。然而我预料的事里边一句也没有写。我本来猜想信上不知排列着多少使自己难堪的词句，害怕让夫人和小姐看了受到两人莫大的轻蔑。我只看了一眼，便舒了口气（当然只是就面子而言，而面子此时对我来说是至关重要的）。

信的内容很简单，甚至有些抽象。只说自己懦弱无能，前途无望，故而自杀。此外以极简单的语句对此前我给予的关照表示感谢；顺便委托我处理后事；给夫人添了麻烦，让我代他道歉；委托我通知老家——必要事项分别交代一句，唯独小姐名字哪里都没出现。我读到最后，立即意识到K是有意避开了。但我感觉最沉痛的是最后似以余墨补写的一句话：本该早日死，为何活至今。

我以颤抖的手将信叠起，重新装进信封。按原样放回桌面，以使大家触目可见。之后回过头，这才看到溅在隔扇上的鲜血。

四十九

我猛然抱住K的头略微往上提。我想看一眼K的脸，但从下面看到他伏着的脸后，我当即松开了手。不光是战栗的缘故，他的头好像非常沉重。我从上面望了一会儿刚刚摸过的他变冷的耳朵，和他一如平日的浓密的分发头。我全然哭不上来，只感到恐惧。而且不仅仅是由眼前场景刺激感官引起的单纯的恐惧。我深深感觉到了这位倏忽变冷的朋友暗示给我的命运的恐怖。

我木然折回自己的房间。在八叠空间一圈圈兜圈不止。我的脑袋命令我动起来，哪怕无功作业也好。我想我应该有所行动，却又不知如何行动。我不由自主地只管在房间里转个不停，犹如关在笼里的熊。

我几次想去里边叫醒夫人。但每次我都制止了自己：如此可怕的场面不宜让女人看见。夫人倒也罢了，而小姐无论如何不能让她受惊——这一强烈的念头控制住了我。我又开始来回兜圈。

这时间里我点燃自己房间的灯，时而看一眼手表。那时的表真是慢得无以复加。我起来的时间虽然说不准确，但无疑距天亮不远了。我边兜圈边等天亮。焦急的我真怕黑夜永远持续下去。

按习惯我们七点前起来，否则赶不上上课。学校大多八点上课。由于这个关系，女佣六点左右起床。但这天我去叫女佣时还不到六点。夫人提醒我今天是星期天——夫人被我的脚步声弄醒了。既然夫人醒了，我便求她来我房间一下。夫人在睡衣外披上便服，跟在我后面。一进房间，我赶紧把一直开着的隔扇拉严。然后小声告诉夫人出了大事。夫人问什么事，我用下颚指着隔壁说："可不要怕。"夫人脸色青了。"夫人，K自杀了！"我接着说道。夫人蜷缩在那里默默看我的脸。此刻我突然跪在夫人面前，低头请罪："对不起，是我不好！对不起您也对不起小姐。"在和夫人相对之前，我根本没打算说这样的话。但见到夫人时我不由脱口而出。无法向K道歉的我，不禁向夫人和小姐这样道起歉来——请你这样认为好了。也就是说我的"天性"从我身上脱壳而出，摇摇晃晃启开了忏悔之口。值得庆幸的是，夫人没有体会出深层含义。脸色发青的夫人安慰我说："既是意外之事，又有什么办法呢。"但她脸上的惊愕和恐惧紧紧地嵌住筋肉，恰如雕刻上去的一般。

五十

我虽然觉得不忍，但还是为夫人打开刚刚拉合的隔扇。想必K的灯油已燃尽，房间里一团漆黑。我折身拿来自己的灯，站在入口回头看夫人。夫人躲在我身后往里窥看，但无意进去。夫人叫我保护现场，把木板套窗打开。

到底是军人遗孀，夫人之后的态度委实深得要领。我去找医生，又去警察那里，但都是依夫人命令行事。在这类手续办完之前，夫人不让任何人进入K的房间。

K是用小刀切断颈动脉迅速死亡的，此外没有任何外伤。我在梦幻般幽暗的灯光下看到的隔扇血迹，原来是从他脖颈上一下子溅上去的。在中午的天光中我又清楚地看了一遍，不禁为人血喷出的势头之猛感到吃惊。

夫人和我尽可能巧妙、仔细地把K的房间洗扫干净。幸好血的大部分由被褥吸收了，草席没怎么脏污，打点起来还算容易。两人把他的尸体移入我的房间，按平时睡觉的姿势放好。之后我给他生父家打电报。

回来时，K的枕边已经上了香。一进房间，上香特有的味儿立即扑鼻而来。我看见两个女子坐在烟气中。昨晚以来我还是第一次见到小姐。小姐哭了。夫人眼睛也红了。出事后忘记哭的我此时终于悲从中来。我的心胸不知因悲哀而有多么宽释。被痛苦和恐惧紧紧攥住的我的心，终于因此刻的悲哀得到了一滴甘露。

我默默地在两人身旁坐下，夫人叫我也上一炷香。我上完香又默默坐下。小姐什么也没对我说。偶尔同夫人交谈一两句，都是关于眼前事的。小姐还没有余裕谈K生前如何如何。我心里到底庆幸，昨晚的惨状总算没让她看见。我害怕年轻漂亮的女子因目睹可怕场面而扭曲其花容月貌。甚至在恐惧感渗入我每一根发梢时，我都未能将这点置之度外。鲜花无罪而惨遭鞭打——我不愿意目睹这样的场面。

K的父兄从老家来时，我就K的遗骨埋于何处谈了自己意见。K生前我常和他一起去杂司谷一带散步，K很喜欢那里。记得我半开玩笑说过："既然那么喜欢，死后就把你埋在这里。"当然，即使现在履约把K埋在杂司谷也算不得什么功德之举。但只要我活着，我就要每月都跪在K的墓前忏悔。也许出于迄今没人管的K凡事由我照料的情理上的关系，K的父亲和兄长都接受了我的意见。

五十一

参加完K的葬礼回来的路上，一个朋友问我K为什么自杀。事件发生后，我已不止一次受到同样问话的折磨。夫人也好小姐也好K的父兄也好接到通知的熟人也好，以及和K毫无关系的报社记者也好，无不向我提出这一问题。我的良心每次都像被针扎一般一下下作痛，甚至从问话的背后听出一个声音在说："快坦白是你杀的！"

我的回答对任何人都一样。我只重复他写给我的遗书，此外不多加半句。葬礼回来路上同样问我并得到同样回答的K的一个朋友，从怀里掏出一张报纸给我看。我边走边看他指给我的那个地方。上面写道K的自杀是由于厌世。而厌世是其父母同他断绝关系造成的。我什么也没说，折起报纸还给对方。对方告诉我还有一家报纸说K是发狂自杀的。我忙得没时间看报，这方面的消息几乎等于零，但心里始终很介意。最怕出现给房东家添麻烦那样的报道，尤其受不了小姐的名字被捅出来。我问K的朋友此外还有别的写法没有，他说他见到的仅此两种。

搬到我现在住的房子是那以后不久的事。夫人小姐不愿意住在那里了，我也为每天晚间都再现那天夜里的记忆而感到痛苦，于是商量后搬了出来。

搬家两个月后我从大学顺利毕业，毕业不到半年就同小姐结婚了。在旁人眼里，一切都遂心如愿，须说可喜可贺才是。夫人和小姐也都显得十分幸福。我也是幸福的。可是，我的幸福总有黑影相随。我想，这幸福恐怕是最终将我引入悲剧的导火线。

结婚时，小姐——再不是小姐了，往下改称妻——妻似乎想起什么，提出两人一起给K上墓。我不禁心里一惊，问为什么突然想起这个。妻说两人一起上墓，K想必会高兴的。我定定看着完全蒙在鼓里的妻的脸，直到妻问我何以如此看她我才意识到。

依妻的愿望，两人相伴去了杂司谷。我往K的新坟上淋水清洗，妻在墓前上香、摆花。两人低头合掌。妻想必为使K高兴报告两人成婚的经过。我只在心里反复谢罪不止。

妻抚摸K的墓，说墓很不错。其实墓也并不出众，妻所以这样说，大概是因为我亲自去石铺看料挑选的关系。我把这新墓、新妻以及地下埋着的K的新骨连起来考虑。不能不感觉到命运对我的奚落。那以后，我决定再不同妻子一起给K扫墓。

五十二

我对亡友的这种感觉一直持续至今。事实上我也从一开始就害怕这点。就连盼望多年的结婚也未尝不可以说是在不安中举行婚礼的。可是我又想，人毕竟自己看不见自己的未来，在某种情况下这或者成为促使自己心情焕然一新从而进入崭新生涯的转机亦未可知。然而果真作为丈夫同妻朝夕相处，我这一线希望很快便被严酷的现实扫荡一空。同妻相对的时间里，我会突然感觉到K的威胁。就是说，妻站在K和我之间，力图把两人永远连在一起。对妻没有任何不满意的我，只是在这点上总想避开她。而这样一来，妻马上心有所觉。虽心有所觉，却不知所以然。妻时常追问我为何那么沉思默想，是不是有不顺心之事。若能一笑应付过去倒也罢了，但有时候妻发起脾气，以致最后抱怨道："你是讨厌我吧？"或者说："肯定有什么事瞒着我。"我每次都深感苦恼。

有好几次我都想一咬牙如实告诉妻。可一到关键时刻，就有一种自己之外的力量遏止自己。你是理解我的，没有必要解释，但有几句话我还是要说。那时候的我完全没有在妻面前粉饰自己的念头。如果我以对待亡友那样的善良之心在妻面前陈词忏悔，妻肯定会流着欢喜的泪水原谅我的罪过。我所以未能做到，并非由于我有利己打算，只是我不忍心给妻的记忆抹上一个黑斑。在纯白色的物品上毫不留情地甩上一滴黑墨，这对我是极大的痛苦——请你这样理解。

一年过后我仍未能忘掉K，这使我常感不安。为驱逐这不安，我力图把自己埋进书本，开始发愤读书，等待将结果公诸于世的那一天的到来。但是，勉强设定目标并勉强等待实现目标之日的到来终究是违心的，因而是不愉快的。我实在没办法再把心沉在书本之中，又开始抱臂观望这个世界。

妻似乎认为我的心情所以能放松，是因为不为每日生计所迫。妻家的财产横竖可以维持母女两人的生活，我在经济上不去工作也不碍事，所以妻这么看也情有可原。然而我待着不动的主要原因并不在这里。当时被叔父欺骗，我无疑深切感受到人的不可信赖。但那只是觉得别人不好，至于自己还是地道的，心里边有这样一个信念：世人如何且不论，反正自己是正人君子。而这一信念由于K而土崩瓦解，自己也同叔父同流合污了。当我意识到这点时，我陡然动摇起来。对他人厌了的我对自己也厌了，于是动弹不得。

五十三

无法将自己活埋在书本中的我，有个时期曾试图以酒浸魂来忘却自己。我不说自己喜欢酒，但由于我这人要喝就能喝，便尽可能靠量来麻醉自己的心。这浅薄的权宜之计不久使我变得更加悲观厌世。我在烂醉之中忽然意识到自己的位置，意识到自己是个故意出此下策来伪装自己的蠢货。于是我打了个寒战，同时眼睛清醒心也清醒过来。有时候甚至怎么喝都无法进入伪装状态而一味下沉不止。况且在以技巧购得愉快之后，必有抑郁的反动袭来。我必须在自己至爱的妻及其母亲面前无时无刻不暴露这样的自己。而她们自然从她们自己的角度来解释我。

妻的母亲似乎不时对妻说出不大中听的话，妻瞒着没告诉我。但我终归是我，不单独自己谴责自己便觉过意不去。谴责也绝不用粗言粗语，毕竟妻说我什么我都几乎没有发过火的。妻屡屡央求我有什么不如意的地方只管提出，并劝我为自己的未来把酒戒掉。一次地哭道“你这人近来变了”。光这么说还算好，甚至还说“若是K活着，你想必不至于这个样子”。我曾答说有可能。但我回答的意思同妻的意思截然不同，我的内心很是悲伤。尽管如此，我还是不愿意向妻做任何解释。

我时不时向妻道歉，大多是在喝醉晚归的第二天早上。妻或笑，或默然，偶尔也潸然泪下。但怎么样我都不快至极。所以，我的向妻道歉同向自己道歉说到底是一回事。归终，我把酒戒了。与其是在妻劝说下戒的，莫如说自己喝厌戒掉的。

酒诚然戒了，却没心思做事，只好看书。但看完也就完了。妻时常问我为什么目的看书，我唯苦笑而已。但在心底，想到就连世上最爱、最信赖自己的人也不理解自己，不由一阵伤感。而想到原本有使其理解手段却无使其理解的勇气，就愈发黯然神伤。我很寂寞，经常觉得自己已切断同周围的任何关系而在这世上顾影自怜。

同时我反复考虑K的死因。也许因为当时脑袋里只有一个爱字，我的观察莫如说简单的、直线型的：K百分之百死于失恋。但当我以渐渐趋于平静的心情面对同一现象时，又觉得问题并不那么容易定论。现实与理想的冲突——但这仍不充分。最后，我怀疑他是由于像我一样孤独寂寞得不行才突然采取最后措施的。这又使我不寒而栗——一种自己也同K一样走在K走过的道路上的预感，开始不时风一般掠过我的胸际。

五十四

后来，妻的母亲病了。请医生看，医生说无可医治了。我竭尽全力予以看护。这固然是为病人，为了爱妻，但从更大意义来说，乃是为了人。在这以前我也一定极想做点什么，却什么也做不来，不得已才袖手度日。与世无涉的我第一次主动伸手多少做点好事——得此自觉也是在那个时候，一种只能称为赎罪的心情支配着我。

妻的母亲死了。仅剩下我和妻两人。妻对我说，日后世上能够依靠的只有我一个人了。而自己都不能依靠自己的我，看着妻的脸眼角不禁湿润了，心想妻是个不幸的女人，并且这样说出口来。妻问何故。妻不明白我的意思，我也无法解释。妻哭了。我很后悔，正因为自己平时总是以扭曲的念头观察她，以致竟说出这样的话来。

妻的母亲去世后，我尽量亲切地对待妻。这不单单是因为我爱她本人，而且还似乎有离开她本人的更广阔的背景，这同我看护妻的母亲时的心情是完全一样的。妻看上去很满足。但满足的背后，似乎含有因不理解我而产生的朦胧的淡淡的疑云，不过纵然妻理解了我，这种美中不足之感也只能有增无减。较之来自广义人道立场的爱情，女人更喜欢只集中于自己一身的亲昵，哪怕偏离一点常理。我觉得女人的这种性质是甚于男人的。

一次，妻说男人的心同女人的心为什么就怎么也不能完全贴在一起呢，我敷衍道大概仅限于年轻时候吧。妻似乎回想一会儿自己的过去，之后轻轻地叹了口气。

从那时开始，我胸间不时有可怕的阴影闪过。最初只偶尔袭来，我心头一震。但时过不久，我的心便同那可怕的一闪两相呼应起来。最后，即或外面不来，我也觉得那东西与生俱来似的潜伏在自己心底。每当我有如此感觉之时，我就怀疑自己脑袋是否出了问题。然而我没有心情找医生或什么人看。

我只是深深感到人的罪孽。这个感觉使我每月都去看K的墓，使我看护了妻的母亲，使我好好对待妻。因了这一感觉，我甚至想让不相识的路人鞭打我一顿。慢慢在此阶段移行的过程中，我开始觉得与其由别人鞭打，还不如自己鞭打自己。与其自己鞭打自己，还不如自己杀死自己。万般无奈，我决心以死掉的心情活下去。

下此决心后，至今过去多少年了呢？我同妻像以前那样和和睦睦。我同妻决非不幸，而是幸福的。但我身上的一点——对我来说这非同小可的一点，在妻眼里似乎总是个暗影。每念及此，我未尝不觉得对妻有愧。

五十五

决心以活当死的我的心，不时因外界刺激而一阵雀跃。然而一旦我朝某个方面迈步时，便不知从哪里冒出一股可怕的力把我的心狠狠一攥，使我全然动弹不得。并且那股力分明对我说：“你没有做事的任何资格！”闻此一言，我顿时瘫痪下去，而稍后我又要站起时，便又是狠狠一攥。我咬紧牙关，大叫为什么干扰人家。只听那股力冷冷笑道：“明知故问！”于是我重新瘫倒。

表面上生活得风平浪静的我，内心总是伴随如此惨烈的鏖战——你就这样认为好了。在看着我干着急的妻面前，我本身不知有多少次更是干着急得火烧火燎。在我身陷牢笼而无法安静不动之时，在我无论如何都冲不出这牢笼之时，我开始认识到：对我来说我容易做到的终归只剩下自杀。或许你瞠目惊问何故。因为那总是来攥紧我的心的不可思议的可怕的力，尽管在所有方面把我的活动紧紧封住，却留下一条我可以自由进入的死之路。待着不动倒也罢了，而多少一动，就只能滑进那条路，别无他路可走。

迄今为止，我有两三次想走进这条命运指引的最容易的路。但每次都为妻所吸引未果。我当然没有勇气携妻同行，连向妻讲明一切都不能做到的我，怎么能作为自己命运的牺牲品而剥夺妻的天寿呢？这种野蛮行为，一想都让我惊恐，如同我有我的宿命，妻自有妻的缘分。两人捆在一起付之一炬，在我看来何止勉强，简直是惨不忍睹的极端。

同时，想象我不在后的妻，每每不胜怜悯。母亲死时她说的日后世上能够依靠的只我一人了那句感慨，如沁入肺腑般留在我记忆里。我总是犹豫不决。望着妻的脸，也曾打消这个念头，木然伫立不动。妻不时以有所不满足的目光打量我。

请记住：我便是这样活过来的。第一次在镰仓见到你时也好，同你一起去郊外散步时也好，我的心情基本无大变化。我的身后无时无刻不有黑影相随。我是为了妻而拖曳着生命在世上踽踽独行的。在你毕业回乡期间也是如此。约好九月同你再见的我并非说谎，的的确确是想见你的。秋去冬来冬亦尽，而见你的念头是坚定不移的。

不料，夏天最热的时候明治天皇驾崩。当时我觉得，明治精神始于明治天皇也终于明治天皇。受明治天皇影响最深的我辈再活下去毕竟也已落伍了——这一感觉剧烈地撞击我的胸口。我向妻明确地这样说了，妻笑而不睬。不知想起什么，妻向我开玩笑道："那么殉死好了！"

五十六

我几乎忘掉殉死这个词了，平时用不上，大约沉在记忆底部快要朽了，听得妻的玩笑我才记起。我回应妻说，假如自己殉死，就殉明治的精神。我的回答当然不过是开玩笑。但我当时觉得这个已经不用的老字眼里已有新义装了进去。

此外大约过去了一个月。大葬之夜，我一如往常坐在书房里，耳听葬礼开始的炮声。炮声仿佛告知明治已永远离去。事后想来，那同时也是乃木大将永远离去的通知。我手拿号外，不自禁地向妻连说殉死。

我在报纸上看到乃木大将死前写下的一段文字。当我读到"自西南战争[①]被敌夺旗以来数次欲一死抵罪而竟活至今日”的时候，我不由屈指计算乃木决意自杀后活了多少年。西南战争发生在明治十年，至明治四十五年相距三十五载。三十五载中乃木似乎一直伺机自杀。我在想，对于这样的人，是活三十五年痛苦呢，还是插刀入腹那一瞬间痛苦呢？

此后过了两三天，我终于决心自杀。正如我不清楚乃木的死因，你恐怕也难以理解我自杀的缘由。果真如此，那是时势推移造成的人之差别所致，自是奈何不得。也可能说是人之性格差别所使然更为贴切。我自以为我已经为了使你最大限度理解这个莫名其妙的我而在以上叙述中尽了一切努力。

我留下妻而去。唯一令我欣慰的是，没有我之后妻也不至于为衣食住担忧。我不愿意给妻以残酷的惊吓。我打算死得不使妻见到血的颜色。我要在妻不知觉时间里悄然离开这个世界，我希望妻以为我是突发性死亡，即使以为我发狂而死我亦无憾。

从我决心一死了之已有十多天过去了。大部分时间用在给你写这冗长自传的一节上面，但愿你这样认为。起始打算见面告诉你来着。但动笔之后，觉得还是这样更能清晰地描绘自己，不由暗自高兴。我不是心血来潮才写的。作为人的经验的一部分，我的过去除了我无任何人可以讲述。所以将其忠实留下来的我这个努力，在了解人上面，无论对你还是对其他人，我想大概都不是徒劳的。就在

① 西南战争：1877年西乡隆盛领导的鹿儿岛士族起兵反抗中央政府，被政府军镇压，亦称西南之役。乃木因被敌军夺去军旗而欲引咎自杀，未果。

前几天我听说渡边华山[1]为创作一幅名叫邯郸的画，而死期推迟一个星期。在旁人看来或许多此一举，但本人心里自有本人特有的希求，怕也是迫不得已。我的努力也并非仅仅为了履行对你的诺言。而大半是应我自身需求的结果。

但我现在已满足了我的需求，再无事可做了。这封信落到你手里的时候，想必我已不在人世，早已死去了。妻十多天前就到市谷叔母家去了。叔母有病缺人照料，我劝她去的。这封长信的大部分便是妻不在家时写下的。妻有时回来，妻一回来我就赶紧藏起。

我将我的过去——无论善恶——供人参考，但只有妻除外。这点请你答应我。我什么都不想让妻知道。让妻对我过去的记忆尽可能保持清白是我唯一的愿望。所以既然我死后妻还活着，那么就请你把我仅对你一人如实公开的这一切，作为秘密永藏于心。

① 渡边华山（1793—1841），日本江户后期的画家，对政治亦有兴致，后自杀。

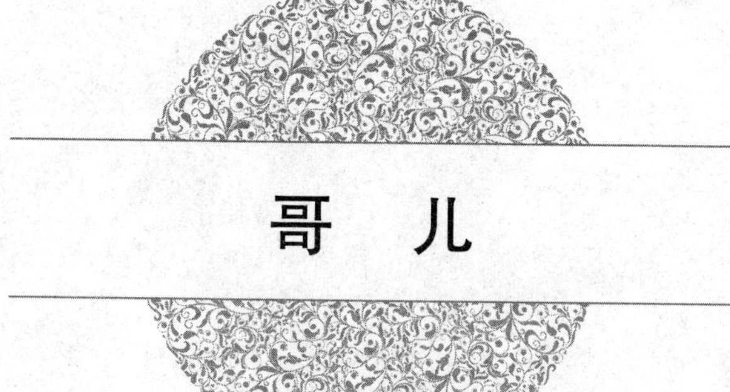

哥　儿

一

我是个天生的冒失鬼，从小就总是吃亏。上小学时，曾从二楼的教室一跃而下，摔伤了腰，痛了一个星期。也许有人问，何苦如此胡来，其实也没什么大不了的理由：我从新建好的二层楼上探头下望，一个同学开玩笑，说我再逞能也不敢从上边跳下来，还大声起哄笑我是胆小鬼。仅此而已。事后工友背我回家，父亲瞪起眼睛，说哪有你这种家伙，从二楼跳还能摔坏腰！我说，下次跳个不摔腰的给你看。

我从一个亲戚手里得了把进口小刀，把光闪闪的刀刃冲着太阳晃给同学看，其中一个说，亮倒是亮，只怕切不了东西。笑话！我应声答道，没有不能切的！对方随即提出：那就切你的手指好了。手指？这还不容易，你看着！我对着大拇指斜切下去。幸好刀小，指骨又硬，大拇指至今还连在手上，只是那伤疤此生此世算消不掉了。

往院子东边走二十步，尽头偏南有一小块菜园，正中长着一棵栗树，结着对我来说简直是命根子的栗子。栗子熟时，我一早爬起来就跑出厨房后门，拾来那些掉在地上的，带到学校享用。菜园西端连着一家叫“山城屋”的当铺，当铺老板有个儿子叫勘太郎，十三四岁。不用说，这家伙是个胆小鬼。人虽胆小，却偏要跳过方格篱笆，到这边偷栗子。一天傍晚，我躲在折叠门后，终于逮住了勘太郎。这家伙见无路可逃，恶狠狠地猛扑过来。他比我大两岁，胆子虽小，可力气蛮大。将那颗肥肥大大的脑袋，一头顶住我的胸口，步步加劲。不巧那脑袋一偏，竟溜进了我的袖口，害得我手在里边派不上用场，乱挥乱抡起来。勘太郎在袖口中的脑袋，便随之左右摇摆。最后忍耐不住，在袖筒里一口咬住我的手腕，痛得我一股劲儿把他推到篱笆墙根，一个扫堂腿，绊他个跟头。“山城屋”的院子比菜园低有六尺，那勘太郎把方格篱笆压倒半边，大头朝下栽到他自家领地去了。这当儿，我的一只夹袄袖也不翼而飞，手一下子自如起来。当晚，母亲到“山城屋”道歉，顺便把袖子带了回来。

此外我还干了不少坏事。一次，领着木匠兼公和鱼店的阿角，把茂作家的胡萝卜苗圃毁坏了。当时芽尚未出齐，铺着一层草。我们三人在上边整整摔了大半天跤，芽苗被踩得一塌糊涂。还有一次把古川家菜地里的井填上了，结果闯了大祸。按通常做法，本应拿根粗大的孟宗竹，掏空竹节，深深插入井内，把水引出，浇灌附近的菜地。但当时我不晓得个中奥妙，只管将石头、棍棒投入井内，塞得满满的，见水再也出不来了，才回家吃饭。刚端起饭碗，古川满脸涨红，叫骂而来。记得好像最终赔钱了事。

父亲一点儿也不喜欢我，母亲一味偏向哥哥。哥哥脸皮白得出奇，喜欢模仿舞台上旦角的动作。父亲一瞥见我，张口就骂我一辈子也出息不了。母亲也说我胡作非为，日后不叫人省心。事实也真是这样：我没出息，也没叫人省心，只差没进班房。

母亲病死前两三天，我在厨房翻跟头，让锅台磕了肋骨，痛不可耐。母亲大为恼火，说再也不想见我这种人，我便跑到亲戚家去了，不想竟传来了母亲的死讯。我没料到母亲死得这么快，早知病成这样，也该老实一点才是。我一路后悔，赶回家里。刚一进屋，那混账哥哥劈头一句，说我不知孝顺，母亲是因为我才早死的。我又气又恨，上去给他一记耳光，被父亲狠狠训了一顿。

母亲死后，我和父兄三人度日。父亲整天无所事事，见面就说我不行，直成了口头禅。我至今也弄不明白我到底什么不行，天底下竟有这样的老子。哥哥声称要当什么企业家，抓住英语不放。他原本就是女人脾性，加上狡猾，两人关系很僵，差不多十天就吵一次。一次下棋时，他卑鄙地设一伏子，堵住我老将的去路，见我发窘，便笑嘻嘻地冷嘲热讽。我一气之下，将手中的"车"朝他眉间掷去，打得他眉间开裂出血。他向父亲告了我一状，父亲便宣称要同我断绝父子关系。

于是，我只好横下心，静等被扫地出门。这时候，一个在我家干了十年的叫阿清的女佣，哭着向父亲替我求情，父亲才好歹息怒。可我并没因此惧怕父亲，反而对阿清的举动大为不忍。听说这女佣本来出身名门，明治维新时家境衰败，才落到为人作佣的地步，此时已经是老婆婆了。不知什么因由，这阿婆十分疼爱我。母亲死前三天放弃了我，父亲一年到头看不上我，街坊邻居指脊梁骨叫我混世魔王，然而这阿婆却对我百般疼爱。我自知自己压根儿不是讨人喜欢的人，因此对遭人白眼早已不放在心上，而对阿婆这番亲热，反倒莫名其妙。没人时，阿婆几次在厨房里夸我为人正直，品性难得。但我不晓得阿婆话里的含义，心想，若是品性难得，其他人也该对我和善一点才是。每当阿婆提起这话，我差不多总是顶她："我不要听这个！"于是阿婆愈发笑容满面地盯着我的脸，迭声说道："这才是，这就叫作品性难得。"那神情，似乎在炫耀我是她制造出来的一件产品，叫人心中有些不悦。

母亲去世后，阿婆对我更加疼爱起来。我每每以小孩之心揣度受此厚爱的原因，但不得其解，心中暗想：讨厌，多事；又觉得她可怜。但阿婆仍然喜爱我，不时用自己的零用钱买豆沙糕、梅花煎饼给我。寒冷的夜晚，她悄悄买好荞面，做成面汤，神不知鬼不觉地放在我枕边，有时还买来砂锅面条。不光吃的，还有袜子，有铅笔，有练习簿，后来有一次竟借给我三元钱。我并没向她开口，而她拿钱走进房间说："没零花钱不方便吧？"说着把钱塞进我手里。我当然摇头不要，她非叫我拿着不可，我便收了下来。其实我高兴得要死，把三元钱塞进小钱包，揣到怀里，转身去上厕所。不料一下子掉到便池里去了。无奈，只好垂头丧气地回来跟阿婆实话实说。阿婆立即找来一根竹竿，说给我捞上来。不大工夫，井台传来哗哗的水声。跑去一看，见她正用竹竿尖挑着钱包，用水冲洗。之后打开钱包，里面的三张整元纸币已经变成茶青色，图案模糊不清了。阿婆用火烤干，递给我说："这回行了吧？"我嗅了嗅说："呀，臭。""那么再给我，给你换来。"不知她去哪里搞了什么名堂，换成了三枚银币。我忘记这三元钱干什么用了，口称马上还而没还。如今即使想还以十倍，也无法做到了。

阿婆给我东西，每次都趁哥哥不在的时候。我说："这哪里好，不要！"我最不喜欢瞒着别人独占便宜。虽说同哥哥合不来，也不想瞒着他拿阿婆的糕点和彩色铅笔。一次我问阿婆："为什么只给我一个人，不给哥哥呢？"阿婆一本正经地说："不用管哥哥，他有爸爸给。”这不公平，父亲虽然固执，但并非那种偏心眼的人。可在阿婆眼里却不是这样，全是她太疼爱我的缘故。尽管她过去是有身份的，但毕竟没受过教育，教人毫无办法。偏心无药可医。这还不算，她还认定我准能出人头地，而断言哥哥只是脸皮白，成不了大器。遇上这样的阿婆，真令人头疼。在她眼里，自己中意的人一定升官发财，而讨厌的人保准一无所成。本来那时我并没有当官做事的打算，但经不住阿婆再三鼓吹，便也自命不凡起来。现在想来，实在好笑。一次我问阿婆，自己能当上什么，不料她也好像没认真想过，只是说，肯定出入有车坐，住宅有威风的大门。

从这以后，阿婆便打算等我自立门户后随我住在一起，几次求我务必收留她才好。我也模糊地觉得自己可能会拥有住宅，便随口答应下来。不想这阿婆想象力强得很，什么你喜欢哪里？（左麦右曲）街[①]如何啦，什么院子里要挂个秋千，洋房一间足够啦，只管自作主张，一厢情愿。那时我根本就没想到要什么房子，每次都回答阿婆：“管它洋房日本房，我才不稀罕呢？”结果她又夸我不贪财，心地干净。反正不管我说什么，她都少不了夸奖一通。

母亲死后的五六年时间里，我就这样过着。被父亲训，和哥哥吵，吃阿婆的糕点，时受夸奖，别无他望，心满意足。我想别的小孩大概也同样如此。只是阿婆每遇什么事，就絮絮叨叨说我可怜、不幸，于是我又以为自己是真的可怜、不幸。此外没有任何恼人的事，只是对父亲不给零用钱有些不快。

---

① （左麦右曲）街：原东京区名，现划为千代田区，为政府机关及官邸集中之地。

母亲去世后第六年的正月，父亲也中风死了。那年四月我从一所私立中学毕业，三月哥哥走出商业学校。他在一家公司的九州分公司找到了工作，要去上班；而我还得留在东京继续求学。哥哥提出要卖掉房子，处理财产，然后动身去九州。我说怎么都行，反正我不想端哥哥的饭碗，即使他要照顾我，也还是要吵架，免不了给他吹毛求疵。况且若真的受他这种应付了事的保护，就不得不向他低三下四。我都想好了，就是当小工，给别人送牛奶，也要自己挣口饭吃。哥哥找来旧家具店老板，把世代传下来的杂乱家具、古董，三捆两捆，换了几文钱。房子经人周旋，卖给了金满家。这大概得了不少钱，详情我一无所知。我在一个月前就搬到神田区小川街寄宿，以待决定去向。阿婆见自己住了十几年的房子一翻转卖于人，甚感可惜，但不是她自己的，自是奈何不得。她在我面前絮絮不止，说要是我再长大一点，把这份家业继承下来该有多好。实际上，倘若我大一点便可继承的话，那么现在也不是不可以，而阿婆全然不晓，以为我只要年龄再大些，便可接收哥哥的家业。

和哥哥就这样分开了，难办的是阿婆的去处。哥哥自然无法带她前去，而且她也根本不想跟哥哥远下九州。我又整天闷在四张半垫席大的寄宿间，而且连这么个住处到时候也必须退掉，实在一筹莫展。我问阿婆，是否想在哪里当保姆，阿婆想了想，定下决心说，在我成家以前，只好打扰外甥了。她这位外甥在法院当书记员，生活尚好。这以前几次劝阿婆去住，阿婆都没有答应，说自己虽是当佣人，但多年来已经住习惯了。而眼下，阿婆大概觉得，与其到素不相识的大户人家小心服侍主人，不如在外甥身边好些。这么拿定主意后，阿婆嘱咐我快点找房子，快点讨老婆，她好去帮忙。看来，同作为至亲的外甥相比，她似乎更喜欢我这个外人。

哥哥动身去九州的前两天，来到我的住处，递给我六百元钱，说是当资本经商，还是作学费读书，尽管随便，只是以后不再管我。就哥哥来说，这一举动已相当慷慨了。我本来觉得即使不靠那六百元钱也混得下去，但我高兴他这种从未有过的淡泊态度，道谢接过。随后他又掏出五十元钱，叫我顺便交给阿婆，我满口答应。两天后，我在新桥车站同哥哥分手，此后再未见过。

我躺在床上，考虑这六百元钱的用法。做买卖吧，麻麻烦烦的，我又不是那块料，况且这六百元钱也做不成像样的买卖。退一步说，即使做得成，我现在这两下子，都无法理直气壮地在别人面前说自己受过教育，还不是只有吃亏赔本的份。算了，买卖不成，就用来当学费读书好了！六百元钱分成三份，一年花二百，可以学三年。三年时间里若拼命用功，总可以学点东西。于是我就开始考虑哪所学校合适。然而学问这东西，我生来就一样也不喜欢，特别是语言学啦，文学啦，一看就头晕。还有什么新体诗，二十行中连一行都看不懂。既然哪样都不喜欢，那么学哪样都是一回事。幸好路过物理学校门前时，见有一张招生广告，真是缘分，我领了份招生简章，很快办好了入学手续。如今想来，这也是我那天生的鲁莽性格造成的失策。

在校三年，我也差不多同别人一样用功，但由于素质差，名次总是倒数来得快。三年一过，我也莫名其妙地混了个毕业，自己都觉得滑稽，可又不便说三道四，乖乖地跨出校门。

毕业后第八天，校长叫我前去，我当是什么事，到那儿一看，原来是四国地区一所中学需要数学教师，月薪四十元，问我是否愿去。说实话，我虽然也吃了三年寒窗苦，但压根儿就没想过当什么教师，去什么乡下。当然，我也没考虑过教师以外的任何职业。因此，当校长问到我头上，便当场回答愿去，这也无非是我那天生的鲁莽性格作祟的结果。

既然答应了，就必须赴任。蛰居斗室的三年时间里，我没听到有人说我一句坏话，没吵过一次架，是我一生中颇为悠然的时代。可是，现在这四张半垫席大的小房间也得退掉了。东京以外的地方，在校时只跟同学去过镰仓，算是唯一一次出远门。这次则远非镰仓可比，要到很远很远的地方去。从地图上看，那地方位于海滨，仅有针尖那么大，反正不会是什么好去处，不知是何城镇，何人居住。不知道也没关系，无须担心，尽管前去，只是有些麻烦。

房子卖掉后我也常跑去阿婆那里。阿婆的外甥实在是个好人，每次去时，只要他在家，无不设法款待。阿婆当着我的面，东拉西扯地把我吹给外甥听。甚至无中生有，说我从学校毕业出来，马上就要在（左麦右曲）街买一所邸宅，走马上任。她只顾自以为是地喋喋不休，羞得我在旁边满脸通红，而且不止一次两次。她还不时把我小时尿床的事和盘托出，叫人哭笑不得。我不知她外甥听后作何感想，只觉得这阿婆到底是旧式妇女，似乎把她自己同我的关系，看成封建时代的主从关系，以为我既然是她的主人，也无疑是外甥的主人，亏她外甥为人和善。

工作最后讲定、动身前往的前三天，我去看阿婆。她感冒了，躺在朝北一个三张垫席大的房间里。见我进来，她忙爬起身，没等坐稳就问："小少爷，什么时候买房子啊？"她以为只要一毕业，钱就会自动从口袋里冒出来。既然把我看得如此神通广大，却依旧管我叫"小少爷"，可见愈发傻气了。我简单告诉她，眼下买不成房子，要到乡下去。她显得非常失望，不停地拨弄额角零乱的花白头发。我见她着实可怜，安慰说，去是去，但很快就回来，来年暑假肯定回来。她还是一脸茫然的神情。我问她喜欢什么，好买礼物回来。她说想吃越后粽子。何谓越后粽子，我听都没听过，首先方向上就南辕北辙，便说："我去的那乡下好像没有粽子。""那，你去的是哪边？""西边。""是箱根前边，还是后边？"这费了我好多唇舌。启程那天，阿婆一早赶来，这个那个，照料一番。把来时路上在杂货店买的牙刷，牙签、毛巾塞到帆布提包里，我说不要，她不肯答应。我们雇辆黄包车，赶到车站，登上月台。我钻进车厢后，她定定地看着我的脸，喃喃道："也许再也见不到了，可要好好注意身子。"她眼里噙满了泪水。我没哭，但眼泪差一点就淌出来了。火车开出好一段路后，我以为她回去了，从车厢探出头，往回一看，她依然站在那里，不知怎么，显得异常瘦小。

二

一声长鸣，轮船停止了航行。舢板立即离岸，挨上前来。船老大赤身裸体，围着一块红兜裆布，好个不开化的地方。当然，天气这样热，怕也穿不得衣服。阳光直射下来，海水亮得出奇，一眼看去，直觉得头晕目眩。一问乘务员，他告诉我在此下船。举目前望，见是一个森林般的渔村。我不觉心中叫苦：受骗上当，这等地方如何忍得。但事已至此，无可奈何。我抖擞精神，第一个冲下舢板，接着跟下五六个人。装上四五个大大的箱子后，红兜裆布把船驶回岸边。靠岸时我又一马当先，跃上码头，当即抓住一个小鼻涕鬼，打听中学在哪儿。小家伙呆愣片刻，然后说不知道。不愧是愚顽的乡下佬，屁股大的地方，竟不知中学位于何处。这当儿，过来一个身穿怪式短褂的汉子，叫道“跟我来”，我便尾随而去，到得一家名为“港屋”的旅店门前，“呀！”——几个女人异口同声，叫道“请进”，我懒得进去，站在门口不动，问中学在哪儿，听得中学还要坐火车赶十五六里路，愈发无心进去。我一把从短褂汉子手里拎过自己的两个提包，无精打采，移步前行。旅店里的人目瞪口呆。

车站立即打听到了，车票也手到擒来。挤上一看，车厢竟像火柴盒一般。还没开上五分钟，就到站下车了，怪得车票如此便宜：只消三分钱。出站后雇辆人力车，来到中学，不料已经放学，空无一人。工友告诉我，值班老师办事去了。居然有如此吊儿郎当的值班教师！本想拜访一下校长，但太累了，转身上车，叫车夫拉到旅店去。车夫飞也似的把车拉到“山城屋”门前。这“山城屋”同勘太郎的当铺名称一模一样，倒也有趣。

我被带到一间小黑屋子里，好像位于二楼楼梯下面，热得透不过气。我要求换个房间，对方答说：“不巧都住满了。”对方随手把我的提包甩在地上，扬长而去。无奈，我只好忍气吞声，进到里边，擦汗歇息。不一会儿，有人喊我去洗澡。我三把两把洗完上来。往回走时，发现有很多凉爽的房间空空如也。混账家伙，扯谎骗人！随后，女佣把饭菜端来。房子虽热，但饭菜比寄宿间的好吃得多。女佣一边伺候，一边问我从何处来，我告诉她从东京来。继而又问是好地方吧，我说那当然。女佣提着餐具往厨房走时，传来放肆的笑声。我直觉无聊，歪身倒下，但无法入睡。光热倒也罢了，还吵得不行，比寄宿间吵闹八倍。蒙眬之中，梦见了阿婆：阿婆把越后粽子，连同竹叶塞到嘴里，大吃大嚼。我说竹叶有毒，劝她扔掉，她却说对人体有好处，吃得津津有味。我瞠目结舌，转而放声大笑之间，睁眼醒来，女佣打开木板套窗，天空依然晴得像没有遮拦，一览无余。

听人说，外出旅行要付小费，否则得不到好脸色，我之所以被塞到如此昏暗狭小的房间，恐怕就是没付小费的缘故，就是衣着寒伧、随身只有帆布包和羽缎伞的缘故。这些乡下佬，倒会小看人，好，给她个最高格的小费，吓她一吓。别看我这副模样，从东京出来时，腰里还揣着学费剩下的三十元钱。去掉火车票、轮船票和零花，还有十四五元。反正以后每月开工资，即使都花光也无所谓。乡下佬没见过大钱，给上五元便足以使其眼花缭乱。等着瞧！我不动声色，洗完脸，回屋等待。昨晚那个女佣送饭进来，一边端盆侍候，一边偷偷怪笑。混账，我脸上又没什么热闹看！虽说沦落到如此地步，也比你这女佣嘴脸高贵得多。本打算吃完再给，但越想越气，没等吃完就甩出一张五元钞票：“一会儿拿到账房去！”女佣讶然。然后，我放下饭碗，出门往学校走去，皮鞋也没擦。

学校昨天坐车去过一次，方位大致记得。过了十字路口，拐两三个弯，即到了学校门前。从大门到房门，花岗石铺地。昨天黄包车打上面碾过时，好一阵怪响，甚是刺耳。一路上碰见不少身穿小仓布[1]制服的学生，都从这大门口拥入，有的个头比我还高还壮。想到要教这等家伙，不觉有点不寒而栗。出示名片后，我被带到校长室。校长脸色发黑，两只大眼睛，稀稀拉拉几根胡须，活像个狐狸。他的架子倒不小：“喂，好好干！”说着，他装模作样地把一张按了朱红大印的委任状递了过来——后来回京时，被我揉作一团扔到海里去了。校长说，一会儿把我介绍给教职员时，要将这张委任状给每个人一一过目。多此一举！如果这样，把它贴在教员室墙上，展览三天岂不更好！

教员们在休息室聚齐，要等第一节下课铃响，那还有好长时间。校长掏出怀表看了看，慢慢悠悠地说起话来。开场白是关于工作的基本要求，接着大讲特讲教育事业的精神。我当然心不在焉，边听边后悔来到这么个鬼地方。我自觉无论如何也达不到校长的要求，他倒好，一把抓住我这个冒失鬼，漫无边际地指手画脚：什么要当学生的楷模呀，什么要成为一校师表呀，不一而足。假如我真的如此有本事，岂能为四十五元钱跑到这老远的穷乡僻壤！我原以为人这东西大同小异，不高兴时谁都免不了吵上一架。然而若按他说的去做，既不得无端开口，又不可随意散步。既然这职务要如此循规蹈矩，何不在雇用之前就交代明白！我不愿意说谎，而又别无良策，便自认上当，准备干脆就此告辞，一了百了。钱呢，刚才给

① 小仓布：福冈县小仓一带所产棉布。

旅店五元，钱包里只剩九元，九元是回不了东京的，可惜！不过靠这九元也不是无法可想。就算是路费不够，也胜过说谎。想到这里，便说："按您的要求，我实在无能为力，这委任状还给您。"这一来，校长眨巴着狐狸眼睛，注视我的脸好一会儿，笑道："刚才说的不过是一种希望罢了，我完全知道你不可能一一做到，不必介意。"既然完全知道，何必来这个下马威！

这工夫，铃响了，教室那边随即一片嘈杂。校长说，大概教师都到休息室去了，我便跟在他后面，走进教员休息室。这是一个满大的长筒房间，四周接着桌子，教师们倚桌而坐。见我进来，都不约而同地把视线集中到我的脸上。我又不是什么展品！接着，我遵照校长的训示，依序走到每个人面前，手捧委任状寒暄一番。他们大多只是从椅子上欠一下身，略为弓腰作答。认真的人便接过委任状，大致看罢，恭恭敬敬地复递过来，简直像庙会演戏似的。第十五个是体育教师。轮到他时，由于同一把戏已重复十几次了，不免有些随便起来。对方只消一次，而我却要反复十五次，也该体谅一下当事人才对！

寒暄当中，有一个身为教导主任的某某先生，听说是文学士。所谓文学士，就是大学毕业生，想必身手不凡。不知什么原因，他竟发出女人般娇滴滴的声音。而更令人吃惊的是，如此酷暑炎天，居然身穿法兰绒衬衣，尽管质料肯定不厚，但也无疑热不可耐。到底不愧是文学士，衣着也如此别出心裁，而且颜色是红的，更自以为是鹤立鸡群。后来听说，这家伙一年到头，红衬衣从不离身。竟有患此怪病的人！据他本人解释，红颜色有益于身体，是为此而特意定做的。真是杞人忧天！果真如此，何不将外衣、裤子也一并弄成红色的！此外，有个叫古贺某某的英语教师，脸色十分难看。一般说来，脸色发青的人普遍消瘦，而此人却又青又肿。记得念小学时，同学里有个叫浅井民的，他父亲也是这般脸色。这浅井家是农民，我便以为所有农民都是这副面孔。问阿婆，阿婆说不是这样，而是光吃未成熟的青南瓜之故，所以才又青又肿。打那以后，每见到脸庞青肿的人，便断定是吃青南瓜的结果。这位英语教师，也当仅以青南瓜为食。不过，我至今尚不晓得青南瓜为何物。问阿婆，她笑而未答，她也未必知道。还有一个和我同样搞数学的堀田某人，短平头，牛高马大，相貌酷似歙山恶僧。我这里谦卑地给他看委任状，他却眼皮不抬，哈哈大笑道："噢，新来的？有空去玩！"有什么好笑的，谁上你这个不懂礼节的家伙那里去玩！当场我便心里奉送这短平头一个诨名：豪猪。汉学教师到底古板，连声说道："昨日刚到？旅途辛苦，又要马上上课。委实辛劳。"云云，倒是位和蔼可亲的长者。图画教师一副不折不扣的艺人风度，身穿薄得透明的绢褂，手摇扇子，说道："老家哪里？东京？嗯？好，好好，我有伴了，我也是东京人哩！"我心中暗想：你这模样若也算是东京人，我宁愿不生在东京！其他人要是逐个道来。不知能写多少，就此为止。

从头到尾寒暄完后，校长吩咐："今天休息好了，当然教学上的事情要同数学组长商量一下，明后天开始上课。"一问，原来数学组长就是那个豪猪。罢了罢了，在这家伙手下干事，岂不一切都完了！豪猪道："住在哪里？山城屋？好，待会儿我去。"说完，他拿起粉笔盒，往教室去了。身为组长，却屈尊找我，不知好歹。不过也好，总比叫我去强。

然后，我跨出校门，想马上回店，但回去也无事可干，索性逛一会儿街，便信步走去。县公署出现了，是上一世纪的古老建筑。兵营出现了，没有东京麻布区的联队营地那么神气活现。大街出现了，只有东京神乐坂一半那么宽，两侧房室更差。原来所谓食禄二十五万石诸侯的城下城①，不过如此而已。住在这等地方，还耀武扬威，号称什么城下王城，想来也够可怜。思忖之间，不觉到了“山城屋”门前。看上去面积挺大，却如此狭小，恐怕这就算通看完了。我想也该吃饭了，便迈步进店。坐在账房里的老板娘，一瞥见我，飞扑上前，头触地板道：“您回来了……”我脱鞋上去，女佣说客房空了，把我领上二楼。这是一间十五张垫席大的向阳房间。带一个很大的壁龛。我自出世以来，尚未进过如此漂亮的房间，此后不知何时再有如此福分，赶忙脱去西服，只穿衬衣，往房间正中，躺成个“大”字，惬意非凡。

吃罢午饭，马上提笔给阿婆写信。我的作文不堪一提，字又认得不多，故最讨厌写信，而且写了也没处寄。但阿婆可能正在为我担心，要是以为我乘船遇难死了可不妙，便鼓起劲儿，下工夫写了个长的。内容如下：

“昨天到达，是个糟糕地方，睡在十五张垫席大的房间里。给旅店五元钱小费，老板娘把头磕在地板上。昨夜没睡好，梦见阿婆连皮吃竹叶粽子。明夏回去。今天到校，给每个人取了外号；校长

① 城下城：松山市原为食禄二十五万石的诸侯久松氏的城下城。

叫狐狸，教导主任叫红衬衣，英语教师叫青南瓜，数学的叫豪猪，图画的二流子。详情过两天再写。再见。”

写完信，心中坦然，有了睡意，仍像刚才那样展臂舒腿，在房间正中躺成“大”字。这回睡得很香，没做梦。忽闻有人大声喊叫：“是这个房间吗？”睁眼一看，豪猪闯了进来。还没等我起身坐稳，即拉开谈判架势：“打扰了，你担任的课……”叫人啼笑皆非，不过听起来，任课内容似乎并不很难，便应允下来。如此简单，别说后天，明天开始又何惧哉！上课的事商量完后，他自作主张说：“你总不至于长期在旅馆里住下去，我来给你找个寄宿的好地方，搬走算了。别人说房东不会答应，我说马上就可讲妥。最好快些，今天看，明天搬，后天到校上课，正好。”说得也是，我确实不能永远住在这十五张垫席大的房间里，即使把月薪全部当住宿费，怕也不够。一下子给了五元小费，马上就走，多少有点遗憾，不过既然迟早要搬，还是尽快搬走，适应新的环境，对自己有利。便把此事拜托给豪猪。豪猪随即叫我跟他一同去看。那房子坐落在市郊一座山腰间，幽静得很。主人是个古董商，名叫严银，老婆比他大四岁。读中学时学过“巫婆”一词，这老婆子恰与“巫婆”无异。不过是“巫婆”也不打紧，反正做了人家的老婆。这么着，我决定明天搬来。回来路上豪猪请我喝了杯冰水。在学校时以为他是个傲慢无礼的家伙，现在却如此多方关照，看来他并不坏，而似乎和我同样是个急性子，动辄发火。后来听说，此人在学生中最有人缘。

三

很快到校上课了。第一次进教室登上陡然高出的讲台，总感到有些不是滋味。边讲边觉得好笑：我这样子竟也成了教师。学生在下面吵嚷不止，不时有人震耳欲聋地大叫“老师”，令人胆战心惊。从前在物理学校时每天都叫“老师”，看来称人为老师和被人称为老师之间真有天壤之别，后者竟给人一种脚心发痒之感。我既非小人，亦非懦夫，可惜胆量不足，被人“老师”一声高叫，正像饿得发慌之时听得城内一声午炮响一样。第一节好歹应付过去了，好在学生没出难题。回到休息室，豪猪问我如何，我“嗯”了一声，他好像放下心来。

第二节课，拿粉笔走出休息室时，觉得好像即将冲入敌阵。一进教室，发现这回清一色是比刚才高大的家伙。我是东京人，身材小巧玲珑，即使登上这高处，也无法压住阵脚。若是吵架，不妨摔上一跤，给他点颜色，而站在这四十几个大家伙面前，实在难以仅凭这三寸不烂之舌使其俯首帖耳。可我想，要是被这些乡下佬看出自己的无能，以后如何得了，于是尽可能放开嗓门，用略快且重的声调讲了起来。起始，学生被弄得晕头转向，呆若木鸡。妙哉！我愈发得意忘形，竟用起了方言俚语。这当儿，前排正中一个慓悍的家伙一跃而起道：“老师！”我边想边问：“什么？”“太快了，听不懂，能不能稍慢一点，要是。”“能不能”“要是”——

模棱两可！我当即回击："快了，可以慢点。不过我是东京人，不会讲你们的话。不懂，等到懂时好了！"这么一来，第二节意外地顺利。刚转身要走，一个学生逼上前来，拿着一道我不知所云的几何题："能不能把这题给解一下，要是。"我一身冷汗，无奈，只好说我不懂，下次再教，之后拔腿便走。学生哄堂大笑，其中挟杂着"不会、不会"的声音。浑蛋！老师当然也有不会的！不会就说不会，有什么奇怪！要是会这玩艺儿，何必为四十元钱跑到这等乡下。回到休息室，豪猪又问如何，我"嗯"了一声，又觉不够解气，补充道："这学校的学生好不晓事！"豪猪茫然。

第三节、第四节，以及下午的一节，都大同小异。头一天上课，在哪个班都多少有点失误。当教师并不像以前旁观时那样快活自在。课虽一一上完了，却不能回去，必须干巴巴地等到三点。据说，三点时任课班的学生扫完教室后前来报告，要跟去检查。还要查一下出勤簿，然后才是下班时间。虽说我这身子以月薪受雇于人，也断无干完事还要死守学校、徒对空桌之理！但别人都一声不响地遵守规则，我初出茅庐，自然不好挑三拣四，只好默默忍耐。回去时，我对豪猪诉苦："真是愚蠢，干吗不问青红皂白都得在校熬到三点！"豪猪哈哈大笑，继而神情肃然，忠告似的说："你可不能乱讲学校的坏话，要说只对我一个人说。有些人是很怪的。"说着，我们在十字路口分了手，没能听到详情。

回到房间，房东跟着进来说："喝杯茶吧！"听这一说，我以为他要招待我，谁知他毫不犹豫地拿起我的茶泡上，自饮起来。

瞧这光景，说不定我不在时他也口称喝茶，径自进屋，自斟自饮。据房东说，他喜好书画古董，以至暗暗经营起来。还说我看上去像位风雅之士，别有用心地劝我体会此中乐趣。记得三年前去帝国饭店为人跑腿时，曾被当成修锁匠；身披毯子观看镰仓大佛时，又被人称为车铺师傅。此外还有不少被人误会之事，而像这种当面夸我为文人雅士的场合，倒一次未曾遇过。一般说来，人的身份从其外表即可了然。那风雅之士，从画上看，都是头戴方巾，手持诗笺之流。而这房主却煞有介事地把我捧为此辈，可见居心叵测。我告诉他，自己不喜欢这种隐士般的悠闲勾当。“嘿嘿嘿，”房东边笑边说，“哪有一开始就喜欢的！一旦入了此道，就怎么也出不来啦！”说着，他自行添了杯茶，以造作的手势送到嘴边。其实茶是我昨晚求他代买的，但我喝不了如此又苦又浓的茶。喝了一杯，觉得胃有些不适。便托他以后给买点不太苦的。他道声“遵命”，又扬起脖干了一杯。这家伙，见是别人的茶，就狠命喝个不止。房东走后，我预习一下明天的课，随后躺下。

此后，天天到校按章办事，日日归后房东进屋喝茶。过了一周，学校的情况大致了然在心，房东夫妇的为人也知道了个八九成。问其他教师，说是拿到委任状后的一周到一个月时间里，对别人给自己或好或坏的评价十分敏感，坐卧不宁。我倒丝毫没有介意。教室里常常出乖露丑，当时心情的确很糟，但半个小时一过，便忘得一干二净。我这人，凡事即使想长久担心，也担心不成。至于讲台的失败会给学生以何种影响，传到校长或教导主任耳里又将引起何种反应，我根本没放在心上。前面说过，我不是那种气壮如牛之人，但颇为达观。此处不行，换个地方就是，什么狐狸呀红衬衣呀，何惧之有。何况对教室里的小毛孩子更没心思去装笑讨好。学校如此即可，但寄宿处却甚是头疼。那房东若是光来喝茶，尚可忍耐，还拿来一些杂乱东西。最初拿来的是印章料，一排摆出十个，说总共才三十元，便宜得不得了，叫我买下。我又不是走乡混饭的刻字师，一口回绝说不要。于是随之又拿来一副叫华山什么人的花鸟挂轴，独自挂在壁龛上。问我画得如何。我随口搪塞一句，他便说个没完没了。什么华山[①]有两个人啦，一个叫华山某某，另一个是华山某某啦，这幅是华山某某画的啦……说毕，他催问道："怎么样，你买的话，十五元就可以了。"我说没钱，他说钱什么时候给都没关系，紧缠不放。我一把推开说："有钱也不买！"下一次，扛来一块兽头瓦大小的巨砚，一口一个端砚，强调再三。我半开玩笑地问说何谓端砚，他马上解释起来："端砚有上层、中层、下层之分，如今市面上出售的全部是上层，而这个则确属中层。你瞧这眼，竟有三个，实在罕见。发墨极好，请试试看！"说着他把巨砚推到我眼前。一问价，他说这是砚主从中国带回来的，求他务必卖出，因此便宜一点，三十元吧。利令智昏的家伙！学校那方面好歹可以应付下来，可这古董商却招架不住，看来不是久居之地。

没几天，学校也懒得去了。

---

① 华山：渡边华山（1773—1841）、横山华山（1784—1837），均为江户末期画家。

一天晚上，我在一个叫大町的地方散步，发现邮局旁边有家荞面馆，招牌下端注有“东京”二字。我最喜欢吃荞面条，在东京时，每从荞面馆门前经过，闻到那股香味，便心里痒痒的，非掀开门帘进去不可。这些日子，忙于对付教学和古董商，忘了荞面条。而现在看见这招牌，便不能过而不入。好，顺便来上一碗，闪身进去。一看，原来名不副实：既然取号“东京”，也该干净一点才对。然而不知是没见过东京，还是没钱装修，脏得一塌糊涂。垫席黑得面目全非，且被砂砾磨得粗糙不堪，墙壁熏得漆黑，天花板不仅被煤油灯烟糟蹋得一片模糊，而且低低的，差点儿把人的脖子压回去。只有墙上那张炫耀似的标明荞面条名称、价格的白纸，非常之新。看样子怕是买了一座旧房子，两三天前才开张营业。价格表第一号写的是炸虾面，我大声叫道：“喂，来碗炸虾面！”话音刚落，蜷缩在角落里“吐噜吐噜”吞食东西的三个人，一齐朝我看来。房间黑，刚才没甚注意，而现在一打照面，原来都是学校的学生。对方打招呼，我也回了一句。这天晚上，由于好久没吃荞面条，觉得很香，一口气干光了四碗。

第二天，我一如往常地一进教室，整块黑板大书特书五个大字：炸虾面先生。见我进来，底下哄堂大笑。活见鬼！我问：“吃炸虾面有什么好笑的？”一个学生应声答道：“不过四碗也太多啦，要是。”四碗五碗，反正我自己掏钱吃进我自己肚里，干你何事！我三言两语，讲解完毕，回到休息室。十分钟后跨进另一间教室，只见黑板上写着：炸虾面四碗也，唯不得笑。刚才本没怎么生气，但这次十分恼怒。玩笑过火，便成了恶作剧，好比火大烧焦的烧饼，谁还愿吃。这伙乡下佬，全不晓得此中分寸，以为可以肆无忌惮。住在步行一小时就可游览完毕的小城里，平日怕没见过什么场面，便把炸虾面事件当作日俄战争一样大肆张扬，可怜虫！从小教育成这样子，长大只能是盆栽枫树般浑身净弯的小人！若出于天真，一起笑笑倒也罢了，可这成何体统！刚脱掉开档裤的小毛孩子，竟如此存心捣蛋。我一声不响地擦去“炸虾面”，然后问：“这种勾当有趣吗？卑鄙的玩笑！你们知道卑鄙是什么意思么？”一个家伙当即答道：“自己做的事被人笑还恼火，这才叫卑鄙！”混蛋！想到自己特意从东京跑来教这些家伙，真是窝囊透顶。于是喝道：“少讲歪理，学习！”之后便开始讲课。不料下一节走进另一教室时，居然写着：吃了炸虾面，便想讲歪理。吃完没了！我不禁大怒道：“没人教你们这些无礼的家伙！”说完便大步回去。后来听说学生落得休息，反倒欢喜。这一来，学校比古董商还伤脑筋。

回到住处，睡了一夜，炸虾面的气消了大半。到校一看，学生都已乖乖出席，不知是何缘故。此后三四天太平无事。第四日晚间，到住田吃了顿丸子。住田这个镇有温泉、有饭馆、有温泉旅店、有公园，还有妓院。从城下出发，乘火车需十分钟，走路要半个小时。我去的丸子店位于妓院街的街口，都说味道极好，便在洗完温泉往回走时顺便尝了几个。这回没碰见学生，以为无人知晓。然而次日到校，走进第一节课的教室，见黑板上写道：丸子两碗七分。我确实吃了两碗，花七分钱。讨厌鬼！上第二节时，我估计肯定还有什么名堂，果然不出所料，写道：妓院的丸子真好吃。这些得寸进尺的家伙！丸子风波刚刚平息，紧接着红毛巾又成了问题。起初我摸不着头脑，结果无聊若此：自从来到这里，我没一天不去住田温泉。看遍其他所有地方，都远远不如东京，独有这温泉。看好不容易来了，何不每天洗上一次，便在晚饭前跑去，也算是个运动。去时，每次都拎着一条偌大的毛巾。这毛巾本来就带有红色花纹，再一过水，一眼看去，确呈红色。无论是去是归，不管乘车还是走路，我无不拎着这条毛巾。于是学生们一口一个红毛巾叫起我来。反正住在孤陋寡闻的地方，总是不得安宁。还有，温泉旅店是一座三层新楼，花八分钱进上等房间，既可借浴衣，又可请人帮助擦身，女招待还用天目茶碗端送热茶。我每次去时都进上等房间，不料她们说我一个月才挣四十元，来这里太浪费了，多管闲事，与你何干！还有，这温泉的浴池是用花岗岩砌成的，有十五张垫席大小，一般可容十三四人，但有时空无一人。站起时水深齐胸，在里面游泳，锻炼身体，甚是惬意。我趁无人之机，在这宽阔的池里尽兴游泳，从狭窄的入口处探头一看，里面贴着一张大纸，上面泼墨般几个大字：池内不准游泳！在其中游泳的，除我别无他人，看来是专门为我新贴上去的。此后我便断了这个念头。可是一到学校，吃了一惊，那黑板上分明写道：池内不准游泳！我隐约觉得，莫非学生里有人侦探我的行踪不成？晦气！尽管我不会因学生说三道四便改变自己的初衷，但每当想到何苦来到如此小得透不过气的鬼地方，便后悔莫及。而从学校回到住处，又要对付古董的进攻。

四

学校有值班制度，教员们轮流担任。但狐狸和红衬衣除外。我问为何这两人可以免除应尽义务，答曰：因享受国家任免官吏待遇之故。莫名其妙！薪水拿得多，时间花得少，而且不值班，居然有如此不平之事。自己随心所欲地捏造出几条什么规定，还摆出一副理当遵守的架势——亏他这般癞皮无耻。对此我自然满腹牢骚。然而按豪猪的说法，不管你一个人如何不满，也无济于事。照理，一个人也罢，两个人也罢，只要言之有理，便该得到采纳才对。豪猪又引用一句英语——“might is right”加以解释，我不得要领，问他，他说就是强者的权力之意。若是什么强者的权力，这我早就懂得，用不着现在由豪猪咬文嚼字。问题是强者的权力同值班问题毫不相关。狐狸和红衬衣算什么强者，谁承认他！不过议论归议论，这值班终于落到我头上。我属神经质，卧具之类，若不舒舒服服地躺在自家用的上面，便觉无法入睡。自小我就几乎没在同伴家里过夜。同伴家的尚且讨厌，何况在学校值班。尽管如此，眼下凭我这四十元钱的身价，定是逃不掉的，暂且忍耐一下吧。

师生走光之后，一个人形影相吊，未免过迂。那值班室在教室后面，宿舍西端，一个房间。我进去打量一下，正面夕阳晒得正急，热得令人窒息。到底是乡下，虽已入秋，仍热日方长。我从学生饭堂打了份晚饭，实在难以下咽。那帮家伙吃这等饭食，还如此调皮。我三口两口，四点半就吃完了晚饭，真够早的。饭后日还没落，不能睡觉，便想到温泉去一下。我不晓得值班外出是好是坏，但如此孤零零地像坐牢一样困守空房，委实百无聊赖。记得头一次来校时曾问及值班人，工友答说出去办事了，当时颇以为怪。而现在轮到自己，方恍然大悟：出去乃天经地义。于是向工友说出去一下，问说去办何事，我说不是办事，是去温泉洗澡，转身便走。遗憾的是红毛巾忘在宿舍里了，今天就向那里借一条吧。

到得温泉，我爬上跳下，慢慢擦洗一番。近黄昏时分，跳上火车，在古町站下来。到学校还有一里来路，这算不了什么。没走几步，狐狸迎面赶来，大概是想坐这班火车到温泉去。他快步急行，擦肩而过时，瞟了我一眼，我打了招呼。于是狐狸故作正经地问："今天不是你值班吗？"不是吗——明知故问，两小时之前不是你对我寒暄说："今晚初次值班，辛苦了云云。"人一当上什么校长，说话便大概如此拐弯抹角。我来了气，随口答道："嗯，是我值班，放心。我这就去睡。"然后大模大样地迈步走开。到得竖街的十字路口，又撞见了豪猪。这小地方，出门非碰上谁不可。"喂，你不是值班吗？""嗯，不错。""值班还到处乱跑，这不合适吧？"我马上反击道："有什么不合适的？不出去跑才不合适呢！"豪猪换了一副不同往常的口气："这么吊儿郎当，真拿你没办法。碰见校长、教导主任就麻烦了。""校长刚刚碰见。他说这么热若不散散步，怕是吃不消——还表扬我散步来着。"我再懒得费话，几步奔回学校。

不久天黑下来，我把工友叫到值班室，闲聊了两个小时，这也厌了，不管有无睡意，躺下再说。我换上睡衣，撩起蚊帐，掀开红毛巾被，“一屁股猛摔下去，仰面躺倒。这是睡觉时摔屁股的习惯，是我自小养成的。在小川街寄宿时，楼下一个法校学生曾上来抱怨，说我这习惯不好。这学法律的小书生，别看长得瘦弱，嘴可厉害得很。竟然长篇大论地搬弄起来，我当即驳斥说：“作响并非我屁股的毛病，而是房子建筑质量差劲儿，提意见找房东提去，但这值班室不在楼上，不管怎么用劲儿都不碍事。”倘若躺倒时不用出吃奶力气，便觉难以入睡。我猛地伸直两腿：乖乖，这才叫舒服！不料，不知何物扑到脚上，满身毛刺，不像跳蚤，狗东西！我慌忙起脚，在被里刨了几下。这下可好，那毛刺刺的东西陡然增多——小腿上五六只，大腿上三四只，屁股底下压瘪一只，有一只竟飞到肚脐上。我愈发惊慌，迅速爬起，把毛巾被往后一甩，立时从中飞出五六十只蝗虫。不明真相时心里发慌，而当看准是司空见惯的蝗虫，旋即心头火起：小小的蝗虫也胆敢兴妖作怪，看我如何收拾！我顺手抓起长条枕头，三下两下，狠命砸去，但对手体积过小，越是用力，越不奏效。无奈，只好坐在褥子上，像扫除时卷起席子拍打下面的草垫似的，前后左右胡乱拍打起来。蝗虫大惊，乘势飞起，直朝我肩上、头上、鼻尖扑来，或紧抓不放，或横冲直闯。那扑在脸上的家伙，无法再用枕头，便一把抓住，尽力掷去。可气的是，不管如何用力，都落在蚊帐上。因此鬼东西只是扇动一下翅膀，依然故我，就势附住，丝毫无损。花了半个小时，总算打退了蝗虫，我找来扫帚，收拾蝗虫尸体。工友进来问我干什么，我怒不可遏："什么干什么！哪有你这种家伙，竟在床上饲养蝗虫，混账！"工友辩解说不知道。不知道就行了吗？我把扫帚甩到走廊，工友战战兢兢地扛起扫帚去了。

我马上到学生宿舍，叫他们来三个代表。结果，来了六个。别说六个，十个又有何妨。我仍然一身睡衣，挽起袖子，开始谈判：

"为什么把蝗虫放到我床上来？"

"蝗虫？蝗虫是什么呀？"最前边的一个答道，一副满不在乎的神气。这个学校，不光校长，学生说话也这么别扭。

"不知道蝗虫吗？不知道给你看看！"

不巧，都扫出去了，一只也没有。我叫来工友，叫他把刚扔掉的蝗虫尸体拿来。"都倒在垃圾堆里了，是不是要捡回来？""立即捡来！"工友急忙跑出，不一会儿，用半张纸端十来个进来，"实在对不起，可惜天黑，只找到这么一点，等明天再多找来些。"工友也是蠢货。我拿起一只，递到学生面前说："这，就是蝗虫，这么大个子，还不知道蝗虫，怪事！"最左边一个圆脸家伙得意扬扬地反唇相讥："那，是蚂蚱，要是。"我针锋相对道："浑蛋！蝗虫、蚂蚱是一回事。这先不说，为什么总在老师面前说什么'要是'？钥匙除了开锁，别的用不上！""要是和钥匙不是一回事，要是。"还是张口闭口"要是"，这些家伙！

"蚂蚱也罢，蝗虫也罢，为什么放到我床上来，我什么时候叫你们放来着？"

“八成谁也没放吧！”

“没放怎么会跑到我床上？”

“蚂蚱喜欢暖和地方，怕是它自己光临的吧？”

“胡说，蝗虫怎么会自己光临，让蝗虫光临，谁受得了！快说，为什么干这种坏事？”

“快说什么，不是说没放么！”

胆小鬼！自己做的事，硬是不认账，有何办法！只要你不拿出证据来，就死皮赖脸，佯作不知。我在中学时也不是没淘过气，但一旦有人问到，却从未干过这种临阵逃脱的卑鄙勾当。做了就是做了，没做就是没做，我再淘气也是一身清白。要是想用说谎来开脱罪责，一开始就不淘气。淘气在前，必有惩罚在后，正因为惩罚在后，淘气才有意思。光想淘气而不想挨罚——世界上居然有这等卑劣之徒。那些只借钱而不想还的家伙，想必就是这类家伙毕业干的。他们到底上中学干什么来了？进得校门，说谎、欺骗、偷干坏事还洋洋得意。然后神气活现地拿了毕业文凭，便自以为受了教育。这些不堪造就的兵痞。

我再没心思同这些龌龊小人谈判下去。“既然这么说，也罢，不问你们了。上一回中学连高尚和卑鄙都分辨不清，可怜！”说完，我把六人驱逐出去。我的言语态度虽不怎么高尚，但心里自信比这些家伙不知高尚多少倍。六个人悠然自得，扬长而去。那样子，似乎比我这教师伟大得多。实际上，越是装得若无其事，越是令人作呕。我无论如何也没这副胆量。

我重新上床躺下。刚闹了一场，蚊帐里进了不少蚊子，嗡嗡直响，我懒得点蜡烛来一只只抓住烧掉，解开蚊帐绳，把蚊帐卷成一束，上下左右猛甩起来。不巧蚊帐钩飞起打在手指甲上，痛不可耐。再次躺下以后，心神稍宁，但睡意全消。一看表，已经十点半。想起来，真不该来这种是非之地。当个中学教师，不管到哪儿都要对付这类货色，着实得不偿失。而奇怪的是，当教师的仍大有人在，想必都成了麻木不仁的木头人，我无论如何也受不了这口气。想到这里，觉得阿婆实在可亲可敬。虽没受过教育，又没什么身份，但作为一个人，却高贵得多。以前受过她那么多恩惠，都不以为然，而在只身沦落异乡之后，才体会出她那片真情实意。如果她想吃越后粽子，纵使特意跑到越后去买，也完全值得。阿婆夸我不贪心，直性子，但她本人远比被她夸奖的我高尚得多，不觉很是想念。

我一边想阿婆，一边辗转反侧。突然，头顶响起了有节奏的猛踏地板的声响，怕有三四十人之多，弄得二楼像要塌落下来。继而，伴随着脚步声，又响起了高声起哄的声音。我吃了一惊，以为发生了什么事，一跃而起，同时猛然醒悟：哈哈，原来是学生为报刚才之仇而故意挑衅。在痛快承认所干坏事之前，你辈的罪是不会消失的，恐怕你辈也意识到自己的不对。照理，本应躺下后痛悔前非，第二天或早或晚前来道歉。即使不想道歉，也当老实睡觉才是，却又如此胡来，是何道理！建这宿舍又不是为了养猪，发疯也该适可而止。非给他厉害的不可！我仍然一身睡衣，冲出值班室，三步并作两步，顺楼梯奔上二楼。奇怪的是，刚才在头顶狂蹦乱跳的家伙倏忽了无踪影。四下寂然，别说喧嚣声，脚步声也半点没有。怪哉！油灯已经熄了，黑乎乎一片，搞不清哪里有什么东西，不过人的动静还是可以察觉出来。长长的走廊由东而西，连一只老鼠也藏不住。走廊尽头，有月光泻入，远远看去，一片朗然。奇怪！我从小便总是多梦，时常在睡梦中突然起身。口出梦呓，遭人嘲笑。十六七岁时，一天晚上梦见拾了块钻石，蓦地站起，气势汹汹地对身旁的哥哥大吼大叫，问他刚才拾的钻石哪里去了。被家人当笑话讲了三四天，狼狈极了。说不定现在的情形也是梦境，不过肯定有人胡闹。正当我在走廊正中冥思苦想之时，只听月光辉映的尽头喊声大作，三四十人齐声高叫："一、二、三、哇！"旋即，一如刚才，有节奏地踏得地板咚咚作响——果不是梦，而是事实。我也不甘示弱，吼道："安静点，半夜了！"我拔腿沿走廊往前跑去。脚下的路很黑，只有尽头有片月光，便朝那里猛奔。不出三四米，小腿猛地撞在廊中一块又硬又大的物体上，一阵钻心的疼痛，身体猛然扑倒。畜生！我支撑爬起，但无法再跑了。心里急不可耐，腿偏偏不听使唤。我豁出去了，用一条腿蹦跳上前，但脚步声顿时消失，万籁俱寂。人再卑鄙，也不至于卑鄙到这个地步，猪狗不如！事已至此，不拉出一个潜伏的家伙让他当面认错，誓不罢休！我破釜沉舟，决心打开一间寝室，进去搜查，但壁垒森严，不知里面上锁，还是用桌子顶住，推也罢，撞也罢，纹丝不动。我转身去推对面北侧的门，情况依然一样。正在我为开门捉拿里面的家伙气急败坏之时，东端又风云突变，起哄声脚步声，声声齐鸣。这群败类大概有约在先，东西呼应，寻我开心，但我束手无策。老实说，我这人勇气有余，智慧不足。事到临头，全然不知所措，但我绝不因此认输。若就此作罢，尚有何颜面立于讲台！倘被人将东京人讥为窝囊废、大草包，岂非终生憾事！又假如此辈认为我在值班时竟被这伙鼻涕鬼欺侮得无可奈何，而忍气吞声，悄然睡去，一世英名从此休矣。休看我沦落至此，尚是食禄百万石武士出身，先祖为清和源氏[①]，多田满仲[②]之后。天生就不同于汝等乡间愚民。唯一可惜的是缺智少谋，恼人的是临阵无方，但我焉能鸣金收兵。正因我为人老实，才不知所措。为人在世，若不以老实取胜，将何以取胜！今晚胜不了，明天胜，明天胜不了，后天胜，后天再胜不了，索性带饭在此安营扎寨，直到战胜为止。我决心已定，便往走廊中央盘腿一坐，默等天明。蚊子嗡嗡围来，我岿然不动。一摸刚才撞痛的腿，似乎黏糊糊一片，怕是流血了，流就流吧！片刻，首战疲劳上来，不觉睡去。梦中听得有喧嚣之声，我睁开眼睛，大骂一声，起身坐起。只见右侧一门半开，两个学生站在眼前。我清醒过来，好家伙！一把抓住离得最近那个学生的脚腕，拼命一拉，那家伙随即，仰面朝天。让你干坏事！剩下的一个正在发愣，我不失时机，猛窜上去，按住他肩膀，左右抡了几下，这家伙呆若木鸡，眨巴着眼睛。我又猛拉一把，过来，到我房间来！对方怕了，二话没说，乖乖跟来。天已经亮了。

① 清和源氏：族出第五十六代清和天皇，赐姓源氏。

② 多田满仲（912—997），摄律（今大阪府）人，镇守府（今青森县一带）将军。

把他带进值班室后，我盘问起来。但猪这个东西，打也罢骂也罢，总归是猪。这家伙一口咬定不知，似想顽抗到底，绝不招供。不多时，又来一个，接着又一个，陆续从二楼向我房间聚来。一看，个个无精打采，眼皮浮肿。这些软骨头，一夜没睡就值得这样，亏他们还是个男子汉！我叫他们洗完脸再来，但谁也不动。

我以五十人为对手，舌来唇去，苦战一个多小时，正难分难解，狐狸一晃进来。事后得知，原来是工友特意前往报信，说学校发生了骚动。屁大个事儿，也值得找校长，没出息！恐怕他正因没出息，才来学校跑腿学舌。

校长大致听我把原委说了一遍，也听了几句学生的申辩，然后对学生发话：“在决定处分之前，照常上学，现在快去吃早饭，别耽误上课。”全部赦免了这些住宿生，这算什么处置，不痛不痒！要是我，当即令其全体退学。正因校方办事如此软弱无力，学生才不把值班教师放在眼里。校长继而转向我说：“你担心受怕，大概累了，今天就不用上课了。”我当即回答：“不，我一点儿也没担心。只要我有命在，哪怕天天夜里有这种事，也不在乎。课还是要上，一夜没睡就连课都不能上了，还不如把到手的工资退回学校。”校长若有所思地久久盯着我的脸，提醒道：“不过脸肿得很厉害。”经他一说，果然觉得脸有些麻木，而且到处发痒，一定是让蚊子饱餐了一顿。我一边抓脸，一边回答：“脸再肿，嘴巴还照样能动，不影响上课。”校长笑着夸奖说：“真好精神！”其实怕不是夸我，而是取笑我。

五

“你，不去钓鱼吗？”红衬衣这家伙，说话总是使用一种令人作呕的柔弱声调，简直分不清是男是女。是男的，就该发出男子汉的声音，何况又是个大学毕业生！就连物理学校的学生，开口都至少有我这一副嗓门，而文学学士竟然这样，有失体统！

“这个嘛……”我未置可否，不大感兴趣。这家伙马上变得神气起来，“你钓过鱼吗？”我告诉他，自己不常钓鱼，不过小时候曾在小梅钓鱼池钓过三四条鲫鱼。还在神乐坂毗沙门庙会那天，钓起一条八寸多长的鲤鱼，正庆幸时，啪嗒一声，鱼又掉回水里，至今想起还感到遗憾。红衬衣听罢，扬起下巴，不停发笑。装腔作势，有什么好笑的！他显得颇为神气，说：“这么说，你还不晓得钓鱼的乐趣，愿意的话，我来教你。”大凡钓鱼打猎的，全是些冷酷无情之人，否则根本不会以杀生害命为乐。鱼也好鸟也好，肯定都乐意活着而不愿被害死。倘若不钓鱼打猎便无以为生，自当别论，而这些人本来活得舒舒服服，却挖空心思残害生灵，实是一种野蛮的享受——我虽然在肚子里想得头头是道，但对方到底是文学士，能言善辩，争论起来我远非对手，便没有吭声。不想，对方误以为我已被其征服，频频劝道：“现在就教吧，怎样？有空今天一块儿去好吗？和吉川君两个人，太寂寞了。你也来好了！”吉川君就是前边提过的二流子。这二流子不知打何主意，一早一晚总到红衬衣家去，而且处处尾随其后。看上去根本不是同事，而像是主子和奴才。红衬衣去的地方，必有二流子相伴左右，这早已不足为奇。而现在本来也两人同行即可，为什么偏要拉上我这个不知趣的人呢？大概是想在我面前炫耀一下他那引以为自豪的钓鱼手段吧，我可不会那么轻易上钩。钓得一条金枪鱼，算得了什么！我也是个男子汉，虽说不高明，但只要垂线下钩，也定有所获。此时若说不去，这狂妄的红衬衣一定以小人之心度君子之腹，以为我不是不愿意去，而是怕出洋相。想着，我便答道："好，去吧！"随后，处理完学校的事情，回住处准备一下，到车站会合红村衣和二流子，往海边走去。小船细细长长，那形状在东京一带尚未见过，船上一名船夫。上船后我便留心察看，左看右看仍见不到一根钓竿。我问二流子："没钓竿怎么钓鱼呀？"二流子摸摸下巴，一副行家神气道："海湾钓鱼不用钓竿，只用钓线就行了。"早知遭此抢白，不问就好了。

船夫慢慢悠悠划动小船，但他技术熟练，不大工夫船便滑出很远。回头望去，海滨已依稀莫辨了。高柏寺的五重塔从林子中耸出，前方青屿浮现，听说是个荒无人烟的岛屿。临近一看，上面非松即石，难怪无人居住。红衬衣观赏不止，口称"好景致"，二流子说是"绝景"。我看不出是不是什么绝景，不过确有一种心旷神怡之感。在这一望无边的海面上，被海风一吹，实在浑身舒坦，只是肚子饿得发慌。红衬衣对二流子说道："你看那棵松，树干笔直，上面像伞一样展开，很像透纳[①]画上的。”二流子马上显得心悦诚服：“和透纳画的一模一样。瞧那树冠弯曲的形状，再没那么像的了，简直就是透纳笔下的。”我不晓得透纳是何许人也，但不知道也无妨，便默默不语。我们从右往左绕岛一周。海面水波不兴，真难以相信大海会是这般模样。借红衬衣的光，竟得此享受。可以的话，我想上岛看看，便问：“船不能靠到岩石那里吗？”红衬衣不屑一顾道：“靠是能靠，不过钓鱼离岸太近不好。”我不再作声。二流子又节外生枝道：“怎么样，主任，今后把这岛叫作‘透纳岛’好吗？”红衬衣表示赞成：“倒也有趣，往后我们就这么叫好了！”我可不愿意算在这“我们”里面，我看叫“青屿”就十全十美了。二流子又开口了：“要是在那块石头上面，放上拉斐尔[②]的玛利亚，画下来准是一副杰作。”红衬衣笑道：“算了，别再说玛利亚了！”那笑声很叫人反感。二流子溜了我一眼说：“怕什么，这儿又没什么人。”然后特意背过脸，嗤嗤窃笑。我不愉快起来，什么玛利亚，牛利亚，与我毫不相干，只管你随便说好了，可看他那样子，好像是因我听不懂才不怕我听见似的。小人勾当！亏他本人还有脸自称为“东京人”！我猜想，那玛利亚准是一个和红衬衣相好的艺妓的诨名。要是想让自己相好的艺妓站在小岛松树下欣赏，你就欣赏去好了，最好由二流子画张油画送到展览会去。

“这里差不多了吧？”船夫说罢，抛锚停船。红衬衣问水有

① 透纳：Tosph M .w.Turner（1775—1851），意大利画家，工风景水彩画。

② 拉斐尔：santI RMfaello（1483—1520），意大利文艺复兴时期画家，以善画圣母玛利亚像知名。

多深，船夫说有十多米，红衬衣又说十多米恐怕很难钓到鲷鱼，随手把钓线扔到水里。那神气，像是不钓上大鲷鱼决不罢休，野心家！二流子忙奉承说："哪里，凭主任那高手，还能钓不上来！况且风平浪静。"说着，他也拉出自己的钓线，投入水中。那钓线好像只拴一个铅坠，没有浮子。不用浮子钓鱼，好比不用温度计而要测量温度，我无论如何也无此本事，便袖手旁观。正看着，二流子问道："你也钓吧，没有钓线吗？""钓线有的是，只是没浮子。""没浮子就不能钓？外行！这样：钓线沉到水底时，手指贴住船舷，注意钓线的动静，咬钩时，手指会有感觉。"这当儿，"来了！"红衬衣急急拉线，以为钓上什么来了，结果一无所获，鱼饵倒一干二净。活该！"主任，真可惜，刚才一定是个大家伙，公然从主任手下溜走了，今天可马虎不得。不过，怎么说呢，溜了也比眼盯着浮子钓鱼那帮人强得多，正像没有车闸便骑不了自行车一样，没有什么不光彩的。"瞧这二流子莫名其妙地胡说些什么，真想上去给他两个耳光。我心中暗想：我也是人，这海又不是你主任一个人包下的，地方大着呢！看我面子，至少也该有条松鱼咬钩吧！我把钓线连同铅坠扔了下去，随便用指尖捏住。

不大工夫，钓线微微抖动，有东西碰上了！我想一定是鱼，若非活物，钓线断不会如此抖动。好家伙，来了！我三把两把，往上拉线。"哦，钓着了，后生可畏！"二流子嘲笑之时，钓线只剩五尺在水里了。从船舷俯身下视，见一条浑身长满金鱼般花纹的鱼咬着钓线，左右游来荡去，随着手势浮上。有趣！出水时，溅得我满脸是水。好不容易抓在手中，想摘钩下来，但总不如意。抓鱼的手滑溜溜的，大煞风景。我一时兴起，抡起钓线，往船心摔去，鱼登时毙命。红衬衣和二流子愣愣看着。我在水中洗洗手，凑到鼻前闻了闻，仍然腥味扑鼻。罢了罢了！钓得抓不得，而且鱼怕也不喜欢被抓。我迅速收起钓线，丢在一旁。

“勇夺头功实可喜，可惜是条遍罗鱼。”二流子又自以为得意地胡诌起来。红衬衣马上卖弄风雅：“遍罗鱼？这名称很像俄国文学家高尔基[①]。”二流子随声附和道：“是啊，简直一模一样。”高尔基是俄国文学家，丸木[②]是芝区的照相师，庄稼是生命之本，这点常识哪个不晓得！说起来，这是红衬衣的坏毛病，一见眼前有个人，便罗列出一大堆诘屈聱牙的外国人名字。各人有各人的专业，像我这样的数学教师，哪里管得了是高尔基还是人力车夫，本该适可而止才是！要说的话，就说我也知道的好了。如《富兰克林自传》啦，《勇往直前》[③]啦等等，红衬衣时不时把一本叫作《帝国文学》的红皮杂志带到学校，像是读得津津有味。问豪猪，说是红衬衣的外国人名都是从那杂志上弄来的。这杂志也真够造孽。

之后，红衬衣和二流子全神贯注地钓起来。一个小时，两人钓上十五六条。好笑的是，钓来钓去全都是遍罗鱼。还想钓什么鲷鱼，影儿都没见到。红衬衣对二流子说：“今天是俄国文学的大丰

① 遍罗鱼……高尔基：日语中，遍罗鱼同高尔基的发音相近。

② 丸木，丸木利阳。日本第一个开照相馆之人。

③ 《勇往直前》：“Pushing to the fuont ”当时被日本中学普遍选为教材。

收。”二流子回答：“凭您这手法还钓的是遍罗鱼，我这两下子就更不用提了，只能这样了。”我问船夫，他说这种小鱼刺多肉少，味道又不好，根本不能吃，只能作肥料。如此说来，红衬衣和二流子是在全神贯注地大钓肥料，可怜之至！我钓一条就厌了，一直仰卧船心，遥望天空，远比钓鱼风流惬意得多！

这工夫，两人小声说起了什么。我听不清，也不想听。我边仰望天空边思念阿婆。要是手头有钱，领阿婆到这漂亮的地方游玩一番，该有多好！无论景致多妙，和二流子在一起，就兴味索然了。阿婆虽是满脸皱纹的老太婆，但不管领去哪里，都心里坦然。而像二流子这号人，即使坐马车，乘轮船，甚至上凌云阁，也只能是不伦不类。假如我当教导主任，红衬衣是我，那么毫无疑问，二流子便会厚颜无耻地对我阿谀奉承，而对红衬衣百般奚落。人们都说东京人轻薄，也不无道理，这种人在乡下东游西逛，而又反复自称东京人，乡下人自然认为轻薄之人即东京人，东京人即轻薄之人。正想着，两人好像吃吃偷笑起来，边笑边说，断断续续，不得要领。“嗯？怎么回事……一点不错……因他不知道……真是罪过”“可是真的……”“把蝗虫……没错！”

其他话我都当耳旁风，但听二流子说出蝗虫二字，不由心里一震。不知为什么，二流子只是在说到蝗虫时才特别加重语气，使之清楚地传入我的耳朵。而后便有意含糊其辞。我一动没动，继续侧耳倾听：

“又是那个堀田……”“或许是那样……”“炸虾面……哈哈哈”“煽动……”“丸子也……”

尽管对话时断时续，但从其中出现的什么蝗虫，什么炸虾面，什么丸子来判断，肯定是在偷偷议论我。想说就大声说，想偷偷说就别把我拉来，两个讨厌的东西！蝗虫也罢，黑虫也罢，都不是我的过错。校长说由他处理，我才看在狐狸面上，暂且没有吭声。自己是个二流子，还多嘴多舌地议论别人，口衔画笔躲到一边去算了！我的事，迟早由我自己收拾，没什么大不了，问题是“那个堀田”啦“煽动”啦等字眼叫人捉摸不透。不知是说堀田煽动我大闹校园，还是说堀田煽动学生捉弄我。再看天空，阳光渐次减弱，稍带凉意的海风拂面吹过。香烟般的薄云在透明的天幕中徐徐伸展，偶而融入其间，仿佛给天空罩上一层薄薄的雾纱。

“该回去了吧？”红衬衣猛然醒悟似的说道。二流子随声附和：“嗯，正是时候。今晚去会玛利亚吗？”“乱说什么？惹事！”红衬衣说着从船边欠了欠身子。“嘿嘿嘿，没关系。听见也……”二流子回头看我，我正两眼圆瞪，目光径直射在他头上。二流子像晃眼睛似地翻了翻眼珠，“厉害，厉害！”说着他缩回脖子，搔了搔头。真是搬弄是非的家伙！

船在静静的海面上往岸边滑去。红村衣问我：“你好像不大喜欢钓鱼？”“嗯，还不如躺着望天。”我答道，把刚吸几口的卷烟扔下船去，“吱”——落在橹叶划起的海浪上，随波飘离。“你这次来，学生们非常高兴，好好干！”红衬衣转而提起与钓鱼风马牛不相及的话来。“不怎么高兴吧？”“哪儿的话，我不是当面说好话，确确实实非常高兴。是吧，吉川君？”“岂止高兴，简直闹翻天了。”二流子哈哈笑道。怪事，从这家伙嘴里吐出来的，没有一句不刺耳。红衬衣接着说："不过，你不注意可危险哟！"我答说："反正都是危险，危险就危险吧！"其实我早想好了：或者我辞职，或者叫全体住宿生赔礼道歉，如此而已。"这么说，倒也罢了——作为教导主任，实际上我是为你着想才这么说的，你可不要误解。""主任完全是出于对你的好意。我嘛，好歹是东京老乡，自然希望你尽可能长久地留在学校，也好互相照顾。就是眼下，也在暗暗为你使劲儿哩！"二流子也说起人话来。要是由你这等人照顾，还不如上吊死了好！

"刚才说了，学生们很欢迎你来任教，可这里边事情多着呢。当然你也有不顺心的时候，这点你就忍耐一下，我绝不会给你亏吃的。"

"事情多。什么事情？"

"这可有点复杂，慢慢就会明白的，我不说你也会自然明白的。是吧，吉川君？"

"嗯，复杂得很。一天两天无论如何是弄不明白的。可慢慢总会明白的，我不说你也会自然明白的。"二流子鹦鹉学舌，"既然这么复杂，本来不问也未尝不可。不过是你们提起来的，所以我才要问。"

"说的也是。只开头，不收尾，是不负责任的。这样吧，有一点我先给你说一下：恕我冒昧，你刚刚从学校毕业，当老师是头一遭。可学校这地方名堂多得很，为人处世，像书生那样直来直去是行不通的。"

"直来直去行不通，怎样才行得通？"

“就是说。你那样直率，是因为缺乏经验……”

“是缺乏经验，履历表上写得清清楚楚，才二十三岁四个月。”

“所以有时会意外地遭人暗算。”

“我走的是正路。暗算有什么好怕的！”

“当然不怕。不怕是不怕，暗算是暗算。你的前任，眼见就是被人摘掉的。所以我跟你说，不注意不行。”

二流子半天没吭声，回头一看，不知何时在船尾同船夫说起话来了。他不在，谈话顺利多了。

“我的前任，遭谁暗算了？”

“指名道姓，关系到一个人的声誉，话不好说。而且又没有确凿的证据，说出来不好交代。不管怎样，你好容易来了，要是在这儿有个一差二错，我们也为难：是我们把你叫来的嘛。你只管注意好了。”

“注意注意，可是没法注意，不干坏事。总可以了吧？”

红衬衣笑出声来，我没什么特别值得笑的。迄今为止，我一直坚信自己的做法并无错处。想起来，社会上大部分人似乎提倡干坏事，像是认为人们若不变坏，便无以在世上建功立业。偶尔看见一个纯良之士，便七嘴八舌，嗤之以鼻，称其为“哥儿”“小鬼”，不一而足。既然如此，小学中学里，伦理课教师就别教学生“勿说谎、要诚实”，而索性传授说谎法、疑人术、骗人策，岂非既利于社会，又益于本人、红衬衣不停发笑，无非是笑我单纯。单纯和坦率被拿来取笑，生逢此世，有何办法。阿婆在这种时候一次也未曾笑过，而是听得大为佩服。阿婆比红衬衣高尚得多。

“当然不干坏事是对的。不过，即使自己不干坏事，也要知道别人干的坏事，要不然还是要遭殃。这世上，有的人虽然看上去光明磊落、慷慨大方，甚至热心给找住处，但也不可麻痹大意……天已经很冷了。秋天啦！陆地那边雾气很重，一片暗褐色，好景致！喂，吉川君，怎么样，那岸边景色……”红树衣高声叫起二流子来。二流子大肆讨好：“果然是奇景。有时间真想来个写生，这么放过去太可惜了！”

“港屋”二楼亮着一盏灯。正当火车汽笛长鸣时，我们乘的小船插进沙岸，不再动了。“回来得好快啊！”老板娘站在岸边跟红衬衣打招呼，我叫了声“呀”，从船舷跳上岸来。

六

二流子甚是可恨，若把这种家伙拴上腌菜石沉到海里去，实为日本清除一害。红衬衣的声音俗不可耐，大概那嗓音多半是天生的，而他又故意阴阳怪气，才娇柔得如此不堪入耳。不管他如何装模作样，那副嘴脸不行，即使有人钟情，至多也不过是什么玛利亚而已。但毕竟是教导主任，说话比二流子深奥难懂。回到住处想来，觉得这家伙说的不无道理。虽然吞吞吐吐，难以判断，但听口气似乎是说豪猪不是个好东西，要当心。若是这样，何不直截明说，不像个男子大丈夫！再说，假如豪猪为人师表却这般品质恶劣，何不早早将他免职！身为教导主任，又是文学士，却如此优柔寡断，甚至在背后议论时都不敢提名道姓，无疑是胆小鬼！胆小鬼一般都较和气，因此红衬衣想必也和气得像个女人。和气是和气，声音归声音，不能因声音不顺耳，便把其和气也看得一钱不值。世界也真怪：不顺心的人倒和气，合得来的人却是坏蛋，存心捣鬼。或许因是乡下，凡事都与东京背道而驰，是非之地！说不定火焰即刻结冰，石头变成豆腐。不过那豪猪怕不会煽动学生，开这种玩笑吧！当然，他是最得人心的教师，要干的话不费吹灰之力。可是，首先，他何必费此周折呢，抓住我面对面吵架岂不远为省事！倘若我妨碍了他，他何不当面说明白，叫我一走了之！办事靠商量，好言好语没有办不成的事。假如对方言之有理，明天即可辞职，又不光是这里出大米。即使沦落天涯海角，也不至于饿死路旁。这豪猪真是个不会办事的家伙！

到这里时，是豪猪第一个请我喝冰水。由这种阴一套阳一套的家伙请喝冰水，实在有损体面。我只喝了一杯，他不过花了一分五厘钱。但一分也罢五厘也罢，只要受了阴谋家的恩惠，便死也心不坦然。明天到校，还他一分半钱。我从阿清婆手里借得三元钱，直至五年后的今天也没还。不是不能还，而是不还。阿婆绝不会眼睛盯着我的口袋，算计我何时归还。我也绝不打算做那种见外的事情，把钱还给阿婆。如果我担心不还钱阿婆会做何感想。那无疑是怀疑阿婆的一番好心，往阿婆美好的心灵上抹黑。不还不是辜负阿婆，而是由于把阿婆当作家人看待。阿婆与豪猪固然不同，但不论是一杯冰水还是一杯粗茶，之所以受人恩惠而佯作不知，是因为看重对方的人格，是表示对一个人的好感。把这种本来几文钱即可了结之事，存在心里暗暗感激，这是给予对方一种任凭多少钱也买不到的报答。尽管我无官无职，也是一个有独立人格的人。一个有独立人格的人对你低头敬礼，应当认为是一种比几百万两金银都更为可贵的酬谢。

我自以为叫豪猪破费一分五厘钱，是给予他的比百万两金银还贵重的谢礼。豪猪本应感到巴不得。而他却在背后装神弄鬼，可恶之极！明天去把一分五厘钱还上，便什么也不欠他的了，然后吵上一架！

想到这里，睡意上来，酣然入梦。翌日，因有事要办，比往常提早到校，等待豪猪。但左等右盼，硬是不来。青南瓜来了，汉学老师来了，二流子来了，最后红衬衣也来了。而豪猪的桌子上只躺着一支白粉笔，悄然无声。我本打算一进休息室马上还钱，因此离开住处时便像去温泉时那样手心攥着一分五厘钱，一直攥到学校。我是汗手，张手看时，一分五厘钱浑身是汗。若还带汗的钱，豪猪怕要吹毛求疵，便放在桌上，用力吹干，重新攥起。这当儿，红衬衣走来说：“对不起，昨天打扰了。”“打扰倒不打扰，只是肚子饿坏了。”紧接着，红衬衣把臂肘拄在豪猪桌子上，一张扁平大脸凑到我鼻子旁边，我以为他干什么，只听他开口道：“昨天回来时在船上跟你说的话，可要保密。还没有跟谁说吧？”依然女人似的小声细气，更加显出是个秉性多疑的家伙。我确实尚未说过，但即将要说，手中早已准备好了一分五厘钱。到这个地步又被红衬衣把嘴封上，有些进退两难。红衬衣到底是红衬衣，虽没指名道姓说是豪猪，但打的谜语已足以叫人一目了然，而事到如今却又怕我一语道破。还算是个教导主任，不负责任之至。按理，本应在我同豪猪激烈交锋之时，理直气壮地为我擂鼓助威，那才称得上是校教导主任，也算没白穿一场红衬衣。

我对他说："还没告诉任何人，不过马上就要同豪猪摊牌。"红衬衣大为狼狈道："你不能乱来，我可没在你面前说过堀田君半句坏话。你要是就此胡闹，我非常为难。你来学校总不会是为了惹是生非吧？"我见他竟提出如此缺乏常识的问题来。便说："那当然，我拿着工资还要惹事，校方怕也难办。""那么，昨天的话仅供你参考，别往外说！"我见红衬衣汗流满面，求救于我，便保证说："好吧，我虽也有些为难，但既然将给你带来这么大麻烦，那就算了。""真的？"红衬衣问道。真不晓得他这女人气还有完没有，文学士若都是这种货色，实在叫人扫兴。自己提出一些莫名其妙、颠三倒四的要求，非但不以为耻，还怀疑别人。我好歹是个男子汉，一旦答应了，哪里会转眼不认账！

两边桌子的主人也到了以后，红衬衣才快步返回自己座位。红衬衣走路时也故意拿个架势，每次在室内走动，都悄悄落脚，避免发出声响。这时我才知道：原来无声走路法是他本人的一种自豪。又不是练习当小偷，该怎么走就怎么走得了！一会儿，上课铃响了，豪猪还是没来。我只好将一分五厘钱放在桌上，去教室上课。

由于讲得多，第一节课下得稍晚一点。走进休息室，其他教师都靠在桌旁说话，豪猪不知何时也来了。以为他缺勤，却是迟到。一见我面，开口说："今天是由于你迟到的，赔我钱！"我抓起桌上的一分五厘钱，放在豪猪面前："给你，拿着！前些天在街上喝你冰水的钱。""什么呀，"豪猪刚咧嘴要笑，见我格外正经，便说，"别开这无聊的玩笑。"一把将钱扫回我桌面上来。瞧，这豪猪竟想一直请我吃下去。

"不是玩笑，是真的。我无缘无故喝你的冰水，当然要还钱，岂有不收之理！"

"既然你对一分半钱如此认真，拿着也罢。可你为什么心血来潮，现在才还？"

"现在也好，将来也好。还你就是，我不愿白喝你的，所以还你。"

豪猪冷冷地看着我的脸哼了一声。要是没有红衬衣的请求，我一定要在这里揭露豪猪的卑劣行径，同他大闹一场。但既然答应红衬衣不声张出去，只好克制自己。人家这里怒不可遏，他却以哼作答，岂有此理！

"冰水钱我收了，你也从严银家搬出来！"

"你收下一分五厘钱，事就完了。我搬不搬出来，是我的自由。"

"这可不是你的自由，昨天房东来，求我让你搬出去。一同情由，觉得他说得有理。但为慎重起见，今早我跑了一趟，听了详细情况。"

我一时摸不着头脑。

“房东跟你说什么，跟我有什么关系。可也不能由你一个人说了算，有原因应先说清原因，开口就说房东有理，是何道理！”

“哼，那就说你在那里胡来，人家受不了。虽说对方是房东的老婆，可和女佣不同。你怎么能伸出脚来叫人家擦，太霸道了！”

“我什么时候叫房东老婆擦脚来着？”

“擦没擦我不知道，反正人家讨厌你。房东说，你那十几元房租，只消卖一幅画就出来了。”

“花言巧语的家伙！那为什么收我？”

“为什么收，我不知道。收是收了，现在人家不愿意，不是说叫你出去了吗？你，出去！”

“当然出去！作揖求我住我也不住。说到底，你首先就够可恶的，为什么把我介绍到这么个说三道四的地方去？”

“是我可恶，还是你不老实。反正有一个。”

豪猪那火爆脾气和我不相上下，死不认输地大吼大叫。休息室里的人以为发生了什么事，一个个往我和豪猪这边望着，伸长下巴，果然不动。我自信没做任何丢人事，站起来昂然四顾：人人目瞪口呆，唯独二流子嬉皮笑脸，幸灾乐祸。我两眼圆瞪，以挑战之势朝他那干葫芦般的瘦长脸上猛扫过去。二流子立时一本正经，气焰收尽，似乎有点惶惶然。这工夫，铃声响了，我和豪猪中止吵架，去教室上课。

下午开会，讨论对那天夜里捉弄我的住宿生的处分问题。我生来第一次参加会议，全然不知开会为何物。想必教员们聚集一堂各抒己见，最后由校长总结几句。所谓总结，无非是对模棱两可之事予以判断。而这件事无论谁看都只能认为是无理取闹，却要就此开会，实属浪费时间。任凭谁如何摇唇鼓舌，断无提出异议之理。本来，这等黑白分明之事，校长当场即可处置，优柔寡断！校长若是这般模样，有何了不起，不过是犹豫不决的蠢货的代名词而已！

会议室在校长室旁边，一间长筒屋子，平时作食堂用。一张长方形桌子，四周围有二十几把黑色皮椅，颇像神田的小西餐馆。长桌一头坐着校长，旁边是红衬衣。其余人听说随便就席，只有体育教师总是谦居末座。我不管三七二十一，挤坐在博物教师和汉学教师之间。往对面一看，豪猪和二流子并肩挨坐。二流子那张脸，怎么看都贼毛鼠眼。吵过架也还是觉得豪猪那面孔顺眼得多，很像父亲葬礼上小日向养源寺厅里一幅挂轴上的人物像。当时向方丈，说是一位叫韦驮的凶神，豪猪今天怒气未消，不时眼珠乱转，往我身上盯视。我也毫不示弱，针锋相对地鼓起双目，逼视豪猪。我的眼睛虽然形状欠佳，但在大这一点上一般人都不是对手。阿婆常说我眼睛大，正是当官的材料。

校长开口了："差不多到齐了吧？"一个叫川村的秘书随即"一、二、三"——数起人头来。还差一人，秘书沉吟一下，是差一人，青南瓜君没到。不知前世什么因缘，自从见了青南瓜以后，我便无法忘掉。走进休息室，青南瓜君首先映入眼帘。走路时，青南瓜也闪现在脑海里，去温泉洗澡，又觉得青南瓜君那张苍白浮肿的脸庞在池中往来飘浮。每次同他打招呼，他都诚惶诚恐地频频点头，令人恻然。学校里，再没有比青南瓜君更老实的人了。既不轻易笑，也不乱插嘴。我从书上学得“君子”一词，但我一直以为“君子”仅仅存在于辞典之中，而不会实有其人。见了青南瓜君后，才猛然领悟，这词到底是确有所指的。

正因有如此缘分，所以刚进会议室，我就意识到青南瓜君不在。说实话，我心里一直暗暗盼望他能在下一位置就座。校长说：“大概很快就会来的。”然后打开眼前的绸布包，拿起像是油印的什么东西看起来。红衬衣开始用绢手帕擦琥珀烟斗，这是他的一种乐趣，大概是与其身份相符合的吧。其他人大多三三两两地交头接耳，手闲得难受的人用铅笔带橡皮的一头在桌子上写个不止。二流子不时向豪猪搭话，豪猪只哼哈作答。时而愤愤地瞪我一眼，我自然以眼还眼。

正等得焦急，青南瓜君满脸窘色走了进来，对狐狸恭敬地说道：“有点事儿，来晚了。”“那么，开始开会。”狐狸先让秘书川村君把油印件发下去。一看，上面写有三条：首先是处分问题，其次是学生管理问题，再次是其他。狐狸仍像平日那样故弄玄虚，在所谓教育精神的幌子下，说了这样一番话：“全校师生身上发生的过失，无不是我本人寡德所致。每当出现什么问题，我内心都不胜惭愧，觉得有失校长之职。不幸这次又引起这样一场骚动，我必须向诸位深深谢罪。然而事情既已发生，便无可挽回，而只能考虑如何处置。事情的经过诸位都已明了，现在请大家就善后措施开诚布公地发表意见，以便我作参考。”

听罢校长的发言，我不由肃然起敬：难怪是一校之长兼狐狸，果然出语不凡。既然校长已全盘引罪自责，自称寡德，那么便无须再处分学生，而由校长本人主动辞职，岂不更好。倘若这样，大可不必兴师动众，开此会议。但问题首先是——即使从常识看来也一清二楚：我老老实实值班，学生聚众闹事。有错的既非校长，也不是我，而只能是学生。若是豪猪煽动所致，则惩治学生和豪猪即万事皆休。世界上居然有这种家伙：把别人的屁股背在自己身上，逢人便说是自己的屁股、自己的屁股，这把戏只有狐狸才要得出来。他发完这番离情背理的议论之后，踌躇满志，环视众人，但没一个人开口。博物教师眼望落在第一教室房脊上的乌鸦，汉学教师将油印件时而折起时而展开；豪猪仍然横眉冷对。早知会议这玩艺儿如此滑稽，还不如不来，去睡个午觉。

我按捺不住，刚欠起身来，想要慷慨陈词，听得红衬衣口有所语，便又作罢。只见红衬衣收起烟斗，一边用手帕擦脸，一边念念有词。那手帕定是从玛利亚那里搜刮来的，男人应当用白麻布。他说道："住宿生捣乱一事，我也有所耳闻。作为教导主任，我深为自己的教导不周以及平日德化未能施及少年而感到愧疚。大凡这类事，当由某种失误引起。就事件本身而言，似乎只是学生行为不轨，但究其真相，恐怕责任反而在于校方。因此，我觉得只按表面现象从重惩处学生，反对将来不利。而且，这些少年血气方刚，充满活力，或许由于缺乏是非辨别能力，才有意无意地造成这场恶作剧。当然，如何处分是校长的事，我无权从旁插嘴，只是想请校长斟酌这方面的情况；尽可能宽大处理。"

既然狐狸到底是狐狸，红衬衣自然还是红衬衣。他公然声称：

学生捣乱，不是学生不好，而是老师糟糕。这无非是说，疯子打正常人的脑袋，是由于正常人不好，所以疯子才打。亏他想得出！倘若活力多得过剩，到操场上摔跤去好了，为何头脑发昏地往我床上塞蝗虫！按红衬衣的逻辑，纵然我在睡梦中被掐得半死，恐怕也要赦免学生。

想到这里，我打算开口说点什么，但须说得滔滔不绝才好，来个不鸣则已，一鸣惊人。我有个坏毛病，一生起气来，说不到三言两语便再也想不起词来。就人格来说，不论狐狸还是红衬衣都远在我之下，但论摇唇鼓舌，我却望尘莫及。倘若开口有个一差二错，落下话柄，实在自讨无趣。因此打算等想好再说，打起腹稿来。这当儿，我对面的二流子霍地站起，我吃了一惊，一个二流子，还想发表见解，不知天高地厚！只听二流子用他那口东京腔说道："坦率说来，本次蝗虫事件及起哄事件，实为罕见之事，足以使我等有良知的教员对吾校前途产生疑虑。值此时刻，我等教员必须深省吾身，振肃全校风纪。因而，适才校长及教导主任所论，实属中肯之言，一针见血。我彻头彻尾表示赞成，务请尽量予以宽大处理。"二流子说的，只有语言，没有内容，只罗列一堆汉语词汇，而不知其所云。我听懂的只有一句话：彻头彻尾表示赞成。

我虽对二流子所言不甚明了，但心里异常气愤，没等腹稿打完，便逮然站起道："我彻头彻尾反对……"刚开头，喉咙突然卡住，"……这种岂有此理的处分，我最最讨厌……"加完这句，教员们哄堂大笑。"一句话，学生们坏透了。无论如何得叫他们赔礼道歉，要不就成了习惯。即使勒令退学也不过分。这些缺德家伙，以为是新来的老师，就……”说着坐了下去。这时，右边的博物教师不争气地说：“是学生不对，不对是不对，但若惩罚过重，引起反抗，恐怕反而不妙。我还是赞成教导主任说的从宽处理。”左边的汉学教师同样赞成稳妥论，历史老师也同教导主任唱同一论调。可恨之极，几乎全是红衬衣党。这些乌合之众在一起办学，不办坏才怪。我早已想好；要不叫学生道歉，要不我辞职，非此即彼。如果红衬衣得胜，我即刻回去打点行装。反正我用嘴说服不了这帮家伙，即使说服了以后还要在一起共事，已经够了！不在学校也照样找饭吃，管它呢！若再开口，又要惹笑，才不说呢，只管正襟危坐。

这时候，一直静听的要豪猪愤然而起。哦，这家伙也要同红衬衣一唱一和不成，反正刚吵过架，随你的便！豪猪放开嗓子，震得玻璃窗直颤抖：“我完全不同意教导主任及其他各位老师的意见。因为，无论从任何角度来看待此次事件，都只能认为这是五十名住宿生对新来某教师的一种侮辱和嘲弄。教导主任似乎在教师人品如何上面做文章，恕我冒昧，我认为这恐是失言。某教师的值班是在他刚来不久安排的，当时他与学生接触还不到二十天。在这短短的二十天时间里，学生并不具有就这位教师的学问、人品进行评价的权利。假如他是由于有应该受辱的正当缘由而受此侮辱，那么恐怕还有理由对学生的行为酌情宽恕。然而，如果毫无根据地对愚弄新来教师的轻薄学生宽大处理，我认为将有损学校的威信。教育的宗旨不仅仅在于传授学问，还要在灌输高尚、正直、勇武精神的同时，一扫鄙俗、轻薄、傲慢之风。倘若惧怕学生反抗、扩大事态而一味姑息养奸，则此歪风不知何日方能得以匡正。我们教师之所以在此奉职，正是为了杜绝此种歪风恶习。倘若对此视而不见，则最好索性不当教师。基于上述理由，我认为只有严惩全体住宿生，并令其在该教师面前公开谢罪，才是最为合适的处置办法。”说完，他重重坐下。全场鸦雀无声，红衬衣又开始擦拭烟斗。我不由得欣喜非常。豪猪简直把我想的代说一空。我本来就是直性子，此刻把上午的争吵忘得一干二净，满怀感激之情，向已就座的豪猪望去，豪猪全无反应。

顷刻，豪猪再次起身道：“刚才不慎，忘说一句，补充一下。当晚值班教师似乎在值班时间里到温泉去了，我认为这是万不应该的。不管怎样，自己一人负责全校的值班工作，却庆幸无人责备而公然到什么温泉洗澡，实属荒唐之举。学生的事自当别论，这一点希望校长、尤其当事者予以注意。”

怪人！刚说完好话，马上就揭人家的伤疤。我本来没当回事，得知以前的值班教师曾外出散步，便以为是惯例，自觉不自觉地跑到温泉去了。听豪猪这么一说，才意识到这是自己的不对，即使遭到攻击也无可奈何。于是我又站起说：“我的的确确在值班时到温泉去了，这是完全错误的，向大家道歉。”刚一落座，又是哄堂大笑，不管说什么，我只要一开口，他们肯定哄笑。这些无聊的家伙，你们有胆量如此公开承认自己的过错么！恐怕正因无此胆量，才笑话别人。

之后，校长说："大家好像没什么意见了，待我充分考虑好后，再决定如何处分。"顺便说一下其结果：住宿生禁止外出一周，并到我面前道歉。本来，若不道歉，我当时就辞职回京了，正由于勉强按我说的做了，终于酿成大祸，此是后话。会上，校长声称还有一项内容，具体说道："学生的风纪，必须通过教师的感化加以纠正。其中一条，希望老师们尽量不要到饮食店去。当然欢送会除外，而作为个人，就不要去那些不怎么讲究的场所，如荞面馆、丸子店……"说到这里，又是一场哄笑。二流子对豪猪使了个眼色，说了声"炸虾面"，豪猪不屑一顾，活该！

我头脑迟钝，没甚听懂狐狸所云。但如果说去荞面馆、丸子店便不配当中学教师，我这馋嘴着实忍受不了。既然如此，倒也罢了，可为什么签约当初不声明只要不喜吃荞面条和丸子之人。一声不响地下了委任状，然后才端出一大堆混账的清规戒律，又是不准吃荞面条，又是禁止吃丸子。对我这除此之外没甚乐趣的人，实为沉重打击。正想着，红衬衣开口了："本来，中学教师属于上流社会人士，不应该单纯追求物质享受，一旦沉溺于此，势必对品性产生不良影响。不过，人毕竟是人，假如没有任何娱乐，无论如何也难以在这偏僻的乡间生活下去。因此，不妨钓钓鱼，看看小说，或作作新体诗、徘句等。总而言之，应当追求高尚的精神享受……"

若不作声，这家伙愈发夸夸其谈，得意忘形。到海滨钓肥料，高尔基是俄国文学家，相好的艺妓站在树下，"青蛙入水古池响”[①]——如果这些算作精神享受，吃炸虾面、吞丸子又何尝不是！与其在此大谈特谈这种低级享受，还不如去洗你那红衬衣去！我越听越气，脱口而出：“去会玛利亚难道也是精神享受吗？”这一来，这次谁也没笑，个个神情异样，面面相觑。红衬衣本人难堪地低下头去。怎么样，打中了吧！可怜的是青南瓜君，我话一出口，那张青脸愈发青了。

七

当晚我便退掉了下宿间。进屋收拾东西时，房东老婆居然说：“有什么不称心的吗？要是有惹你生气的地方，只管说，这就改。”真是怪了！世上怎么全都是这些莫名其妙的家伙。不知是叫人留下，还是叫人出去；丈二和尚摸不着头脑，简直是神经病！和这等人吵架，有损东京人的名声。我领来车夫，当即搬走。

搬是搬出去了，但没地方可去。车夫问去哪里，我叫他只管跟来，很快就会明白的。车夫大步跟在后面，我不由厌烦起来，打算回“山城屋”旅店去，但那也不是久留之地，无非多一场麻烦。说不定这么行走之间，会撞见挂有出租字样招牌的房子。果真如此，可谓天赐良宅。我们在适合居住的幽静处七拐八拐，无意中来到了铁匠铺街。这里是士族聚居地段，不可能有出租房屋的人家。刚想

① “青蛙入水古池响”：日本著名诗人松尾芭蕉（1644—1694）的名句子。此处含贬义。

掉头往热闹一些的地方去，突然绝处逢生：我所敬重的青南瓜君住在这条街上。青南瓜君是本地人，世居于此，一定熟悉这方面的事情。问问他，或许会告诉我一个不错的去处。幸好我来寒暄过一次，不必乱撞。到得一处，估计是了，上去叫了两声，一位五十多岁的老婆婆端灯从里面走出。我固然也不讨厌年轻女子，但更喜欢老婆婆。每次相遇，都有一股说不出来的亲切感。大概因为我喜欢阿婆，便把这种感情转移到所有老婆婆身上的缘故。我料想是青南瓜君的母亲，剪短的垂发，举止不俗，和青南瓜君很是相像。老婆婆请我进去，我说只找青南瓜君有点事。给青南瓜君叫到门口后，我一五一十说了一遍，问他有没有什么目标。青南瓜君安慰我一句，沉吟了一会儿，说这后街有一家姓荻野的住户，只老夫妇两人度日，觉得里屋常年闲着可惜，曾托他给招一个可靠的人来住。但不知现在是否继续出租。他热情地带我一同去问。

当晚我就成了荻野家的房客。吃惊的是，我后脚从严银家走出，次日二流子便前腿迈入，大模大样地占领了我的故居，直叫我目瞪口呆。世上全是骗子，大概专靠互相欺骗为生，成何世道!

既然世道如此，为了活下去，我也必须奋起直追，与世人并驾齐驱。量小非君子，无毒不丈夫——此术谋生固然不甚光彩，但若不如此，我这堂堂五尺之躯便将被迫自缢身死，既对不起祖宗，又有损名声。想起来，与其进物理学校学什么毫无用场的数学，还不如将六百元钱作本钱开个牛奶铺。那样，阿婆便不会同我天各一方，我自然也不必在远处为阿婆担心。在一起时不以为然，来到这乡间之后，才觉得阿清婆实在可亲可爱。这般与人为善的女子，走遍全日本也碰不到几人。我动身时阿婆有点感冒，不知现在如何。接到我前些日子的信，想必很高兴。不过，也该来信了——两三天的时间里，我一直这样思来想去。

因总放心不下，我经常问房东婆婆东京来信没有，每次她都同情地答说什么也没有。这对老夫妇同严银不同，到底是士族出身，两人都举止文雅。虽说每到晚间阿公便怪声怪气地哼唱谣曲，有些吃不消，但从不像严银那样擅自进屋喝茶，谢天谢地。房东婆婆有时来说东道西，问我为什么没带夫人一起来，说我看上去像已有妻室了。我告诉她，自己才二十四岁，她又说二十四也该结婚了。接着便说起来：某处某人二十岁就讨老婆了，某处某人二十二就有两个孩子了，足足有半打例子。我不便反驳，便模仿乡间土音，说自己到底二十四了，求她帮忙介绍一个，她问我是不是真话。

“真的假的先不说，我就是想讨也讨不起。”

“是么？年轻时谁都这样。”

我一时无言可对，她又接着说：

“不过我看先生肯定有夫人了，我早看在眼里了。”

“噢，好眼力，是怎么看的？”

“怎么看？你不是一口一个东京有信吗、东京有信吗？天天等呀盼呀。”

“厉害厉害，真是火眼金睛！”

“猜中了吧？”

“嗯，就算猜中了吧。”

“不过，如今的姑娘不比以前，由不得粗心大意，你要留心些才是。”

“怎么，你是说我老婆在东京和别人乱来？”

“不，你夫人没事，不过……”

“这我就放心了。那，还有什么要留心的么？”

“你的没事——你的没事——”

“哪里有什么有事的不成？”

“这地方多着呢。先生，你认识远山家的小姐吧？”

“不，不认识。”

“还不认识？那是这一带的第一美人。由于太美了，学校的老师都管她叫玛利亚、玛利亚。没听说过？”

“哦。原来是玛利亚，我还以为那是个艺妓的名字呢。”

“不，看你想的。那玛利亚是个洋词儿。好像是说人长得漂亮。”

“大概是，原来是这样。”

“这名字大概是图画老师给取的。”

“是二流子干的吧？”

“不，是那位吉川先生取的。”

“那玛利亚有什么事吗？”

“那个玛利亚，可不是个守规矩的玛利亚。”

“难哪！从古以来有外号的女人就不是好东西，她当然也难保。”

“一点儿不假，什么鬼神阿松，什么妲妃阿百[1]，真有过那种坏女人哩！”

“玛利亚也是一路货色吧？”

“这玛利亚，本来有约在先，要嫁给古贺先生——就是介绍你到这儿来的古贺先生——”

“哦？这倒是件怪事。没想到那青南瓜君竟有这种口福，人不可貌相，马虎不得。”

“可是，去年他父亲死了以后——这以前又有钱，在银行又有股票，万事如意——不知怎么，日子过得一下子不行了。我是说，古贺先生人太老实了，让人家骗了。这个原因，那个理由，迟迟不嫁过去。就在这节骨眼上，那个教导主任上门了，说不管怎样非娶她不可。”

“红衬衣吗？这个坏蛋，我早就看那红衬衣不是一般的红衬衣。后来呢？”

“托媒人一说，远山家也感到对不住古贺君，没能马上回话，好像是说等想一想。不料红衬衣君不知要什么手腕，出入起远山家门来。一来二去，小姐就被他搞到手了。红衬衣君不好，小姐也不怎么样，大伙儿都在指他俩的脊梁骨。本来早已答应嫁给古贺君，可眼下一遇上学士，就马上变心了。这真对不起老天爷。”

“对不起的多了。岂止老天爷，还有土地爷，灶王爷。谁也对不起，永远对不起！”

① 鬼神阿松、妲妃阿白：日本戏剧中的女贼名。

“这么着，古贺君的好友堀田君气不过，到教导主任那儿说理，结果红衬衣君说：‘我无意抢人家有婚约的。要是解除婚约，我也许会娶她。但目前只不过同远山家交往罢了。同远山家交往，这大概不会有什么对不起古贺君的吧！’堀田君也没话可说，回来了。打那往后，传说红衬衣君和堀田君的关系一直不好。”

“你知道的事真够多的，怎么知道得这么详细呢？真不简单。”

“小地方，什么都瞒不住人。”

太瞒不住可不妙。看这样子，我的炸虾面和丸子等事件大概她也了如指掌，是非之地！不过，好在因此既弄清了玛利亚的含义，也明白了豪猪同红衬衣的关系，这对以后大有好处。只是伤脑筋的是，不清楚错在哪儿。像我这样头脑简单的人，要不请她判明谁是谁非，就无法决定为谁助威。

“红衬衣和豪猪，哪个是好人呢？”

“豪猪是谁？”

“豪猪就是堀田。”

“爽快倒是堀田君爽快些，不过红衬衣君是学士，人有本事。另外，待人和气上也数红衬衣君，可学生又都夸堀田君。”

“到底哪个好呢？”

“还是挣钱多的有能耐吧！”

如此回答，问也没用，只好作罢。又过了两三天，我刚从学校回来，房东婆婆笑眯眯地拿来一封信说：“把你等苦了。总算来了，慢慢看吧！”说完转身退出。我拿过一看，见是阿婆来的。上面粘有两三张飞签，仔细看，原来从“山城屋”转到严银，再从严银转来荻野这里。而且在“山城屋”压了一个多星期。不愧是旅店，连信件都不放过。撕开信封，里面是一封极长的信。开头写道：“接到小少爷的信，本想马上回信，不巧害了感冒，躺了一个礼拜，就拖延下来，请别见怪。再说，我现在比不得年轻时候了，读读写写不那么顺手。就是这么难看的字，还费了九牛二虎的力气。本打算叫外甥代笔，但想到你是特意写给我的，要不自己动手，觉得对不起小少爷。因此我先打一遍草稿，又重新抄过。抄写花了两天时间，打草稿用了四天。也许很难看懂，但这是我千辛万苦写出来的，请你一定得全部看完。”这开头写得很长，啰啰唆唆，什么都写上了。果真难读，不但字歪歪扭扭，而且大都是“平假名”[①]，没头没尾，断句就花了不少工夫。我是急性子，这么又长又乱的信，平时即便给五元钱让我读，我也不会干的，但此时却认真起来。一口气全部读完。虽然读完了，但由于只注意辨认，而没把握住意思，便又从头读起。房间里有些黑了，比刚才更难看清，索性移到走廊前端，坐下细看。这时，一阵初秋的风卷起芭蕉叶，迎面吹来，往回刮时把刚开始读的长长的信纸吹得哗啦啦直响，稍一松手，就会被吹到院子对面的树墙上去。我不理会，只管看下去：“小少爷是直筒子脾气，肝火太盛，我担心的就是这个。给别人乱取外号，这会得罪人的，可随便叫不得，取了只告诉我一个人就行了。一听说乡下人很坏，小心不要上当。就是气候也准保不如

① “平假名”：日语字母（假名）的一种。另一种叫片假名。

东京温和，睡觉不要着凉。小少爷的信太短了，不知到底怎样，下次至少要写一封比这个长一半的来。给旅店五元钱小费倒没什么，可是以后你自己怎么办呢？到了乡下，只有钱靠得住，要尽量节省一点，好在万一有事时用。没有零花钱，想必不好受，给你寄去十元。以前从小少爷手里拿的五十元钱，我打算等你回东京找房子时添补上去，存在邮局里了。去掉这十元，还有四十元，不要紧。”果然是女人心细。

正当我在廊里“哗哗啦啦”翻看阿婆的信，想得入神时，隔扇开了，荻野婆婆送晚饭进来。“还看呢，信可真够长的了。”“这不是一般的信。风总是吹，吹了看，看了吹。”我不知所云地答着，端起饭碗。一看，今晚又是煮地瓜。这户人家，确比严银和蔼可亲，且有教养，遗憾的是伙食太差。昨天是地瓜，前天是地瓜，今天又是地瓜。我确实声称过最爱吃地瓜，但若如此永无休止地吃下去，怕是活不长了。还笑话青南瓜君呢，自己再过几天就又是一个青南瓜先生。若是阿婆，这种时候肯定做我喜欢吃的生拌金枪鱼片或烤鱼糕。而碰上这家吝啬的破落士族，一切都无从谈起了。无论如何，非和阿婆在一起不可。假如要长期在这所学校干下去，得把阿婆从东京叫来。不许吃炸虾面，不许吃丸子，只许在寄宿间没完没了地吃地瓜，弄得脸皮发黄——当教师真够熬的，那禅宗和尚恐怕也比这有口福。我三口两口吞光一碗地瓜，从桌子抽屉里拿出两个生鸡蛋，在碗边磕开，好歹对付一顿。要是不用生鸡蛋补充一点营养，一周二十五节课如何吃得消！

今天由于看阿婆的来信，耽误了去温泉时间。但每天都去，只今天告缺，总觉心中有事。我决定乘火车去，提起那条红毛巾，赶到车站。两三分钟前刚开出一班车，下班车要等一段时间。我坐在凳子上，摸出敷岛牌香烟，没抽上两口，意外见青南瓜君来了。我听了房东婆婆的话以后，更加可怜起青南瓜君来。平时他就像屈身天地间的食客似的，畏畏缩缩，足以令人动恻隐之心，可现在则远不止是可怜的问题了。如果我能办到，真想给他加上一倍工资，明天就叫他和远山家的小姐成婚，去东京游玩一个月。因此，见到青南瓜君，我马上招呼一声，跳起让座。但青南瓜君一副不胜惶恐的样子，不知是客气还是为什么，仍然站着不动，推辞再三。我又劝道："车得等一会儿，站着累，坐下吧！"说实话，他实在叫我可怜得非请他坐下不可。"那么，就打扰您了！"这才好不容易从劝落座。这世上，既有二流子那样狂妄无知、多嘴多舌、专讨人厌的东西，又有豪猪那样摆出一副全日本舍我其谁的架势的家伙；既有红衬衣那样大抹发蜡、以寻花问柳为能事的败类，又有不可一世、俨然以教育化身自居的狐狸。个个如八仙过海，各显神通。而独有青南瓜君有而若无、老实得活像当人质的木偶。尽管脸有点浮肿，但人品无可挑剔。玛利亚竟然放着这样的男子不嫁，而倾心于红衬衣，足见是个不知好歹的癫狂女人。岂不知，纵使一百个红衬衣加在一起，也抵不住一个青南瓜君这样的好丈夫。

"你哪里不舒服吗？看起来身体好像不大好……"

"不，没什么，老病……"

“那就好。身体坏了，人也就完了。”

“你好像很结实。”

“嗯，瘦点儿，但没病，因为我最最讨厌病这种东西。”

听了我的话，青南瓜君微微一笑。

这时候，门口传来了女子活泼开朗的笑声。无意中回头一看，好家伙，一个肤色白皙、发式别致、身材苗条的美貌女子和一位四十五六岁的太太并肩站在售票口。我不会形容女人，难以表达，但那确实是个不折不扣的美人。看着，就像把一颗在香水中浸过的水晶珠放在手心里端详一样。年长的那位个子矮些，但脸很相似，大概是母女俩。噢，到底来了！一瞬间，我完全忘记了青南瓜君，眼睛只顾在年轻女子身上打转。不料，青南瓜君突然从我身旁站起，慢慢往女子那边走去。我不由有些愕然，想必那就是玛利亚。三个人在收票口前小声寒暄。我离得远，听不清说什么。

看站内的钟，离开车还有五分钟。我巴望车快点来，交谈的人没有了，不免等得焦急。这时，又一个人慌慌张张地跑进站内，一看，是红衬衣。穿着一件好像极薄的衣服，胡乱扎着一条皱绸带子，依旧挂着那条金怀表带。那金表带是冒牌货。红衬衣以为无人识破，四处炫耀，可我心里一清二楚。红衬衣跑进来后，匆忙东张西望，朝正在收票口前说话的三个人殷勤地打招呼，说了两三句。然后突然转向我，仍像猫似的蹑手蹑脚走过来说：“呀，你也去吗？我怕赶不上这趟车，赶紧跑来，原来还有三四分钟。那个钟不准，”他掏出自己的金壳表，“还差两分钟时间。”他边说边挨我坐下。他一次也没回头往女子那边看，把下巴搭在手杖上，目不斜视。年长妇女有时望一眼红衬衣，而年轻女子一直侧脸站着。情况愈发明白：定是玛利亚无疑。

一会儿，一声汽笛长鸣，车进站了。等车的人争先恐后，蜂拥而上。红衬衣一马当先，窜进了上等车。坐上等车有什么了不起！到住田，上等五分，下等三分，上下仅差两分钱。就我这样子，手里还持着一张白色车票[1]呢！当然，乡下人都很小气，把两分钱看得很重，差不多都坐下等。红衬衣上车后，玛利亚和她母亲也跟着挤了上去。青南瓜君是个只坐下等车的人，就像给活版印在里面似的。此时他站在下等车门口，似乎有点犹豫，但一瞥见我，马上毅然决然地纵身上去。我不由不胜同情，立即随着青南瓜君跳上同一车厢，上等票坐下等车总没问题吧。

到得温泉，换上浴衣从三楼下来时，又碰见了青南瓜君。我这人虽在开会等关键时刻说不上几句就卡壳，但平时却颇为灵牙利齿。因此在浴池里向青南瓜君说了许多。他实在太可怜了，我想这种时候至少要安慰他几句，也算尽一点东京人的义务。可是不巧，青南瓜君没有兴致，不正经理我。不管我说什么，只是“嗯、嗯”作答，而且那“嗯”字也似乎说得很勉强，最后我也只好算了，不再开口。

在温泉浴池中没见到红衬衣。当然，浴池有好些个，同一车到也未必在同一池里洗，这没有什么奇怪。走出浴池，月色皎洁，路

① 白色车票：当时的日本，火车票分红白两色，上等为白色，下等为红色。

两旁排着垂柳，把弧形的枝影印在路中。我想稍事散步，往北走出街去。左边有一个很大的门，门内尽头是一座佛寺，左右两侧为妓院。山门之内竟有妓院，真是亘古未有的奇事。我本想进去观望一下，又怕开会时遭到狐狸抢白，只好过而不入。山门旁边有一座挂着黑布门帘的格窗小平房，是我吃丸子受挫之处。窗外悬挂一只圆形灯笼，上面写着小豆汤、煮年糕等字样，灯光照在房檐附近的一棵柳树上。我强忍食欲，走了过去。

想吃的丸子吃不上，已够窝囊，但自己的未婚妻另有所爱，恐怕就更惨了。一想起青南瓜君，别说丸子，就是三天不吃饭，也无可埋怨。世上再没有比人这东西更靠不住的了。看那张脸，无论如何也难以想象会做出如此不近人情的事——面孔漂亮的冷酷无情，浮肿得像冬瓜似的古贺君倒是仁义君子，千万马虎不得。以为襟怀坦荡的豪猪据说煽动学生闹事，煽动完后却又逼迫校长给学生处分；讨厌物合成品般的红衬衣分外亲热，无缘无故地好意提醒自己，然而背后对玛利亚花言巧语，花言巧语之间却又声称对方若不解除婚约则其无意迎娶；严银无中生有地把自己驱逐出境，转眼又把二流子奉为上宾——左思右想，一切都不可信赖。若写信把这等事告诉阿清婆，她恐怕大吃一惊，或许会说：这地方比箱根还远，理当鬼怪成群。

我是天生的乐天派，对任何事都不耿耿于怀，优游至今。但来这里还不到一个月的时间，顿觉世事纷纭。虽说并没遭遇什么大事，却恍惚觉得老了五六岁。看来，早早班师回京才是上策。反复思虑之间，不觉过了石桥，登上野芹河堤。提起河，听来好像不小，其实不过是一道一米来宽的浅浅的小溪，沿堤流二三里，就进入相生村，村里有观音庙。

回头向温泉所在的小镇望去，红色的灯光辉映在一片月华之中。那鼓声，肯定是从妓院里传出的。河水虽浅，流得倒快，神经质似的闪闪烁烁。信步堤上，不出半里，前面有人影晃动。借着月光，见是两人。大概是洗罢温泉回村的青年男女，却没唱歌，悄无声息。

继续前行，也许我走得快了，两个人影逐渐变大，一个像是女的。相近二十米时，男的听见我的脚步声，蓦地转过头来。月光从我身后泻下。望见那男子的模样，我不由一惊。偶而，两个男女又照样走动起来。我心生一念，猛然全速追击。对方毫未介意，一如刚才那样悠然漫步，谈话声都已听得真真切切了。河堤只有六尺宽，勉强能并排走开三人。我轻而易举地从后面赶上，当和男子擦肩而过、刚超出两步时，我急速转身，盯住男子的脸。月光从正面洒在我脸上，从分发头直照到下巴。男子轻轻“啊”了一声，旋即把脸歪向一边，对女子催道：“该回去了。”他转身往温泉方向走去。

这红衬衣不知是想蒙混过关，还是心虚不敢打招呼。原来因地方狭小而倒霉的，并不只我一个人。

八

自从和红衬衣钓鱼回来后，便怀疑起豪猪来。当他以莫须有的罪名令我退出房间时，更觉得他可恶至极。然而开会时却意外地慷慨陈词，要求惩办学生，弄得我如坠雾中。从荻野婆婆口里听说豪猪曾为青南瓜君同红衬衣谈判，又不禁拍手称快。如此看来，坏人恐不是豪猪，而是红衬衣，是他把自己杯弓蛇影的结果煞有介事而又闪烁其词地塞进我的脑袋。正当我如此思索之时，在野芹河堤上目睹了红衬衣领着玛利亚散步的情景，而后便断定红衬衣行为不轨。虽然不清楚具体何处不轨，反正觉得他不是个好东西，阳奉阴违，口是心非。人如果不像竹子般耿直，是不可信赖的。耿直的人，即使和他吵架也心里痛快。而像红衬衣这种伪装和善、卖弄亲切、自命清高、炫耀琥珀烟斗的家伙，倒不可掉以轻心，甚至吵架都无从吵起。纵然吵起来，也不可能像在回向院[①]摔跤那样痛快淋漓。如此想来，曾因一分五厘钱而惊动四座的吵架对手豪猪，便远在红衬衣之上。会场上用两只牛眼瞪我时，委实可恨。但事情过后，觉得还是比红衬衣那矫揉造作的猫叫声要好。实际上，会后几次想和豪猪言归于好，打了一两声招呼，这家伙一声不吭，依旧横眉冷对，我也愤愤作罢。

此后便和豪猪无话，还到桌子上的一分五厘钱仍在上面放着，满身是灰。我自然不伸手，豪猪也决不带回。这一分五厘钱成了横在两人之间的一堵墙，我想说也开不了口，豪猪绝对沉默，是这一分五厘钱在我和豪猪间作怪，以致后来一到校就怕见到这一分半钱。

同豪猪和我处于绝交状态相反，红衬衣依然跟我保持着以往

① 回向院：位于东京本所区（今墨田区）的净土宗寺院，明治维新后设摔跤总场。

的关系，继续交往。野芹河相遇的第二天，刚进休息室，红衬衣第一个来到我身旁，又是问我现在的住处如何，又是约我再一同去钓俄国文学家，说个没完没了。我有些不快，说："昨晚我们碰见了两次吧？""对对，在车站——你总是在那个时候出去吗？不晚吗？"我揭他老底："在野芹河堤还见到来着。""哪里，我没往那边去，洗完澡马上就回来了。"何必这么支吾搪塞，眼见是你，真会扯谎！这种人若能当得了中学教导主任，我足可以当大学校长。这以后，我愈发不相信红衬衣了，和不相信的红衬衣开口说话，而同内心钦佩的豪猪却相对无语，社会真是个怪东西。

一天，红衬衣说要跟我说点事，叫我到他家去。我便忍痛割爱，少去一次温泉，四点多钟走出门。红衬衣也是单身一人，但到底是教导主任，早已不住寄宿间，而租了一处漂亮的宅院。

房租听说是九元五角。到乡下出九元五角就可住上这样的房子，我也当凑一笔钱，把阿婆从东京叫来，让她高兴一下。我招呼一声，红衬衣的弟弟走了出来。他是我的学生，在学校跟我学代数和算术，成绩差得要死，但由于是外来户，比土生土长的乡下人还坏。

见到红衬衣，问说何事，这家伙一边用那只琥珀烟斗吞云吐雾，弄出一股焦臭味，一边说道："你来了以后，学生成绩比你的前任有很大提高，校长也十分高兴，庆幸得了一个人才。希望你不要辜负校方的信任，继续努力。"

"哦，是么？不过再努力也只能是目前这个样子。"

"目前这样子就足够了。只是不要忘记前些天给你说的那件事，这就行了。"

“就是要当心帮我找住处的那个人吗？”

“话说得这么露骨，就没意思了。也罢也罢，反正你我是心有灵犀一点通。话说回来，你现在这样勤勤恳恳，校方都看在眼里，再等些天，只要有机会，待遇上也想多少提高一点。”

“工资吗？工资多少都行。不过能多的话，自然还是多一点好。”

“幸好这次有个人要调走，或许可以从他的工资里通融一点给你。当然，这要跟校长商量后才能决定。所以我想跟校长好好说一下。”

“谢谢。谁要调走呢？”

“已经公开了，告诉你也无妨：古贺君。”

“古贺君不是本地人吗？”

“是本地人，不过这里边有点原因，而且一半是他本人的愿望。”

“去哪里？”

“日向延冈[①]。毕竟那里环境不好，工资给长一级。”

“谁替他？”

“人基本定了。由于换人，你的待遇就有可能提高一些。”

“那倒好，不过不必勉强。”

“反正打算跟校长讲一讲。如果校长也有这个意思，以后可就要请你再多辛苦一些。希望你有这个思想准备。”

“增加课时吗？”

“不，课时也许还会减少。”

“减少课时还会更辛苦吗？怪了！”

① 日向延冈：今宫崎县延冈市。

“听起来是有点怪——现在不大好说——总之就是说，可能请你负更大的责任。”

我愈发莫名其妙。比现在更大的责任，怕是指当数学组长。而组长是豪猪，那家伙根本无意辞职。况且最受学生欢迎，让他调离或去职对校方实非上策。红衬衣的话总是这么使人不得要领。虽说不得要领，但事情算是谈完了。此后又聊了一会儿，什么为青南瓜君开欢送会啦，什么我喝不喝酒啦，什么青南瓜君是正人君子、值得敬爱啦——红衬衣东拉西扯，夸夸其谈。最后话题一转，问我作不作俳句。无聊！我答说不作，道声再见，匆忙回来。徘句是芭蕉那样有闲阶层干的玩艺儿。什么“吊桶爬满牵牛花”[①]——数学老师受得了么！

回来后我沉思起来：世上居然有这种不知好歹的人，家乡这里有房子住，所在学校也没什么不好，偏偏要背井离乡，到人地生疏的别处去找苦吃。倘若所去之处是电车川流的繁华都会，倒也值得，可日向廷冈算什么去处！我来到这坐船还算方便的地方，不出一个月都想家思归了。而廷冈还要翻山越岭，越岭翻山，远在深山老林之中。据红衬衣说，去那里要先乘船，然后坐一天马车到宫崎，再从宫崎乘一天汽车才能到。光听这名字，就知不是个开化的地方，说不定猿猴和人类掺半而居。青南瓜君再是圣人，也未必喜欢与猿猴为伍。真是好奇！

正想着，房东婆婆按时送饭来了。我问今天可还是地瓜，答说是豆腐。反正都差不多。

① 吊桶爬满牵牛花，日本江户中期女诗人千代女（1703—1795）的名句。

“阿婆，听说古贺君要去日向。”

“太叫人可怜了。”

“可怜？愿意去，有什么办法。”

“愿意去，哪个？”

“哪个？他本人么！古贺先生不是好奇才要去的吗？”

“这，你就大错特错了，我的傻瓜。”

“傻瓜？红衬衣刚这么说来着。我要是傻瓜，他就是撒谎大王。”

“教导主任那么说，当然不错，可古贺君不乐意去，也有他的道理。”

“这么说，两方都对？阿婆倒够公平的。可到底是怎么回事？”

“今早古贺君母亲来，从头到尾说了一遍。”

“说什么来着？”

“那人家，自从古贺君父亲去世以后，日子过得不像我们想的那样宽裕，缺东少西。他母亲跟校长说，古贺已经干了四年，请求给长一点工资……”

“说得是。”

“校长说想一想。他母亲也就放心了，这月等，下月盼，天天伸长脖子等听长工资的消息。正等得焦急，校长叫古贺君去一下。到那儿一看，告诉说学校没钱，长不了工资。但延冈那边有个空缺，去的话，每月能多拿五元钱，可以满足长工资的愿望，手续已经办好了，叫古贺君准备动身……”

“这是命令，哪里是商量！”

“可不是。古贺君请求说，去那里长一点工资。还不如就这样不动，这里又有房子，又有母亲。但校长说已经定下来了，代课教师也找好了，没有办法。”

“哼，欺负人，岂有此理！那，古贺君不想去吧？我本来就觉得奇怪，哪里会有自愿去山里跟猿猴做伴的蠢人！”

“蠢人，老师会是蠢人？”

“是什么还不行。全是红衬衣做的手脚，卑鄙！简直是陷害！从这里给我长什么工资，见鬼！给我长，谁要你给我长！”

“先生要长工资？”

“说要给长，我打算拒绝。”

“长工资怎么还不要？”

“反正我不要。阿婆，那红衬衣是个坏蛋，小人！”

“管他小人大人，给你加钱，你还是老实拿着好。年轻时动不动就发脾气，老了想起来，往往埋怨自己不会再忍耐一点，后悔吃了着急上火的亏。你听阿婆的话，要是红衬衣要给你长工资，就好好拿着。”

“到岁数人就要少管闲事。长也好，降也好，是我的工资！”

房东婆婆灰溜溜地走了。老头子悠然自得地哼唱起来。谣曲这东西，读也可以明白，他却随心所欲地加上一些离奇的节拍，大概存心不让人听懂。真搞不清这老头子为什么每天晚上都不厌其烦地唱这东西。不过我顾不得这个了，我并没有什么长工资的念头，只因对方主动提起，况且我若不要，放在那里也可惜，这才答应下来。不料他却是把不愿调走的死活调走，由我去揩油，我岂能干这种不仁不义之事。本人已经要求仍旧留在这里，还是要把他流放到廷冈，居心何在！纵使太宰权师[1]，也不过才到博多附近。河合又五郎[2]也只是在相良[3]落脚。反正，不到红衬衣那里当面拒绝，这口气出不了。

我穿上小仓布裤裙，再次走出。来到大门前招呼一声，仍是他弟弟闪身出来。见到我，那眼神像是问我怎么又来了。只要有事，休说两次，三次也照样登门，半夜睡着了也要从床上拖起来。红衬衣弟弟怕是认错人了，以为我来教导主任家拍马屁，我这是来还工资的！红衬衣弟弟说现在有客，我说在门口见一面就行了，对方转身进去。往脚下一看，有一双带有草鞋垫的薄薄的歪头木屐，里面传来“这下可好了”的话声。我知道来客是二流子，除了他，没有人如此阴阳怪气，没有人穿这种艺人才穿的木屐。

片刻，红衬衣端灯来到门口，叫我进去，说来人不是别人，是二流子。我说在这儿就可以了。只有一两句话。我往红衬衣脸上一看，那张脸红得像金时天王[4]，看来是和二流子干杯了。

“刚才你说要给我长工资，我考虑了一下，不要了。”

红衬衣端着烟斗，从门内望着我的脸，一时无以作答，神色茫然。不知他是为这世上竟突然冒出我这一个拒绝加薪的家伙感到迷惑不解，还是为我刚归即来这种即使拒绝也未免过急的做法而目瞪

① 太宰权师：代行太宰府（今福冈县）长官太宰师权力的官员，此处指谪任此职的菅原道真（845—903）。

② 河合又五郎：松平鲁前侯（冈山地区领主）的藩士，戏剧中称其畏罪逃至相良，被杀。

③ 相良：熊本县人吉市的旧称。

④ 金时天王：日本传说中源赖充四天王之一，赤面。

口呆，抑或二者兼而有之。只是奇怪地咧着嘴角，木然站着。

“当时我所以答应，是因为你说古贺君自己愿意调走……”

“不错，古贺君调走多半是他主动要求的。”

“不对，他愿意在这里，即使工资不动也愿意在老家这里。”

“你是从古贺君那里听来的？”

“不，不是从本人嘴里听到的。”

“那么是听谁说的呢？”

“是今天房东婆婆告诉我的，她是听古贺君母亲说的。”

“就是说，是房东婆婆这样讲的啰？”

“嗯——是的。”

“那么恕我直言：这就有点是你的不是了。听起来，你好像相信房东婆婆说的，而不相信教导主任说的——你看可以这样理解吗？”

我有点窘了。文学士这东西，到底小觑不得，出其不意地咬住一口，便紧追不舍。父亲总是说我愣头愣脑，成不了事，如今看来，果然有些举止轻率。听房东婆婆一说，马上火起，拔腿跑来。而实际上本应找青南瓜君或他母亲问一下详细情况。因此，被文学士之流这么当头一棒，确实有点招架不住。

尽管正面招架不住，但心里早已失去了对红衬衣的信任。房东婆婆虽是个贪而无厌的吝啬鬼，却不会扯谎，不像红衬衣那样表里不一。无奈，我这样答道：

“你说的也许不错，不过——反正我不愿意长工资了。”

“这就更奇了。你特意跑来，为的是不忍心增加工资，其理由也好像清楚了。然而在这理由因我的解释而不复存在之后，还是不愿意长工资，这可有点不好理解吧？”

“也许不好理解，反正我不愿意。”

“既然如此，我也不勉强。不过，不到两三个小时就无故变卦，这有损你将来的信用。”

“有损也无所谓。”

“不应该这么说，对一个人，再没有比信用更重要的。退一步说，即使房东……”

“不是房东，是房东婆婆。”

“哪个都一样。即使房东婆婆跟你说的是事实，但你长工资不是剥削古贺君得来的吧？古贺君到廷冈去，来一名代课教师。代课教师是以低于古贺君的工资聘请来的，而把剩余部分加在你身上。这样，你就没有必要感到有负任何人。古贺君去廷冈属于高升，新来的教师安于讲定的低工资，如果你升一级，那么我想这真是三全其美。你愿意也罢，不愿意也罢，反正再回去想一想好吗？”

我的脑袋旋转不灵，若在平时，对方这么花言巧语地一说，往往自觉理亏，退避三舍，但今晚不同。刚来时我就有点看不惯红衬衣，这期间虽曾一度转而认为他是个女人般亲切的汉子，可又马上觉得那并非什么亲切，其结果，反而更加讨厌起他来。因此不管现在他如何说得天花乱坠，头头是道，不管他这堂堂的教导主任如何把我弄得欲言词穷，也休想叫我买账。能说的不见得都是好人，被说败的未必全是坏人。表面上看，固然是红衬衣满嘴是理，但无论他如何道貌岸然，也无法叫人心悦诚服。倘若以金钱、权势、嘴上功夫能买取人心，则高利贷商、警察、大学教授理应成为最受欢迎的人物。一个小小的中学教导主任也想靠什么逻辑推理来蛊惑人心，不自量力。人的行动是出于好恶，而不是源于推理。

“你说的虽然有理，但我还是不喜欢增加工资，不要了。回去想也是这么回事，再见。”说罢，我出门而去。头上，一道银河横空。

九

在预定为青南瓜君开欢送会那天，刚到校，豪猪突然开口，长篇大论地道起歉来：“那天严银来，说讨厌你粗鲁，求我让你出去，我信以为真，就撵你搬出。事后一打听，才知道那家伙不是个好东西，经常往复制品上盖假印兜售。所以，说你的话也肯定是胡扯。他打算卖给你一些挂轴、古董之类赚钱，不料你置之不理，他见没便宜可占，就伪造一些谎话骗我。我不了解他的为人，实在对不起你，请你原谅。”

我二话没说，抓起豪猪桌上的一分五厘钱，装进自己的钱包。豪猪不解地问我怎么收起来了，我解释说，当时不愿意被你请，无论如何也想还你，过后慢慢想来，觉得还是由你请客为好，所以这就收起来了。豪猪开怀大笑道：“那你为什么不早收起呢？”“其实早就想收了，又觉得很难伸手，才一直没动。近来到校，一瞧见这一分半钱心里就不舒服。”豪猪说：“你真是个死不认输的家伙！”我回击道：“你也顽固得可以。”以后两人这样问答起来：

“你到底是哪里人？”

“东京人。”

“噢，怪不得这样死不服输。”

“你是哪里的？”

“会津。”

“会津？我说这么顽固。今天的欢送会你去吗？”

“去，你呢？”

“当然去。古贺君动身时，我还想送他到海滨呢。”

“欢送会有意思，你去见识见识，今天要一醉方休。”

“你喝你的，我吃完菜就回来。喝酒的全是浑账东西。”

“你这家伙动不动就想吵架，真有东京人那么一股轻佻劲儿。”

“随你说好了。去之前到我那儿坐一下，有话要说。”

豪猪按约来到我的住处。这段时间，我每看见青南瓜君，便觉得十分不忍，到了即将开欢送会的今天，更加不胜怜悯。可以的话，真想替他前去。因此，我想在欢送会上慷慨激昂地演讲一番，以壮其行色。但我这东京腔上不了大阵，便心生一计，想雇用声如雷鸣的豪猪，一举把红衬衣吓个半死。于是我把豪猪叫来。

我先从玛利亚事件说起，对此，豪猪当然比我知道得更为详细。然后，我提起野芹河堤之事，骂红衬衣是浑账东西。豪猪挑剔说：“你不管是谁，通通骂成浑账东西。今天在学校还说我也是浑账东西。如果我是浑账东西，红衬衣就不是浑账东西，我和红衬衣可不是一丘之貉。”我说：“那就叫他无赖小人好啦！”豪猪大为赞同道：“这还差不多。”豪猪厉害是厉害，但在咬文嚼字方面，远不如我知道得多。会津大汉或许都是这一路货色。

接着，又把红衬衣说要给我加薪和要重用我的话叙说一遍。豪猪用鼻子哼了几声，说："那么，就是打算把我免职了！"我问："你愿意给免职吗？""哪个愿意，要是把我免了，我非把红衬衣也一块儿拉下马不可。"豪猪气势十分之壮。我马上追问一句："你打算怎样和红村衣同归于尽呢？""这我倒还没想。"豪猪虽气壮如牛，但谋略不行。我说到拒绝加薪时，豪猪欣喜不置，夸我说："不愧是东京人，好样的！"

我问道："既然青南瓜君如此不愿意调走，为什么不想法争取留任呢？"豪猪极为遗憾地说："我从青南瓜君口里得知消息时，早已定局了。我到校长那里交涉了两次，到红衬衣家去了一次，都说已无可挽回。这也怪古贺，他实在过于老实了。红衬衣向他提起时，本应一口拒绝，或以想一想为借口一拖了事，而他却被红衬衣的花言巧语弄得晕头转向，当场答应下来。事后无论他母亲苦苦哀求，还是他自己跑去商量，都不顶用了。"

我说："这事大概是红衬衣要的手腕，想把青南瓜君弄得远远的，好把玛利亚搞到手。""毫无疑问。那家伙装得挺正派，可专干坏事。要是有人说什么，他就摆出一堆早已准备好的理由，溜之大吉。狡猾得很！碰上这种家伙，只能靠拳头解决问题。"

说着，豪猪挽起满是肌肉疙瘩的手臂。我顺便问："你这胳膊像很有力气，练过柔道吧？"他于是握紧拳头，双臂的肌肉愈加隆起，叫我捏捏看，我用指尖一按，好家伙，简直就是浴池里的浮石。

我佩服得五体投地，"凭你这两只胳膊，就是五六个红衬衣加在一起，怕也要给甩到一边去。""那还用说！"一边说着，一边把弯曲的手臂伸直，又缩回来，屈伸之间，肌肉疙瘩在皮肤下面滚动不已，委实开心。据豪猪证实：一次把两条粗纸绳拧在一起，缝在肌肉隆起处，然后猛一屈臂，纸绳断开了。我说：“要是纸绳的话，我也差不多。”“你也差不多？那你试试看！”我怕断不开，传出去反为不妙，便作罢了。

我半开玩笑地劝他：“今晚欢送会上大喝一通，然后打红衬衣和二流子一顿如何？”豪猪略一沉吟，说：“今晚就先算了吧！”问其原因，他似乎颇有城府地补充说：“今晚动手对古贺不好。再说，既然要打，就必须看准那家伙的要害，当场收拾，要不然我们反要遭殃。”看来，连豪猪也比我有谋略。

我说：“那么你就用演讲把古贺君大大赞扬一番。我这东京味儿压不住阵脚，而且一到正式场合，就突然反胃了，好像有个大丸子堵在喉头，说不出话来，让给你说好了。”“怪毛病，你在人堆里说不出话，这不好受吧？”我答道：“哪里，没什么太不好受的。”

说话之间，时候到了。我和豪猪一同往会场走去，会场设在花晨亭，听说是本地一流饭店，我一次未敢问津。据传原是一位家老[①]的宅邸，买下后直接作饭店开业。一眼看去，那外观果然庄重威严。把家老宅邸改成饭店，想来好比把冲锋陷阵用的铁甲披肩，改作和服里面的小棉袄。

两人到时，人差不多齐了。五十张垫席大的房间里，三人一堆，两人一伙。到底是大房间，地板平平展展，宽敞得很，远非我在“山城屋”占据的十五张垫席大的地板可比。大致一量，有两丈多宽。右边摆着一个红色花纹的濑户瓷瓶，里面插一条大大的青松

① 家老：（幕府时期诸侯的）家臣之长。

树枝。我不晓得插松枝是何用意，大概因为这东西几个月都不必担心叶子脱落，可以省一点钱吧。我同博物教师这濑户瓷瓶是哪里产的，答说不是濑户陶瓷，而是伊万里瓷瓶。我说伊万里不也是濑户瓷瓶么，对方嘿嘿直笑。事后得知，只有濑户出产的瓷瓶，才冠以濑户二字。我是东京人，以为凡是陶瓷都叫獭户陶瓷。房间正中有一幅挂轴，上面写着二十八个大字，大得像我的脸一样，拙劣得很。因为拙劣了，便问汉学先生为什么将这般拙劣的字挂在如此突出的位置，先生告诉说是一位叫海屋的著名书法家写的。海屋也罢，谁也罢，我至今仍认为写得不好。

不久，秘书川村招呼大家入席，我找了个有柱子可以靠背的位置坐下。狐狸一身和服，在海屋的挂轴前面落座，同样身穿和服的红衬衣随之坐在左边。右边是今天宴会的主人公青南瓜君先生，也身穿和服。我穿的是西服，但懒得正襟危坐，当即盘起腿来。邻座的体育教师穿一条黑西裤，像模像样，端然正坐。到底是体操教师，果然训练有素。一会儿，饭菜上来了，酒杯摆好了。干事起身，简单致词。继而狐狸站起，红衬衣站起。说的都是欢送话，而且三人像有约在先似的。异口同声地称颂青南瓜君为人忠厚，为师优良，此次远去，实为憾事，不仅校方痛惜，个人亦觉依依。但由于本人情况特殊，只好忍痛割爱云云。欢送会上撒此弥天大谎，却丝毫不以为耻。尤其是红衬衣，三人里边数他将青南瓜君夸得最厉害，甚至说，失此挚友对自己实为一大不幸。而且说得十分情真意切，平时那柔声细语更加委婉动人。初听之人，必然信以为真。玛利亚大概就是被他这手骗去的。正当红衬衣大吐欢送词之时，坐在对面的豪猪看着我的脸，目光一闪，我用食指翻下眼皮，以示领悟。

红衬衣刚刚坐下，豪猪便迫不及待地凛然而起，我不禁高兴得鼓掌欢迎。结果校长一伙人都朝我望来，弄得我颇为狼狈。只听豪猪说道："刚才校长，尤其教导主任对古贺君的调任表示分外遗憾，我倒有些相反，而希望古贺君尽快离开此地。廷冈地虽偏僻，且物质生活料也不如本处方便，但据闻却是风俗淳朴的所在，师生员工均有古朴之风。我相信那里没有一个人口蜜腹剑，没有一个是两面三刀的浑蛋，像你这样温良诚挚之士，一定会受到普遍欢迎。因此，我辈为古贺君的调任表示由衷祝贺。最后，希望古贺君到廷冈就任之后，选择一名堪为君子好逑的当地淑女，早日建立美满家庭，用事实将那种不贞不节的轻佻女人一举羞死。"接着他大声咳嗽两声，坐了下来。我本来还想鼓掌，又讨厌众人的目光，只好忍了。豪猪刚刚坐下，这回青南瓜君先生站起身来。这位先生从自己座位，一直缓缓走到末席，彬彬有礼地对众人致以谢意。然后说道："此次由于一己之因前往九州，承蒙诸位先生为小生举行如此盛大的宴会，委实不胜感激。尤其校长、教导主任以及诸君所致送别之辞，更令人感谢不尽，终生难忘。我虽从此远离，仍望诸位一如既往，诸多关照，幸勿见弃。"说完，他谦恭地返回座位。真不知青南瓜君要老实到何种地步，居然对如此愚弄自己的校长、教导主任这般毕恭毕敬地表示感谢。若是出于礼节，一般寒暄一下倒也罢了，可看那举止、那话语、那神情，倒像是衷心感谢。被这样的圣人真心致谢，本当羞愧得面红耳赤，而不论是狐狸还是红衬衣，都在若无其事地认真倾听。

寒暄完后，“吱吱”之声，此起彼伏，四座皆起。我也学着啜了口汤，味道差得很。小菜里的鱼糕，黑乎乎的，残缺不全。生鱼片倒也有，但切得很厚，简直同生吃金枪鱼块无异。然而四周的人都狼吞虎咽，大吃大嚼，大概从未尝过东京风味。

不大工夫，眼见觥筹交错，顿时四下哗然。二流子正在校长面前，毕恭毕敬地接过酒杯，十足的奴才相。青南瓜君依序同每人交杯换盏，看样子要转一圈，甚是辛苦。轮到我时，青南瓜君拉拉裙褶道：“换一杯吧！”我马上整一下西裤，拘谨地跪坐起来，递过酒杯，说：“刚来就分别了，真是遗憾。什么时候启程？我一定要送到码头。”青南瓜君答道：“不，不必了，这么忙，千万别送了。”不管青南瓜君说什么，我决意请假送行。

过了一个小时，席间混乱起来。有一两人喝醉了，嘴里含糊不清地说什么：“喝、喝一杯，我不是叫你喝了么……”我有些无聊，走出解手，借着星光，打量这座古色古香的庭院。这时豪猪来了，满面春风地说：“如何，我刚才的演讲不错吧？”我抗议道：“只有一处不行，其他都非常赞成。”

“哪处不行？”

“你不是说：廷冈没有一个是两面三刀的混蛋吗……”

“嗯。”

“光说浑蛋，不够劲儿。”

“那说什么？”

“浑蛋、骗子、冒牌货、伪君子、江湖贩子、鼯鼠、侦探，要是会叫，简直就是条狗，就说这些好了。”

“我这舌头可说不来。还是你厉害，首先单词知道得多。奇怪，你怎么上不了台呢！”

“哪里，我这是为吵架准备的，上台就出不来了。”

“也许。不过刚才说得真够流利，再说一遍。”

“多少遍都行。浑蛋、骗子、冒牌货……”

刚说开头，走廊里响起“呱嗒呱嗒”的脚步声，两个人踉踉跄跄地窜了出来。

“好哇，你们两个——逃出来了——有我在你们逃不了，喝——冒牌货？——有意思，冒牌有意思。——喝！”

说着，拉起我和豪猪就走。实际上这两人也都是来上厕所的，但由于醉了，便忘了上厕所，拉起我们来了。醉汉大概都是这样：只顾眼前见的，而即刻忘掉刚才想的。

“喂，诸位，把冒牌货拉来了。喝，给我喝，把这冒牌货给我灌醉，看你两个往哪儿跑！”

说着，把根本没想跑的我按在墙下。我用眼一扫，见桌子上没有一盘像样的菜，有的家伙把自己那份干光之后，还远征到两丈多远的别处去。校长不在，不知何时回去了。

这时，三四个艺妓走了进来，口中问道：“是这里吗？”我略微一惊，因被推倒在墙下，便愣愣看着。这当儿，一直得意扬扬地口叼琥珀烟斗背靠壁龛柱子歪坐的红衬衣，蓦地跃起，向外跨去，和门外进来的一个艺妓擦肩而过时，艺妓笑着向他打招呼。这家伙最年轻，又最漂亮，说的什么离远没听清，好像是问红衬衣“晚上好”。红衬衣像没听见似的扬长而去，再未露面，大概是随校长后边回去了。

艺妓一到，厅里顿时热闹起来，起哄之声甚嚣尘上，像是以此表示对艺妓的欢迎。有的家伙猜起拳来，声音之大，竟同拔刀厮杀一般。一时间，这边猜拳行令，那忘我挥舞双手的架势，简直比达库木偶剧团①的表演还要精彩几倍；对面角落里大喊“干杯”，偶而空杯齐举，又叫“来酒”，吵得一塌糊涂，俗不可耐。这中间只有青南瓜君空手枯坐，垂首沉思；为自己开欢送会，并非出于对自己调任的惋惜，而是为了饮酒作乐，唯独自己一人百无聊赖。这种欢送会，不开倒好得多。

不多时，一个个粗声瓮气地唱起什么歌来。来我面前的一个艺妓抱起三弦，叫我也唱几句，我反叫她唱。她便连声唱道：“敲起鼓来打起锣，叫一声：迷路的三太郎回家了，咚呛咚呛、咚咚呛，要是敲锣打鼓能寻得，咚呛咚呛、咚咚呛，我何不也敲敲打打，把那心上的人儿来物色。”唱得这里，道了声累。累的话，何不一开始就唱个轻松一点的！

这工夫，不知何时凑到我身边的二流子又拿出他那评弹演员般的油腔滑调：“阿铃，心上的人儿刚见一眼就走了，可有点舍不得吧！”艺妓一副一本正经的样子，“我不知道。”二流子满不在乎，学着义大夫的样子，阴阳怪气地哼道：“偶尔相见又离别……”艺妓用手打了一下他的膝盖，“去你的！”二流子非但不恼，反而受宠若惊地嬉笑起来。这艺妓就是向红衬衣打招呼的家伙。被艺妓打了一巴掌还笑脸作陪，二流子也真够不知好歹。只听

① 达库木偶剧团：一八九四年前后来日本演出的英国木偶剧团。

他又说什么："阿铃，我跳个纪伊国舞，你弹三弦伴奏！"看那样子，像要真的表演一番。

对面，汉学先生咧着没牙的嘴说："传兵卫君，那我可没听见，你和我之间……"正在念念有词，突然想不起来了，艺妓催问："后来呢？"老头子到底好忘事。另一个艺妓扯住博物教师道："近来流行这么一种东西，我弹给你听，好好听着！"随即唱道："时髦花月发型，上扎白头绳，骑着自行车，弹奏提琴声，口中英语半熟生，I am glad to see you。"博物听罢，大加赞赏："果然不错，英语也上来了。"

豪猪声如雷鸣，大叫艺妓，说他要舞剑，下令弹三弦伴奏。因其声过大，艺妓惊得不知所措，没有应声。豪猪不管三七二十一，拿过手杖，随着一声"路破千山万岳烟"，闪到房间正中，独舞起来。此时，二流子早已跳完纪伊国、滑稽舞，唱罢"板上不倒翁"，正只挂一条越中兜裆布，腋下挟着一把棕榈扫帚，在厅中转来转去，唱什么"日清谈判已告吹……"端的是神经病。

我见青南瓜君一直正襟危坐，连裤裙也没脱，实在过意不去。虽说这是为他举行的欢送会，但也大可不必勉强看这种只挂兜裆布的裸体舞。我走到他身边，劝道："古贺君，该回去了。"青南瓜君却说："今天是我的欢送会，我先走有失礼节，不客气。"仍旧一动不动。"管它呢，欢送会就该像个欢送会的样子，你看那叫什么玩艺儿。简直是发疯会，走吧！"我好歹把他劝起身，刚出门，二流子挥舞扫帚，一路杀来，把扫帚一横，拦住去路道："主人怎么能先走！现在是日清谈判，不许回去！"我早已忍无可忍，朝他劈头就是一拳，“浑账，日清谈判你就谈去！”刹那间，二流子呆若木鸡，旋即胡言乱语：“哎呀，厉害，吃了一拳，晦气，竟敢打我吉川，胆大包天，真个是日清谈判……”正当其喋喋不休之时，豪猪从后面飞奔而来。原来他发觉这里势头不对，便停止舞剑赶来。见此情景，一把抓住二流子的脖子，往回拖去。“日清……痛、痛呀，简直无法无天！”二流子边嚷边摇头挣扎，被豪猪横向一抡，“扑通”一声摔倒在地。后来我就不晓得了，半路上同青南瓜君分手，回到住处时已经过十一点了。

十

由于召开祝捷大会，学校停课。庆祝仪式在练兵场举行，狐狸率领全体师生参加，我作为一名教员，自然也得跟去。走进市区，只见到处都是太阳旗，耀眼炫目。学校光学生就有八百之多，由体育教师带队。班与班拉开一段距离，其间插进一两名教师加以监督。这办法看起来不错，实际并不高明。一来学生年纪还小，二来都是些捣蛋鬼，自以为不破坏纪律便有损面子，跟上一两名教师根本无济于事。本来没下命令，却随便唱起军歌，唱罢军歌又无故“哇哇”怪叫，简直是一群沿街乱窜的流浪武士。不唱歌不起哄时便喋喋不休，好像不讲话就走不了路似的。不过日本人都是先从嘴巴出生的，无论怎样三令五申也奈何不得。光是喋喋不休倒也罢了，而他们讲的全是老师的坏话，下流胚！自从学生就值班事件向我道歉之后，我便以为他们由此改邪归正，其实大谬不然，用房东婆婆的话说，正是所谓地地道道的傻瓜。学生们道歉，并非由于内心感到愧疚，而是由于校长有令，不得不低头应付一下。正如商人虽然总是低头却不停止投机取巧一样，学生们也只是道歉，而绝不放弃捣乱。仔细想来，社会怕都是由学生一类的人组成的。大概只有超级傻瓜才对别人的道歉信以为真，予以原谅。不妨可以认为：道歉者无非是逢场作戏，原谅者不过是虚与委蛇。如果想让对方真心认罪，就必须狠狠把他打到彻底后悔为止。

我一走进班与班之间的空隙，便听得“炸虾面”“丸子”之声此起彼伏，且由于七嘴八舌，无法分辨出自何人之口。即使分辨出来又有何用，若问他们，肯定狡辩说，不是说炸虾面，不是说丸子，是老师神经过敏。这种劣根性是封建社会遗留下来的，根深蒂固，无论你如何劝说，不管你怎样告诫，都不过是对牛弹琴。在这里待上一年，一身清白的我也势必与其同流合污。我再不能用那种使得对方巧妙抓住把柄的方式对付往我脸上抹黑的家伙，再不能做这种蠢人。他们是人，我也是人。虽说是学生，虽说尚未成年，但个个长得牛高马大，非我可比。因此若不报复一下，委实情理难容。但如果采用一般手段，则对方将反咬一口；如果说他们咎由自取，则对方口若悬河，将事先准备好的歪理一股脑儿倾泻出来。用歪理把自己打扮得道貌岸然之后，即转入反攻。既然本来属于报复，那么我的辩护词就必须列举对方的短处，否则便达不到自我辩护的目的。也就是说，不能中对方的奸计，以致在别人眼里是自己惹是生非，落得狼狈境地。但若姑息养奸，只将其视为愚昧顽童而任其妄为，则对方愈发不可一世，得寸进尺。说得夸张一点，将危及社会。因此，必须采用一种对方无懈可击的方式进行报复，而切勿落入对方布置的圈套。这样一来，我这东京人也将随之变坏。但这种变坏实属迫不得已：我也是人，若被他们如此欺负一年而不以毒攻毒，我如何忍受得了！无论如何，只有回京和阿婆在一起才是上策。到这种乡下，简直是前来堕落。即使回京沿街卖报，也比在这里堕落强。

我边想边勉强跟着前行，突然前边好像骚动起来，队伍随即停住不动。我觉得奇怪，往右跨出队列，朝前一看，先头部队挤在前门街与药师街的交叉处，前推后拥，水泄不通。体育教师声嘶力竭地一路大喝“安静”，往后走来。向他一问，知道是中学与师范学校在十字路口发生了冲突。

不知什么缘故，中学同师范不论在哪一县都势同水火，校风格格不入，动辄聚众吵架。大概在这穷乡僻壤，学生百无聊赖，而借此消磨时间罢。我生性好斗，一听说吵架，马上来了兴致，往前跑去。听得前边那伙家伙不断怒骂什么“地方税①，还不缩回去！”后边的则大叫：“推呀、挤呀！”我钻过学生堆，快到拐角时，忽听一声厉声高叫：“前进！”旋即师范学校整齐开拔。看来这场冲突得到了解决：中学让了一步。按资格，据说师范在上。

祝捷仪式相当简单。旅长宣读贺词，知事宣读贺词，与会者

① 地方税：对师范学校的蔑称。因师范学校的经费来自地方税收，故称。

高呼万岁，如此而已。文娱节目听说放在下午，我便先折回住处，动笔给近来一直惦念的阿清婆写信。阿婆要我这次写得详细一点，因此马虎不得。然而一旦铺开信纸，便觉得事情多得无从写起：写那个吧，那个大闹；写这个吧，这个无聊。我搜肠刮肚，想找一件既可一挥而就阿婆又能感兴趣的事来写，但无处可寻。我研研墨，润润笔，看看纸，又看看纸，润润笔，研研墨，如此不知反复多少次。最后长叹一声，自认不是写信的材料，合上砚池了事。写什么信，何等麻烦！还是回京面叙痛快，我不是体会不出阿婆的苦心，但要我按其要求写信，实在比绝食七天还要不堪忍受。

我扔开纸笔，转身躺倒，枕着手臂，眼望院子，但心里还是放不下阿婆。这时我想到：只要我来这么远还挂念阿婆，那么我的真心一定会传给阿婆，只要传得真心，那么写信就是多余的了。我不写信，阿婆当以为我平安无事。信那个东西是在死时、病时或有事时才写的。

院子有一百多平方米，平平展展，只有一株橘子树。树很高，从墙外远远就可望见。我每次回来，都朝这株树看个不止。对于没出过东京的人来说，长橘子树的地方是颇为新奇的。那绿色的果实，想必渐渐成熟，变成黄色，该是很漂亮的。问房东婆婆，她说这橘子富有水分，酸甜可口，还说熟的时候请我多吃一些。那我就每天吃几个。看来再过三个星期就可以吃了，总不至于三周内就离开这里罢。

正当我打这橘子树主意的时候，豪猪忽然来了。他说今天开祝捷会，想和我吃上一顿，买来了牛肉。说着从怀里掏出一个竹皮包，扔到房间正中。我在这里上顿下顿全是地瓜、豆腐，加上又去不得荞面馆、丸子店，正馋得发慌。于是大为高兴，马上去房东婆婆那里借来锅和砂糖，动手煮起来。

豪猪一边塞得满嘴都是牛肉，一边问我知道不知道红衬衣和艺妓厮混的事。我说当然知道，大概是前几天青南瓜君欢送会上来的那个人。豪猪应声说对，说他近来刚刚发觉，并夸我极为聪明敏感。

“那家伙张口道德品质，闭口精神享受，暗地里却和艺妓鬼混，可恶透顶！假如对别人的游乐宽容一点倒也罢了，可连你上荞面馆去丸子店，他都说是有碍教化，通过校长的嘴加以限制。”

“哼，在那个家伙看来。大概勾引艺妓是精神享受，而吃荞面条和丸子是物质享受吧。如果那算是精神享受，就干得公开一点，可你瞧他那举动：鬼混过的艺妓刚一进屋，他就马上离席跑掉，妄想一直蒙混下去，不是个东西！别人一指出来，他就说什么不知道呀，什么俄罗斯文学呀，什么俳句和新体诗是兄弟呀，摆起迷魂阵来。这种敢做不敢当的家伙，哪里还算是个男子汉！简直是宫女托生的，说不定他老子是汤岛相公[①]。”

“汤岛相公是什么？”

“大概是没有男人骨气的败类。喂，那块肉还没煮熟，吃了要长绦虫的。”

“是么，不要紧吧。听说，红衬衣偷偷到温泉角屋那里会艺妓。”

① 汤岛相公：此处指男娼。

“角屋？就是那家旅店？”

“旅店兼饭店。所以，要想把那家伙整得服服帖帖，就必须看准时机，趁他领艺妓进到那里时，当场抓住痛斥。”

“看准时机，要守夜不成？”

“嗯。你知道吧，角屋前面有一家叫升屋的旅店，在正面二楼租个房间，把拉窗开个洞，观察动静。”

“观察的时候他能来吗？”

“差不多。反正一个晚上不行，要干就得豁出一个星期。”

“那可够累的了。我只是在父亲病危时熬过一个礼拜的夜。事后还觉得迷迷糊糊，难受得不得了。”

“身体吃点苦，有什么了不起！这种坏蛋要是再不给他点颜色看，实在对日本不利。我是替天行道。”

“好，痛快！既然如此，我也算一个。今晚就开始守夜么？”

“还没和升屋讲妥，今晚不成。”

“那，什么时候动手？”

“也就是近几天。反正我告诉你就是，到时候你可要帮忙。”

“放心，奉陪到底。出谋划策我是不行，但要拳弄脚，我还真有两手。”

我和豪猪正在商量惩治红衬衣的计策，房东婆婆进来说：“学校来了名学生，说要见堀田先生。他说刚刚去过府上，您不在，料想在这里，找上门来。”说着，他把膝盖触在门槛上，等待豪猪回话。“是么！”豪猪应了一声，往大门口走去，但很快就回来了。

"喂，学生找我去看祝捷会的文娱节目。说从高知县那边，有一伙人特意来跳什么舞，叫我一定去看，说这种舞难得见到。你也一块儿去吧！"豪猪兴致勃勃，劝我同行。舞蹈这玩艺儿，我在东京看得多了。每年的八幡庙会。流动戏台车走街串巷，比如"汐酌"[①]之类，我全都一清二楚。对这种土佐风味的狂蹦乱跳，我着实没有兴趣。但由于豪猪好意相邀，便也心血来潮，走出门去。出门一看，原来前来找豪猪的竟是红衬衣的弟弟，莫名其妙。

走进会场，四下装饰得如同回向院摔跤场或本门寺法会一般，这里那里，插着长条彩旗。还有很多旗用绳子拉着，纵横交错，铺天盖地，简直像借来了世界上所有的国旗，把个偌大的天空一时间装扮得五彩缤纷。东端一角搭了个临时舞台，听说高知来的人要在那上边表演什么舞蹈。从舞台往右走五十多米，有一处用苇席匿着，里面摆着插花。众人看得出神，其实无聊至极。把这些花草树木弄成奇形怪状而沾沾自喜，还不如找个驼背情夫、跛脚丈夫来到处炫耀。

舞台对面不住地放焰火。焰火中腾出气球，上面写着"帝国万岁"，在天主松上方飘来荡去，落到兵营里去了。接着一颗黑色弹丸腾空而起，在我头顶裂开，青色烟幕像伞一样散开，缓缓融入空中。气球又升起来了，这家伙是红色的。写着"陆海军万岁"几个白字，随风飘荡，从温泉小镇的上空飞往相生村方向去了，可能落到观音庙院内。

① 汐酌：日本舞霸名称。下文的"关户"亦同。

开会时人并不很多，现在却摩肩接踵，人山人海，真没想到这乡间竟住有如此芸芸众生。秀气的面孔没见几张，不过其人数之多确不可轻视。不一会儿，小有名气的高知那伙人跳起来了。因说是舞蹈，我便以为是藤间流派或其他流派的什么名堂，结果大异其趣。

只见三十几个汉子，气势汹汹，头缠毛巾，下穿裤裙，扎着绑腿，在台上分三列排开，个个腰刀出鞘，令人望而生畏。前列与后列仅相隔一尺五寸许，左右间隔与此完全相等。只有一个离开队列，站在舞台前沿。这单个汉子虽也穿着裤裙，但没缠头，亦未佩刀，而在胸前悬挂一鼓，同太神乐①用鼓一般模样。稍顷，这汉子慢悠悠地唱起莫名其妙的歌来，边唱边敲鼓。歌的调子十分古怪，闻所未闻，如果说是三河万岁同普陀落②的混合物，想必不会有错。

歌曲相当之长，宛似夏日的糖稀，断断续续，没完没了。由于是用鼓声来断句，所以尽管听起来似乎一塌糊涂，但仍然节奏分明。三十人身上的腰刀按拍起舞，寒光闪闪，快速敏捷，令人胆战心惊。人的活动空间前后左右不过一尺五寸，那锋利的腰刀又要同自身浑然一体，舞动自如，倘若动作稍有不齐，便将互相残杀。假如身体不动而只任腰刀上下左右摇摆，倒无甚危险，而这三十人却是同时运动，时而踏脚侧身，时而前后旋转，时而屈膝弓腰。邻人哪怕只快一秒或慢一秒，不是削去自己的鼻子，就将割掉邻人的脑袋。腰刀虽可自由运动，但其活动范围仅限于一尺五寸角的圆圈

① 太神乐：日本一种地方舞。

② 三河万岁同普陀落：均为日本民间歌舞。

内，且必须同前后左右之刀以同一方向、同一速度舞动。真是惊心动魄，远非汐酌、关户所能企及。一问，得知这需要演技十分娴熟，否则很难如此配合默契。其中动作最难的，是那位哼哼呀呀的先生，三十人的步法、手势、腰的屈伸，无不取决于这先生击鼓的节拍。从旁看来，数这头领最为悠然自得，似乎信口而歌，随心所欲，而实际上却系一台安危于一身，异常紧张，堪称一绝。

正当我和豪猪叹为观止之时，五十米开外处突然喊声大作，一直屏息观看的人群旋即波涌浪翻，左摇右摆。“打架啦，打架啦！”声音刚落，红衬衣的弟弟从人群中弓腰钻来，“老师，又打架了，中学要报今天早上的仇，又和师范那帮家伙开战了，请快来！”说着再次转身潜入人海，无影无踪。

“这些个捣蛋鬼，怎么又闹起来了，也该适可而止！”豪猪说罢，穿过逃窜的人群，飞奔而去。大概是想劝阻，毕竟不能视而不管。我当然无意退缩，紧随豪猪，赶到现场。但见鏖战正急，师范方面有五六十人之多，中学有七八十人之众。师范身穿制服，而中学会后多已换上和服，敌我一目了然。但由于打得难舍难分，混乱一团，不知从何处下手拉架。豪猪面露难色，观望片刻，回头看我一眼：“这怎么行，警察来就糟了，冲进去拉开吧！”我二话没说，一跃冲进战场核心。“住手住手！这么乱来，要毁掉学校声誉，还不住手！”我最大限度地扯开嗓门叫着，企图从像是敌我分界的地方横穿过去，但根本行不通。钻进两三米远，便四面被围，进退不得。眼前一些年龄较大的师范生正和十五六个中学生拳来脚去。我大喝一声："住手！还不住手！"抓住一个师范生的肩膀，正要强行拉开，不知是谁突然来了个扫堂腿，我措手不及，松开师范生的肩膀，躺倒在地。一个家伙提起硬皮鞋，踩住我的脊梁。我用双手和膝盖撑地，翻身跃起，踩脊梁的家伙向右跌倒。起来一看，见五六米远处，豪猪那庞大的身躯被学生挤在中间，推来搡去。仍在大声疾呼："住手住手，不要打，不要打了！"我叫他一声，告诉他那样不行，但他似乎没有听见，全无反应。

"飕——"一颗石子迎风而起，直朝我脸颊打来，我刚一闪过，不妨脊背着了一棍。只听有人叫道："老师还来打架。打，打他！""两个教师，一个大家伙，一个小家伙，扔石打头！"这些乡巴佬，狗胆包天！我一时兴起，猛然朝身旁一个师范生的头上打去。又一颗石子飞来，这回掠过我的头发往后飞去。豪猪不知战况如何，了无踪影。事已至此，唯有一战。本来是进来劝架的，但既然遭此棍打石攻，岂能忍气吞声，败下阵去，甘当懦夫！竟欺负到我头上来了！休看我身材矮小，却是武场出身，功夫早已练就，论打架汝等还是后辈！于是我拳脚齐上，逢人便打。打不多时，只听得："警察来了，警察来了！快跑，快跑！"刹那间，如同泥塘般脱身不得的战场变成无人之境，敌我双方尽皆风吹云散。这些乡巴佬，逃跑倒真有两下子，比库罗鲍特金[①]还来得巧妙。

一看豪猪，见他身上的条纹布褂被扯得七零八落，正在前面擦

① 库罗鲍特金：AlexeiNikolaichKuropatken（1848—1928），沙俄将军，日俄战争时任满洲军司令。

鼻子。他说鼻子吃了一拳，流了不少血。那鼻子肿得通红，不堪入目。我穿的是带碎白点花纹的夹袄，只弄得浑身泥污，没有破损到豪猪布褂的地步。但面颊火辣辣地痛，不大好受。豪猪告诉我出了很多血。

警察来了十五六名，但学生都从反面逃光了，逮到手的只有我和豪猪。我们报了姓名，说了原委，警察叫去一趟，我们便到警察署，在署长面前把事情的整个经过叙说一遍，然后才回到住处。

十一

翌日醒来，浑身疼痛难忍，大概是久未打架的缘故，看来也不可过于自信。正在床上想着，房东婆婆拿来《四国新闻》，放在枕旁。实际上痛得连报纸都懒得看，但想到男子汉岂能在这么点伤痛面前屈服，便支撑着翻身趴下，翻了两页，不禁愕然。昨天打架之事全都登了出来。若只报道事件倒也罢了，其中居然写道：中学教师堀田某人和从东京到任不久的狂妄自大的某某，唆使温良恭顺的学生滋众闹事。不仅如此，两人还亲临现场指挥，肆无忌惮地对师范生施以暴力。进而评论说：本县中学向以良好的校风为全国仰慕，而今竟被两个轻薄竖子将吾校特有声誉败坏殆尽，使得全市受辱。因此，我辈必须毅然奋起，究其责任。我辈深信，在我辈着手之前，当局必将对两个无赖给予适当处分，使其再无涉足教育界的余地。在这些词句上还针灸似地逐字加了黑点。我在床上骂声“浑账”，一跃而起。奇怪的是，一直痛不可耐的全身关节，随这一跃骤然减轻了许多。

我把报纸揉作一团，抛到院子里，仍觉不够解气，又特意捡起扔进厕所。报纸这东西全是胡说八道。世上再没有比报纸更会吹牛撒谎、妖言惑众的。把本来应由我说的话竟然用对方的嘴一一道出，反咬一口！还说什么从东京到任不久的某某，找找看，普天下哪有姓某名某之人！休看我天涯沦落，也是个有名有姓、堂堂正正的汉子！若要看我家谱，就让你把多田满仲以来的先祖逐位参拜一追。洗罢脸，两颊陡然痛起来。我向房东婆婆借镜子，她问我看了今早的报纸没有，我说看完扔到厕所里了，要看你就捡去。她惶惑地退出去了。照镜一看，那伤痕一如昨日。尽管如此，这脸也非俗物可比。但我不愿意再被人胡诌成什么脸受伤后仍狂妄自大的某某，够了！

我想，今天要是不去，那伙人肯定说我被报纸吓破了胆，岂非毁了半世英名。于是吃过饭，第一个赶到学校。结果，每来一个家伙，无不对我的脸发笑。有什么好笑的！又不是你们赏给的脸！一会儿，二流子来了，冷嘲热讽地说：“哎呀，昨可立大功了——光荣负伤！”看样子是存心报欢送会被打之仇。我当即回击：“少啰唆，舔你的画笔去吧！”“厉害！不过想必痛得不轻吧？”“痛不痛是我的脸，关你屁事！”这一来，二流子坐在对面自己的位置上，但仍然看着我的脸，对邻座的历史老师嘀嘀咕咕，嬉皮笑脸。

接着，豪猪来了。那鼻子肿得发紫，仿佛一碰就会流出脓来。或许当时过于自恃其勇，脸面大受其苦，比我严重得多。我和豪猪并桌而坐，且又要好，加之正对门口，首当其冲，这就更倒霉了：两张奇形怪状的脸并列一起，其他家伙一觉无聊便往这边看个不停。他们口称飞来横祸，而心里一定在讥笑我俩是傻瓜。否则，决不会那么躲躲闪闪地窃窃私语，嗤嗤作笑。走进教室，学生们鼓掌欢迎，有两三人甚至喊“老师万岁”，不知是真心欢迎，还是变相嘲弄。正当我和豪猪成为人们注目的焦点之时，红衬衣一如往常地凑上前来说：“真是飞来横祸，我感到十分痛心。关于报上的报道，我和校长商量过了，已经办好了订正手续，不必担心。这事也怪我弟弟，是他拉你们去的，我非常抱歉。因此我打算竭尽全力，平息事态。请多原谅。”他颇有点负荆请罪的味道。第三节课时，校长从校长室出来，有点担心地说：“报上出了麻烦，但愿平安过去。”我没什么担心的，若要把我免职，我就抢先提出辞呈，如此而已。不过转念一想，这事本不怪我，而我要是落荒而逃，势必助长吹牛报社的气焰。因此，只有叫报社订正失误，自己继续干以争气才是正理。临回去时想去报社交涉一番，但红衬衣说已经办了订正手续，也就算了。

我和豪猪趁校长和教导主任有空时，把事情的来龙去脉如实说了一遍。两人也点头称是，分析说，大概是报社对学校怀恨在心，因此才如此添枝加叶，混淆视听。红衬衣一边为我们辩护，一边在休息室转了一圈，从每人面前走过。尤其埋怨自己的弟弟不该去叫豪猪，像是引罪自责一般。大家都责怪报社，口骂“浑蛋”，而对我俩则说是城门失火，殃及池鱼。

下班时，豪猪提醒我说：“红衬衣这小子可疑，小心上当。”“反正不是个正经东西。不过这也不是从今天才开始的吧？”豪猪开导说：“你还不明白他的花招，昨天是他把我们骗到打架场上去的！”我果然没想到这里，不禁暗暗佩服：豪猪貌似鲁莽，却比我多谋。

“先挑起那场争斗，随后把手伸到报社，叫写了那么一篇报道。这个阴险的家伙！”

“报社也是红衬衣同党？真想不到！可报社不会那么轻易听信红衬衣吧？”

“不听信？报社有朋友就行了嘛！”

“有朋友吗？”

“没有也无所谓，只要撒个谎，如此这般一编，就马上出来了。”

“真够狠毒的。果真是红衬衣的计策，说不定我们得因此免职。”

“弄不好，可能给搞掉。”

“那，我明天就提出辞呈，马上回京。这种龌龊地方，请我也不来。”

“提辞呈也伤不了红衬衣半根毫毛。”

“倒也是，那可如何是好？”

“这种缺德家伙所作所为，早已算计妥当，根本不让人抓住任何把柄。你想反击，没那么容易。”

“真是难办。那么，就得自受冤枉不成？可气？天道是耶非耶[①]！”

“反正，再等两天看看吧。实在不行，只好在温泉那里当场逮住。”

“他设计叫我们打架，我们就反过来和他打架吗？”

“正是。我们也不是好惹的：抓准要害，当场给他难堪。”

“也好。我不懂谋略，一切拜托你了。到时候我只管干就是。”

① 天道是耶非耶：语出《史语·伯夷传》。

这么着，我和豪猪分手了。红衬衣所为要是真像豪猪推测的那样，那么着实可恶。这种家伙无论如何是无法智取的，只能诉诸武力，难怪世界上战争不断，即使个人，归根结底也只能靠武力。

第二天，好不容易把报纸盼到，打开一看，别说订正，连取消声明的字样都没有。到校催问狐狸，说可能改在明天。得到明天，用很小的篇幅以六号铅字登了一条取消声明，然而报社根本没有检讨错误。再次追问校长，答说至此再无良策。这叫什么校长，摆出一副狐狸面孔，装腔作势，却如此无能，连叫一家伪造新闻的地方报社赔礼道歉的本事都没有。我满肚火气，说：“那么我一个人找主编说去。”“那不行，你一说，只能惹他再编坏话。就是说，凡事一旦到了报社那里，假也罢，真也罢，都无可奈何，只能任他说去。”狐狸像和尚讲经似地来了一通说教。报社若是这样，还不如趁早砸烂，免得吃亏受气。而现在狐狸一说，我才明白：一旦落在报社手里，便像被乌龟咬住一样，死活挣脱不得。

三天后的一个下午，豪猪气冲冲赶来，说：“时候到了，我马上实行那个计划！”“好，算我一个！”我当场申请参战。不料，豪猪歪头沉吟一下说：“你最好算了吧。”“为什么？”“校长还没叫你提出辞呈吧？”我说：“没有，你呢？“豪猪答道：“今天在校长室，校长说：‘实在抱歉，事已至此，快拿主意吧！’”

“哪有这种道理！狐狸大概把肚子当鼓打过火了，胃都打颤倒了。你跟我一同参加祝捷会，一同观看高知的腰刀舞，一同闯进去劝架，要是叫提辞呈，干脆不偏不倚，让两人都提才是。这乡间学校，如此不明事理，拖泥带水！”

“这都是红衬衣的鬼主意。我和他一直势不两立，而你，他大概认为继续留下来也不至于有什么危害。”

“我又岂能同红衬衣共存！什么不至于有危害，想得倒美！”

“他觉得你太单纯了，留在身边，也可想法笼络住。”

“这更更可恶了，哪个要和他共存！”

“再说，前些天古贺走后，后任因事还没报到，要是把你我二人同时撵走，学生课安排不开，影响教学。”

“这岂不是把我当成歇幕间凑趣的小丑了！畜生，谁吃他这一套！”

翌日，我到校走进校长室，开始谈判：

“为什么不叫我提出辞呈？”

“哦？”狐狸瞠目结舌。

“只叫堀田提，却不叫我提，这说得通吗？”

“根据校方情况……”

“那情况是错的。如果我可以不提出辞呈，那么堀田不是也无此必要了吗？”

“这里面的原因很难解释。堀田君辞职也是迫不得已的，而你还不具有提出辞呈的必要。”

不愧是狐狸，说得颠三倒四，不知所云，却如此故作镇静。无奈，我说道：“那么，我也提出辞呈好了。也许你认为我可以在堀田君辞职后仍心安理得地留在这里。我可干不出这种不仁不义的事。”

“这不太好办。堀田走了你也走了，学校的数学课一节也开不出来了……”

“开不出来也不关我事。”

“你别这样任性，要多少考虑一点学校的难处。况且，你来不到一个月就辞职不干，这关系到你将来的履历，这点也要考虑一下才好。”

“管它履历不履历，义气要比履历重要得多。”

“这对——你说的全都对。但也请你多少想想我的话。如果你实在要辞职，也未尝不可，只是请坚持到有代课教师时再说。不管怎样，你回去重新考虑一下。”

考虑也是这么回事，道理早已清清楚楚。但眼见狐狸的脸红一阵，白一阵，便动了恻隐之心，答应再想一想，走出门去。我没有搭理红衬衣，反正要收拾他，到时一起给他个厉害的看。

我向豪猪讲了和狐狸谈判的情况。他说，估计是这么回事，劝我先把辞职的事放一放，等到关键时刻再提也不迟。我听从了。看起来豪猪比我有头脑，决定言听计从。

豪猪终于提出辞呈，跟同事们告别完后，搬到海滨的“港屋”旅店，之后神不知鬼不觉地折回来，潜入温泉镇上的“升屋”旅店正房的二楼，在拉窗上开了个洞，向外窥视。知情人大概只有我一个。红衬衣来肯定是在夜间——傍晚时分尚有学生或其他人走动，至少要过九点才能露面。最初两个晚上我也一直守候到十一点，但根本没见红衬衣的影子。第三天从九点窥视到十点半，还是杳无踪影。再没有比事后灰溜溜摸黑赶回寄宿处更傻气的事了。四五天过后，房东婆婆有点不安起来，好意提醒我说：“已经有夫人了，晚间最好不要出去闲逛。”我告诉她，这不是一般的闲逛，而是替天行道。话虽这么说，假如跑上一周都一无所获，肯定会感到厌倦。我是急性子，心血来潮时可以干一个通宵，但从未打过持久战。虽说替天行道，除害为民，旷日持久也难免生厌。第六天我也无心恋战，第七天干脆想休息了。到那儿一看，豪猪仍一意孤行。从傍晚到十二点，他一直把眼睛贴在拉窗上，紧紧盯着“角屋”那圆形煤油灯下面的空地。我每次到时，他便出示一堆统计数字：今天来客几人，留宿的几人，女的几人……面面俱到，令人吃惊。我一说好像不会来了，他差不多总是抱着肩膀，叹息一声：不会不来吧！可怜，假如红衬衣不到这里来一次，豪猪怕一辈子也奈何他不得。

第八天，我七点半离开住处，先不慌不忙地洗了温泉，然后在街上买了八个鸡蛋——这一手是用来对付房东婆婆的地瓜战的。我把鸡蛋装进和服袖，一边四个。肩上搭着那条红毛巾，两手揣在怀里，进得“升屋”，爬上楼梯，打开豪猪房间的拉门，见豪猪那凶神般的脸上满是喜气，口称“有希望、有希望”。直到昨晚，他还闷闷不乐，连旁观的我都黯然神伤。现在一见他喜形于色，我也顿时一振，还没问其缘故，便迭声叫好。

“今晚七点半左右，那个叫阿铃的艺妓进‘角屋’去了。”

“和红衬衣一起吗？”

“不。”

“那还是不成。”

“艺妓是两个，大有希望。”

“何以见得？”

“何以见得？那家伙那么狡猾，说不定让艺妓先来，自己随后摸到。”

“也许，九点了吧？”

“差不多九点二十。”豪猪从衣带间摸出镍钢怀表，边看边说，“喂，把灯熄掉。窗上照出两圆脑袋影子来可不妙，那滑头马上就会起疑心的。”

我把漆面桌子上的煤油灯一口吹灭。由于外面的星光，只有窗口微微发亮。月亮尚未出来。我和豪猪把脸紧紧贴在拉窗上，屏息敛气，“叮——”挂钟打响九点半。

“喂。该来了吧？今晚再不来我可就没耐性了。”

“我，只要有钱就干下去。”

“钱，要多少？”

“到今天，八天花了五元六角。我一天一结账。随时准备走掉。”

“干得利落。旅店不觉得蹊跷吗？”

“旅店倒没什么，只是闷得慌。”

“那你就睡午觉么！”

“午觉是睡，但不能外出，无聊得很。”

“替天行道可不是好玩的。天网恢恢也有漏掉的时候，真漏掉了，可就前功尽弃了。”

“哪里，今晚他定来无疑。喂，看、看！”

豪猪声音陡然变低，我不禁一惊。向下看时，一个头戴黑帽的汉子，扬脸看了看“角屋”的煤油灯，径自往暗处去了。不是红衬衣，我暗暗叫苦。不多会，账房里的挂钟无情地打响十点。今晚怕又落空了。

四周已经很静了。妓院的鼓声听得真真切切。月亮从温泉山后蓦地探出头来，街上明光光的。这当儿，下边传来了说话声。因不能从窗口伸头张望，无法弄清说话人的模样，但似乎越来越近了。木屐拖击着路面，发出一连串的响声。斜眼一瞄，已经近得可以望见两人的身影了。

“这回没事了吧，眼中钉已经拔掉了。”一点儿不错，正是二流子的声音。“那家伙有勇无谋，自然不是对手。”这是红衬衣。“那小子也活是个浑蛋。不过这浑蛋是一介武夫，鲁莽哥儿，还算招人喜欢。”“一会儿拒绝加薪，一会儿要提辞呈，神经肯定有毛病！”我恨不得打开窗户，跳下二楼，狠狠打他一顿，但火候不到，只好勉强忍住。两个人哈哈笑着，从灯光下走过，钻进“角屋”去了。

“喂！”

“喂！”

“来了！”

“总算来了！”

“这回好了！”

“二流子这畜生，说我是什么武夫、哥儿！”

“眼中钉是指我，浑账透顶！”

我和豪猪必须在归途中袭击他们。但摸不准两人几时出门。豪猪到楼下去，告诉店员今晚可能因事离开，叫其结账。如今想来，开旅店的人真好说话，本来看上去我们和盗贼差不了许多。

盼望红衬衣到来已够难受，而现在静等其从里面露头就更加急不可耐。既睡不得，又懒得始终脸贴窗孔窥视，总是感到心神不定，我还从未尝过这般痛苦的滋味。我提议说：“索性冲到‘角屋’去，当场逮住算了。”豪猪一口否决，说：“我们要是现在就去，店员会说无理取闹，挡在门外。如果我们说明原因求其引见，便将谎称不在或把我们领到别的房间去。即使我们出其不意地闯入店内，几十个房间，也找不准是哪个。因此，无聊也只好等他们自行出来。”就这样，等了又等，好不容易熬到早晨五点。

一见两个人影溜出“角屋”，我和豪猪立即尾随而去。头班火车还不到时间，两人只能步行到城下。走出温泉小镇，街旁有两行一百多米长的杉树，左右是庄稼地。走过这里，四处零星散着几处茅舍，田地当中有一条路直通城下。只要出街，任凭在哪里追上都无妨，但最好尽可能选择远离人家而又有杉树的地方擒拿。于是，我们躲躲闪闪地在后面跟着。将镇子甩开后，猛然加快脚步，疾风一般追上前去。二流子惊愕地回过头来，我大喝一声：“站住！”伸手抓在肩上。二流子张皇失措，正要逃跑，我马上绕到前面，挡住去路。

“身为教导主任，为什么跑到‘角屋’来过夜？”豪猪当即质问红衬农。

“教导主任就不能来‘角屋’过夜吗？请问哪里有这条规

定？”红衬衣依然使用客气的字眼，脸色有点发青。

“你以教化为由，连荞面馆、丸子店都不许别人去，如此刻板规矩，为什么和艺妓一起住旅店？”

我见二流子伺机逃跑，便迎面站定，喝道：“你为什么叫我浑蛋、哥儿？”“哎呀，那不是说你，真的不是。”还在狡辩，恬不知耻。我这时才意识到自己双手正抓住袖口。刚才追时，我嫌袖中的鸡蛋摇来荡去碍事，便用两手抓住，一路跑来。我立即把手伸进袖里，掏出两个鸡蛋，“给你！”朝二流子脸上掷去，鸡蛋应声炸裂，白里透黄的液体从他的鼻端黏黏糊糊地流淌下来。二流子大惊失色，哇的一声，跌坐在地，口称“饶命”。这鸡蛋我本是买来吃的，并非为藏在袖里当武器。只因太气不过了，才下意识地掷了出去。眼下见二流子一屁股坐在地上，我才发现自己得手。于是我边骂“畜生”，边把剩下的六个一股脑儿朝他脸上狠命砸去。二流子满脸是蛋，黄乎乎一片。

我扔鸡蛋时，豪猪同红衬衣舌战正急：

“你说我领艺妓住旅店，有证据吗？”

“眼见傍晚那个和你相好的艺妓进旅店去了，还想要赖！”

“用不着要赖，就是我和吉川吾两人住来着。艺妓傍晚进还是早上进，与我何干！”

“住嘴！”豪猪一拳打去。红衬衣晃了两晃，“蛮不讲理，胡闹！没辨明是非就动武，乱弹琴！”

“什么乱弹琴！”豪猪又是一拳，“你这种奸贼，不打不招！”又噼噼啪啪地连打起来。我也同时劈头盖脸地打了二流子一通。最后两人都蜷缩在杉树根下，怕是动不得了，只是眨巴着眼睛，看样子再不想逃了。

“够不够？不够还打！”我们两个又是乒乓一阵乱打。红衬衣忙说：“够了。”我问二流子：“够了没有？”答说：“当然够了。”

“你们这两个奸贼，我们是替天行道。要是怕挨打，以后就老实点！不管你怎么巧舌如簧，天理难容！”豪猪说罢，两人一声不吭。大概连开口都难了。

“我不逃不躲，今晚五点以前待在‘港屋’旅店，有种你们就叫警察来！”我跟着说：“我也不逃不躲，和堀田一块等着，要叫警察，随你叫去！”然后两人迈开大步，扬长而去。

我回到住处时已快七点了，进屋后即动手收拾行李。房东婆婆惊问我怎么了，我答说回京接夫人。结完账，跳上火车，来到海滨，爬上“港屋”二楼，和豪猪两人倒下便睡。我本想即刻写张辞呈，又不知如何写，便写道：“因故辞职回京，特此奉告。写上校长名，寄了出去。”

轮船晚上六点起锚。我也罢，豪猪也罢，都累得一塌糊涂，只顾大睡。一觉醒来，已是午后二时。问女佣警察来过没有，答说没有。两人放声大笑：“红衬衣、二流子，哪个也没敢去告发！”

当晚，我和豪猪离开了这污秽之地。船离岸越远，越觉得心里舒坦。从神户到东京是直达船。到新桥时，才恍然觉得来到了人世间。上岸便和豪猪分手了，直到今天也没有重逢的机会。

忘记说阿婆了——我回到东京，没去寄宿处。提着帆布包，径直扑到阿婆那里，“阿婆，我回来了！”“啊，小少爷，总算早早回来了！”说着眼泪吧嗒吧嗒滚落下来。我也高兴极了，“再不去乡下了，和阿婆在东京找个房子住！”

那以后，经人帮忙，在铁路公司当了一名技术员。月薪二十五元，房租六元。房子虽没带大门，但阿婆看来十分心满意足。不幸的是，今年二月她患肺炎死了。临死的前一天，把我叫到身边：“小少爷呀，托你件事，阿婆死了，一定要把阿婆埋在小少爷家的寺院里，我在地下好好地等着小少爷。”因此，阿婆的坟墓在小日向养源寺内。